遺憾電話亭

마지막 마음이
들리는 공중전화

異秀演 이수연

尹嘉玄 譯

倘若我們發現，
自己的人生只剩短短五分鐘，
那麼，一定會紛紛奔向公共電話亭，
撥打電話給生命中珍貴無比的那些人。
然後，結結巴巴地說：
「我愛你。」

——克里斯多福・莫勒（Christopher Morley）／小說家

目錄

前言

當時就連路燈都很罕見。以美化社區為由而繪製的那面壁畫，在白天的時候會使整條街道顯得格外明亮，但是到了深夜卻又截然不同，每當夜幕降臨，那幅壁畫就會看起來像模糊的動物形體或人形，多了一份陰森恐怖的氣息。育有一子一女的基宇住在這樣的小區裡，女兒總是會特地出來迎接他，他則對此感到惴惴不安。小學才剛畢業、有著白皙臉龐的十四歲女孩，每次只要看見父親的身影，就會面露比正中午陽光還要燦爛微笑的女孩，這正是比較晚下班的基宇之所以會加快腳步的原因。

「爸爸！」

女兒總是在同樣的地方等待基宇，位於暗巷裡的公共電話亭，電話亭正上方有一盞路燈，專為使用公共電話的人所設置。女兒在路燈下面露出開朗笑容，基宇則是快步走向女兒，走到伸手可及的距離時，連忙張開雙臂擁入懷中，彷彿生怕就在眼前錯失機會再也抱不到似地。

「芝安啊，都叫妳不要等爸爸了，晚上怎麼能自己一個人在外面。」

「我在這裡等就沒問題呀，萬一有什麼事也能馬上打給你。」

「以後還是在家裡等我，知道嗎？」

「都跟你說沒問題了。」

面對泰然自若抬頭望著自己的女兒表情，基宇無法再多說什麼。他牽起不曉得在電話亭裡等待多久的女兒小手，一起走回家。在家裡一點也不會撒嬌的兒子，淡淡地向剛回到家中的爸爸問好，不過，基宇還是笑了，因為他比其他人早先知道，回首過往時，這些平凡的日常才是最彌足珍貴的；當初領悟這份珍貴時，三岔路口的雜貨店巷弄後方，也依然佇立著這座電話亭。

與妻子離婚後搬來這個地方沒多久時，基宇為了整理行李，比平時提早下班。早早下班回家的路上，他習慣性地打電話回家，接起電話的人是志勳。

「芝安呢？」

「她還沒回來耶，不是和爸爸在一起嗎？」

也許是兒子的關係，也或許是像他的媽媽，志勳不是個心思細膩的孩子；明明低年級的妹妹芝安比較早放學，理所當然會先回到家才對，可是先回家的他，似乎沒想過妹妹怎麼會到現在都還沒回來。反之，基宇則是雙手不停顫抖，他不想要想得太嚴重，但畢竟才剛搬來這裡不久，他無從判斷不熟悉路線的芝安經常去哪裡、在什麼地方迷失了方向，要是想到最糟情況，說不定還有可能是被陌生人擄走了。像這樣無限延伸至極端的不安恐懼，只要不是為人父母，著實難以體會。

「爸爸先去找一下芝安，你先在家裡待著，說不定芝安會回來。」

「好……」

基宇幾乎是打算翻遍整個區域，他恨不得抓住每一位擦身而過的路人統統問一遍，有沒有看見我的女兒，可是大家都只有匆匆經過，沒有人對他展現關心。在一陣慌亂尋找過後，太陽逐漸西下，影子也越來越長。難道該報警？芝安才九歲，還是一開始就應該報警處理？該不會是發生什麼事了吧？他覺得要是等影子變得更長、甚至徹底消失，夜幕降臨的話，應該就再也找不到芝安了。就在這時，基宇的手機響了，是一組陌生的電話號碼。基宇強忍住心中的不安，按下了接聽鍵。

「爸爸……？」

「芝安？是芝安嗎？」

「爸爸……」

「妳現在在哪裡？和誰在一起？」

「我……我在雜貨店後方……這裡是公共電話亭。」

三岔路口雜貨店後方的公共電話亭，那是芝安所在的位置。基宇奮力奔跑，朝芝安的方向拔腿狂奔。太陽已經幾乎見不著蹤影，壁畫也開始瀰漫著可怕的氛圍。

基宇沒有掛掉電話，不停地對芝安說：

「沒事，爸爸，現在，過去找妳，正在過去。」

「嗯。」

終於，當他繞過位於三岔路口處的雜貨店，看見一條上坡路，位於路中央、被路燈照亮的公共電話亭，以及電話亭裡正在等待自己的女兒芝安時，他用盡全身最後僅有的力氣，卯足全力奔跑，他甚至一度懷疑，成年以後似乎從未如此賣力地奔跑過。基宇一把將芝安擁入懷中，焦急地確認女兒身上是否有受傷之處，所幸安然無恙，卻有一種彷彿從世界盡頭歸來、眼淚隨時要奪眶而出的感覺。

「放學後我準備回家，但是因為不知道家在哪裡……所以繞了好幾條巷子，還是找不到方向……最後一直走，發現這裡，就打電話給你了。」

「做得好，妳很棒，芝安。」

基宇緊緊抱著芝安，長嘆了一口氣，那是終於可以放心的嘆息。芝安撥打電話的公共電話亭，就位在距離住家走路約五分鐘的地方，她似乎已經努力回到了住家附近，卻分辨不出準確位置。基宇的內心終於慢慢恢復平靜，於是，他牽起芝安的小手，在走回家的路上，邊走邊仔細地教導她認路。

「這裡是不是有一條上坡路？妳就邊走邊數到三，然後會出現一條巷子，我們轉進這條巷子，再一次邊走邊數到三，會嗎？看見這幅藍色圖畫旁邊的咖啡色房子就是我們家了，記得住嗎？」

「嗯，好。」

自此之後，芝安雖然依舊時常迷路，卻始終沒有忘記從公共電話亭走回家的那條路；無論從哪裡開始迷失方向，都會想方設法走到三岔路口的雜貨店和公共電話亭再走回家。就這樣一路成為國中生以後，芝安就再也沒有迷路過了；就算她是個不善於認路的路痴，對她來說，這個生活六年的地區，也早已是想迷路也無法迷路、承載著諸多童年回憶的故鄉。

來年、後年、大後年，芝安依舊維持著出來接爸爸下班回家的習慣。雨天她會躲進公共電話亭裡，凝視著從天而降的雨滴，滴滴答答，嘩啦啦啦，她很喜歡雨滴落在電話亭上的聲音，每當滴答聲迴盪在耳邊，都會讓她感到愉悅。當雨水落在電話亭邊緣時，會出現較為清脆的聲音；落在電話亭正中央時，則會出現較低沉的聲音。當高低音交錯的雨聲同時響起，芝恩就會向爸爸堅稱這是夏日的樂曲。

當秋風吹佛，芝安會從落葉堆裡撿起一片枯葉，放在公共電話亭的頂部，有如信件一樣，送給陌生的到訪者。儘管從未有人對此做出回應，但是每次重回電話亭，落葉都會消失不見。她幻想著究竟會是誰將落葉帶走，雖然不知道是誰，但她確信，那個人一定喜歡秋天。

下雪的時候，她會靜靜看著自己的腳印，不斷堆積的白雪，將芝安的腳印徹底覆蓋掩埋。然而，每次走回家，她又會再次踩在自己的腳印上，邊走邊比較自己與爸爸的腳印大小，並想著那些足跡逐漸消失的時光。

然後，在她記憶中最後一個「次年」，哥哥志勳找到了工作，搬到其他城市生活，而總是等待的爸爸，也離開了人世。儘管如此，芝安依舊走向那座公共電話亭，不分晝夜、清晨、黃昏，只要待在那座電話亭裡，感覺父親隨時都有可能回來，畢竟一直都是在那裡等待爸爸。就算爸爸不在，天空依舊下雨，落葉依舊飄落，雪花依舊紛飛。她拿起電話聽筒，撥打電話。二十歲，考上大學的芝安離開了這個充滿感情的小區，直到十年後才重回此地。

＊

「芝安妳也真是的，幹嘛非得選在這破舊的巷子裡，我好不容易借了一輛車，結果找不到可以停車的地方，在這附近繞了老半天。周遭店家都說這裡是什麼徵信社，還有人說這裡是驗屍中心，能幫忙找出死因的地方。總之，我是有叫炸醬麵外送了啦。」

「相佑，我相信你能理解的啊，畢竟這裡離地鐵站不遠，想要用中心的營運資金找個落腳處就只能這樣。」

「妳還是老實說吧，選擇這裡一定有原因的吧？我看妳和那間雜貨店的老闆娘也很熟的樣子。」

「都跟你說這裡是我小時候生活過的地方了。」

三年前，芝安在籌備開一間心理剖檢中心時，她四處尋覓辦公室，手中並沒有太多選擇。當時一邊讀研究所一邊實習，還申請了政府補助開始做自己的事業，但自此之後，經濟上的餘裕也成了別人的事情，與自己再也無關。而這時，給予她幫助的人，是草創時期的成員——相佑。

相佑就讀的是地方大學，輔修心理學與經營管理。儘管不是一所多麼有名的大學，畢業成績也不是很優秀，但他有著異於常人的親和力與人脈。

芝安在首爾實習時，在某個因緣際會下，與相佑的同學一同進行了一項專案，是調查青少年的憂鬱指數研究。半年後，大家為了慶祝此項專案結束而安排了一場聚會，當時突然加入聚會的人正是相佑。他明明與專案毫無關聯，卻四處加入談話，神奇的是，沒有讓任何人感到不適或不悅。甚至就連怕生的芝安，也難敵相佑一開口就用「難得終於遇見同年！」這句令人難以拒絕的招數，輕鬆接近認識。雖然芝安有點感到混淆，猜想相佑是不是喜歡她，但是很快地就發現，那些舉動只是來自於相佑跟本未經思考的親和力。第一次碰完面以後，每次只要快忘記這個人時，就會接到相佑的主動聯絡，而不知不覺間，芝安發現自己也在聯絡相佑。由於兩人都是在相同體系工作，所以自然而然地開始會相約一起小酌、訴說各自的壓力與苦悶，直到某天驀然回首才發現，芝安長大成人後第一個結識的朋友竟然就是相佑，而相佑給予她實質的幫助，是從心理剖檢中心開業開始。

「我認識一名專門處理房地產的大哥，他說有幾個地點還不錯，我有告訴他妳這次準備展開的事業，他說那些屋主聽完都認為沒什麼問題。」

所幸在釋出的幾間店鋪當中，有一間吸引了芝安的目光，那是她小時候生活過的地區，她指出那間店，對相佑說：

「這裡，我想看這間。」

「這間？可是有其他比這間更乾淨整潔的店欸，再多看看吧！」

「不，我只想看這間。」

「妳確定不再多看看……」

「我喜歡這間。」

相佑一度懷疑，芝安是如此固執的性格嗎？但他也找不到勸阻的理由，雖然有點老舊，但是坪數不錯，比位於商圈的辦公室租金便宜，就連房仲都說是難得罕見的物件，力挺芝安的決定。

芝安毫不猶豫地與相佑和房仲業者一同前往店鋪查看，那是一棟灰色建築，位於三岔路口雜貨店再往內一點的地方，從外觀來看，歲月的痕跡清晰可見。相佑面露難色，但是芝安的腳步毫不遲疑。

四樓，當房仲打開辦公室大門時，有別於建築物外觀，室內給人的感覺截然不同。穿過大面落地窗灑落的陽光，以及比想像中還要安靜的周遭環境，看得出來是一間日照充足又明亮的辦公室，儘管天氣已經入冬，卻感受不到過分的寒意。雖然建築物內部什麼東西都沒有，空蕩蕩的，略顯冷清，但是牆面粉刷的油漆是白色，給人整潔的感覺，天花板也比想像中還要高，所以整體視野有一種開闊、通透的感覺。

「我們先簽草約吧。」

當大家移動位置準備簽訂草約時，肌膚黝黑的中年房仲輕鬆地隨口詢問：

「對了，請問您是做什麼工作的？」

「噢，我是做心理剖檢的，打算開一間心理剖檢中心。」

「剖檢？」

當芝安幾乎要在最後一處簽名時，房仲驚訝地追問：

「等等，所以……到時候會有遺體送進來這裡？可是我已經跟房東說，這裡會是心理諮商中心耶……」

「噢，不，我們不會實際接觸遺體，簡單來說就是心理中心，分析自殺者的自殺理由與動機，安慰家屬，並致力於自殺預防等……」

「所以不是什麼驗屍機構那種的，對吧？」

原本帶看辦公室時，這位房仲還展現著親切熱情的態度，但是現在表情瞬間變得冰冷。芝安盡可能保持冷靜，一邊耐心地將自己的工作解釋清楚，一邊迅速地在需要簽名處簽名。

「我們是受國家支援贊助的公認機構，主要安慰自殺者家屬，陪著他們一同哀悼逝者，也以預防自殺為目的，為家屬進行心理諮商及心理剖檢。簽約金直接匯到這個帳戶是嗎？」

「啊……是。總共五百萬韓元（十萬多台幣）……」

「錢已經匯過去了，再麻煩您開立收據。」

「是……是……。」

「其實您只要想成是心理諮商中心就好，也就是在做心理剖檢，諸如此類的事情。」

簽約後過沒多久，辦公室裡就陸續添置家具。介紹這個空間給芝安的相佑，自然是肩負解釋說明的任務，往返於房仲與心理剖檢中心之間，向房東解釋商用建物的用途。在他偶爾幫忙打理辦公室擺設的過程中，也開始頻繁詢問芝安心理剖檢究竟是什麼，而先開口詢問「能否一起參與進行？」的人也是相佑，因為他在準備正式求職並展開職場生涯的情況下，對於芝安的工作深感認同。

「如果有你一起，我會感到更安心。」

芝安一口答應了相佑的請求，畢竟獨自一人營運一間心理中心並不容易，相佑剛好善於社交，懂得與人相處、共事，她認為是值得合作的夥伴。

施工裝潢進行了兩週，主要大廳裡擺放著相佑和芝安兩人的辦公桌。靠牆處設有一個小小的泡茶喝水空間，書架上則擺滿著相關資料與文件夾。一處角落用玻璃隔板加裝百葉窗，隔出了一間獨立的心理諮商空間，在施工接近尾聲時，還掛上了用工整字體寫著「4F心理剖檢中心」的招牌。

芝安回顧當初，依舊對於自己能和相佑一起共事感到慶幸，因為他是個心思細膩、體貼入微的人，總是不放過來談者的任何一絲傷痕。每次只要有人預約諮商，他都會在桌上備妥一盒包著亞麻布套的衛生紙，以及各種口味的茶包，與來談者一同解開心中煩悶與苦惱。看著他那些細膩之舉，不禁讓人心想，他過去或許也有遭受過很深的傷痛。也許正因如此，心理剖檢中心才能在充滿異樣眼光的周遭環境下順利站穩腳步。

叮鈴鈴鈴鈴〜

芝安與相佑頓時停止動作。突如其來的聲響，劃破了一片寧靜的心理剖檢中心，中心裡沒有播放任何音樂或廣播。芝安拿起辦公桌上的電話聽筒前，先在心中默數：

「一、二、三。」

當她心裡數到「三」的那一瞬間，她便立刻接起電話，用冷靜沉著的口吻回應：

「您好，這裡是心理剖檢中心。」

雖然不清楚確切的談話內容，但是一名女子的說話聲依稀從電話聽筒內傳出，就連相佑都能聽見；而芝安則是不停地重複說著「是、是」。直到她說了充滿難過的「是」、深有同感的「是」、安慰的「是」、疑問的「是」等各種不同口吻的

「是」八次左右之後，她才終於脫口而出一句完整的句子。

「您希望我們登門拜訪嗎？還是您要親自來中心這裡一趟呢？」

芝安靜待對方考慮，確定好日期以後，便拿筆抄寫在便條紙上，然後用最誠懇的語氣回答：

「非常感謝您的來電，我們到時候見。」

結束這通持續了十多分鐘的電話後，相佑和芝安對視彼此，但是相佑沒有多問通話內容，只有默默接過芝安遞給他的紙條。相佑將紙條上的內容登記在行程表上，芝安若無其事地對他說：

「委託人是女性，她的丈夫三個月前跳樓自殺了，目前正在進行職災訴訟，似乎是透過律師得知我們這裡，預計本週四下午兩點會來訪。」

「我來準備文件。」

共事三年的相佑，熟稔地按照公司流程進行處理。他從不過問委託人的遭遇，那是相佑刻意選擇的體貼，因為他不想要讓芝安再次回想某人的死亡與悲痛。他一邊處理事情，一邊瞥了牆上的時鐘一眼，乍看秒針與分針彷彿停滯不前，但其實都有一點一點在緩慢移動；而在這不意察覺的移動之間，相佑突然開口詢問確認：

「芝安，妳不是說待會兒要去見姜雅仁嗎？」

「晚上七點，在天安。吃完午餐後就要開始準備了。」

芝安只有讓嘴角上揚，試著擠出一抹微笑。相佑暫時先將芝安的笑容拋諸腦後，繼續投入手頭上的其他工作。當行政庶務工作整理得差不多時，芝安一臉淡定地準備出差。筆記型電腦、相關文件、兩台錄音機，公事包被塞得鼓鼓的，一看就覺得很重。芝安像是提過比這更重的物品似地，一派輕鬆地將包包拎了起來，對於芝安和相佑而言，那天都不是什麼特別的日子；然而，換個角度想卻是有人離開了人世，選擇自殺，讓人頓時失去了摯愛，甚至連個具體的理由都不知道，沒有聽到任何交代，也沒有得到任何安慰。正因為深知此事，所以這間中心才無法播放任何音樂、廣播。

*

出差結束回來的路上，芝安往熟悉的後巷走去，她的腳步聲迴盪在那條狹窄的上坡小巷裡。照亮公共電話亭的唯一一盞路燈，原本因燈泡老舊而與其他路燈呈現略微不同的燈光，因罕見而更顯特別的這盞路燈，如今則變成了平凡無奇的無數盞路燈之一；圍繞在周圍的老舊房屋也早已翻修成住辦混合住宅。儘管如此，那座公共電話亭依舊如初。芝安重新走進了當時那座公共電話亭。也許是長高了，也或許是因為腳踩高跟鞋的緣故，感覺電話亭的頂蓋好低。芝安確認了一下時間，拿起電話聽筒。

嘟嚕嚕嚕，嘟嚕嚕嚕。

儘管這也是宣告死亡的聲音，但是芝安到最後一刻都未能掛斷電話。

第1章

禁止貼標籤

「所以希望您千萬不要認為自己是被拋下的。
其實只是……太為彼此著想而已。」
「……」
「就是因為到最後一刻都非常珍惜家人，才會令他感到那麼痛苦。」

自殺者（姜周烈，三十六歲）於二〇二二年七月二十八日，發現已是上班時間卻遲遲未起床，於是妻子（宋蓮雅，三十三歲）嘗試將其叫醒，得到丈夫表示「身體不適」的回覆。隨後，自殺者一直躺臥在床，直到上午十時三十分左右，留下一句「我出去一下回來」，便走出家門，到他們居住的公寓頂樓跳樓自殺（透過電梯監視器確認）。上午十時四十三分左右，被同公寓的鄰居發現。死因為高處墜落造成的巨大衝擊，導致大腿及胸部骨折。平日家庭和睦，膝下育有一名兩歲兒子。對於工作認真盡責，但是自輕生前三個月起，曾多次抱怨職場壓力，輕生前一個月更因嚴重失眠而接受精神科治療，有服用藥物，卻無任何電話或面對面諮商的紀錄。委託人根據自殺者生前說詞，判斷其輕生主因係職場壓力導致，故申請職災，卻遭資方拒絕。委託人為了提出抗訴，進而向心理剖檢中心提出鑑定委託。經初步評估，本案須從多角度進行調查分析。

〔二〇二二年十一月十七日，事件委託紀錄書〕

雲層薄薄地鋪展開來，那是一片讓人忍不住會用美麗來形容的天空，光是抬頭仰望就會感覺到自身渺小，彷彿此時此刻並非現實一般。儘管前往高樓大廈時邁開的每一個步伐都無比沉重，但是感覺思緒在飄然而起。我現在要做什麼？為什麼會來這裡？就算不回答滿腹疑問，停下腳步的瞬間，一切仍順流而行。

「負責！你們給我負責！害死我丈夫的××建設！你們全都是殺人犯！」

憤怒的吶喊聲響徹街道，原本各自前行的路人停下了腳步，行駛而過的車輛也放慢速度、搖下車窗，無論多少人向我投以異樣眼光，我依舊直視前方，把目光聚焦在眼前的這棟高樓。當我緩緩將視線上移，高樓背後的晴朗天空再次映入眼簾，世界也再次變得渺然。我深吸一口氣，強噙呻吟，再次用從未使用過的大音量吶喊：

「我的老公被你們公司害死了！有人死了！孩子……孩子才兩歲……，他爸就死掉了！都是因為你們，因為你們不負責！」

當第二次吶喊聲在街道上蔓延，幾個人便從大樓裡跑了出來。我無動於衷，繼續在原地朝那幫人進行第三次吶喊。

「不當的部門轉調！過重的工作量！他就是這樣死的！我老公就是這樣死

掉……」

我感覺到肩膀一陣疼痛，一名身穿黑色背心的壯漢，一把按住了我的肩膀。

兩名身穿黑色背心的男子、一名身穿褪色藍色警衛制服的中年男子、兩名身穿西裝的上班族，這些是包圍著我的人。其中一名看上去職位較高的西裝中年男，一把拉開按住我肩膀的壯漢，用冷靜的口吻對我說：

「太太，您在這裡這樣鬧實在讓我們很為難，調查結果不是也已經出爐了嗎？我們沒有做錯任何事啊。」

「我的老公死了……才剛被調部門三個月就死了！在我們家公寓頂樓跳樓死的！孩子……孩子才兩歲……這真的像話嗎？」

「我可以理解您的心情，充分理解，但是老是這樣我們也很為難，只能走訴訟這條路。不能這樣在公司門口妨礙我們工作啊，其他員工看到會怎麼想？」

「會知道你們公司殺了人吧。」

我不自覺下巴用力、咬緊牙關，心裡恨不得直接往那人臉上吐口水。身穿西裝的中年男子一臉覺得頭痛的樣子，把花白的頭髮向後撩。我看著他顧及周遭目光的樣子更是怒火中燒。眼色，該死的眼色，既然這麼在意別人的眼光，看著大家的眼色，卻害死了我的老公。這些想盡辦法撇清關係、顧及形象的虛偽傢伙，我的眼睛一刻都沒從他身上離開過，緊緊盯著他看，他長長地嘆了一口氣，再次努力耐著性子說道：

「您再這樣說我們也很頭痛，今天就先請回吧，天氣這麼冷，您不是說還有個孩子嗎？媽媽在這裡鬧，孩子多可憐啊。」

他那略帶嘲諷的口吻觸動到我的敏感神經，尤其最後那句簡直就像鉤子一樣勾傷了我的心，彷彿是在將我撕碎。

「王八蛋……」

而在這個節骨眼，他竟然還在觀察周圍人士的眼色，我看著他那個樣子，感到呼吸困難。他什麼都不懂，根本無法理解我一個女人失去了丈夫的心情、要獨自撫養失去爸爸的小孩，以及身為自殺者家屬被遺留在這世上的心情。當內心百感交集，憤怒、悲傷等情緒錯綜複雜地交織在一起，我說不出任何一句話，於是他又更靠近我一些，小聲地對我說：

「這位太太，趁我還稱呼您太太的時候，麻煩請回吧。自殺也好、怎麼死的也好，他的身亡為什麼要叫公司負責？您是圖錢嗎？如果覺得不公平就上訴啊，不要來這裡鬧事，但應該也只是白忙一場。」

「我要堅持到底……揭發你們這群人的真面目！全部都是殺人兇手！都一樣，殺人犯！」

「所以啊，如果覺得委屈，就別在這裡鬧了，走法律途徑吧。拜託您請回了……」

他似乎也逐漸失去耐心，努力壓低嗓音說道。他的身旁站著兩名男子，一個是警衛，在我們之間不停察言觀色，另一個則是看起來像他下屬的職員，所有人都在默默觀察著彼此的眼色，那該死的眼色。我再次全身僵硬，動彈不得，唯一能做的事情只有狠狠地瞪著他們。我對於這樣的自己感到極其狼狽、淒涼，每嚥下一口口水，都像是在吞魚刺般疼痛。

「喂喂，這裡，去幫這位太太攔一輛計程車。您路上小心～」

他故作輕鬆地說著，於是年輕男職員便連忙跑到馬路邊上揮手，拚命想要盡快攔到一輛空車。男子同樣沒等我回答，一看到有空車可上，直接丟下一句：「這些是車費，您還是回去照顧孩子吧，也別再來鬧事了。」然後頭也不回地往那棟高聳大樓內走去。

他那轉身離去的背影，沒有絲毫猶豫的大步伐，都看得我瞬間感到噁心，不得不強嚥充滿酸味的唾液。一切都變得遙不可及，我愣在原地，一動也不動，於是年輕男職員用雙手扶住我的肩膀，帶我往計程車方向走去。我雙腳無力地走著，身穿黑色背心的男子站在原地觀看著這一幕，而那名轉身走回公司的男子背影依舊歷歷在目，把我塞進計程車後座的男職員，從車窗遞了一個白色信封給我，說：

「這是車費，回去路上小心。司機大哥，再麻煩您了。」

在尚未徵求我意見的情況下，計程車就擅自出發了。從驛三到江南的那條大道，對我來說簡直宛如地獄。曾經痛苦到想死也不得不上班的他，每天踏上這條通勤路時，是否也和我有著同樣的心情？是否也懷揣著百般無奈，每天往返公司和住家？日復一日。

當這個念頭在腦海裡油然而生，眼淚便猝不及防地潰堤。我坐在不知前往何處的計程車內，發出陣陣的嗚咽啜泣聲，眼淚直直落，沾濕了衣裳。如今，我只剩下後悔了嗎？為什麼他不再活著回來？明明我現在這麼後悔，當初沒能察覺、沒能接住他，所以感到後悔莫及；然而，不管多麼懊悔萬分，時間依舊無情地向前走，就連這世界都如此冷漠無情。

＊

雖說距離車站不遠，但也許是因為上坡路段的關係，感覺路途格外遙遠。走出車站後，沿著大馬路走五分鐘左右再右轉，便看見一條狹小的上坡小巷。所幸腳踩的米白色亮面皮鞋鞋跟不高，爬坡時不至於感到不適。啪嗒啪嗒，走著走著，終於出現了三岔路口。

應該就在這附近啊……

我站在三岔路口，環顧四周。地圖指向的正是這一帶。我站在原地五分鐘左右，一間雜貨店映入了眼簾，這間看起來頗有年代感的雜貨店，似乎比便利商店還更具優勢，牢牢掌握著周遭商圈。雜貨店門口擺放著一張小矮桌，幾名上了年紀的老人家，三三兩兩圍坐在那裡，大白天地就在飲酒作樂。一名看似雜貨店老闆的阿姨手拿酒瓶走到店門外，正巧與我四目相交。正當我連忙準備挪移視線時，她從遠處叫住了我。

「小姐，妳在這裡做什麼？」

「啊……我只是在找路。」

我面露尷尬微笑回答，於是阿姨目不轉睛地盯著我看。她見我依然比對著地圖和周遭建築物，遲遲走不出這條三岔路口，於是再次向我喊道：

「小姐，妳是要找徵信社嗎？」

「徵信社？」

「就是那間專門幫人找出死因的地方，就在那邊，旁邊那棟大樓的四樓。」

「噢……」

我按照雜貨店老闆手指的方向看過去，終於注意到那面招牌。

4F心理剖檢中心

心理剖檢中心，就是律師介紹給我的地方。隨著丈夫的職災申請被駁回，我為了提出上訴，找了一名律師。他建議我不妨嘗試諮詢心理剖檢中心，並簡短說明這是個專門協助追蹤死者的自殺原因、提供家屬安慰並且設定預防自殺計畫的機構，律師甚至委婉地向我表示：「雖然還是要經過心理剖檢才知道，但我想可能會對您有所幫助，他們絕對能幫助您。」並為我感到擔心。他的擔心也是有跡可尋，畢竟這幾個月來，我的體重驟減了將近十公斤，脾氣也變得暴躁易怒，就連話也變少許多。要是見到我這樣子的人是醫生而不是律師，恐怕早就幫我安排住院治療了。

「謝謝……」

我輕輕點了點頭，重新邁開步伐。當低跟的皮鞋踩在地面，腳步聲顯得格外響亮。也許是有點緊張，指尖在微微顫抖。我推開老舊建築物的玻璃門，竟出現一條比外觀整潔許多的走廊。沒有電梯的四樓，我每走一步都刻意調整呼吸。我沒想到竟然會有這種機構，也從未想過有一天會需要來到這裡。正當我腦中浮現雜七雜八的念頭，納悶著自己為什麼會遭遇這種事情時，一轉眼已經爬到了四樓。乾淨到沒有任何指紋的玻璃門，我抓著白色門把推開了那扇玻璃門，於是傳來叮鈴鈴的風鈴聲響。我的雜念頓時消散無蹤，取而代之的是風鈴聲在腦海中迴盪不止。

「您好，是宋蓮雅小姐，對吧？」

「是的……」

當我聽見她用沉穩內斂的聲音提及我的名字時，內心不由自主地平靜了下來。聲音的主人給人溫柔穩重的印象，從她那開朗卻又無力的微笑中，可以隱約感覺到從事什麼工作。棕色系的西裝褲與雪紡衫搭配，顯得高雅端莊；梳整乾淨的髮絲則透露著細膩與講究。儘管我呆站在門口，她也沒有任何催促，充分等待了一會兒之後，才小心翼翼地向我開口說道：

「要不要先來這裡坐？幫您倒一杯熱茶如何？」

「啊……好。」

我按照她的提議緩緩朝她那裡走去，這是靠我個人的意志走進的地方。我繼續照著她說的話坐在了指定的沙發座位上，那張沙發軟硬度適中，不會軟到整個人陷進去，也不會硬到坐著感覺不舒服，軟得恰到好處。不織布材質的沙發飄散著一股淡淡的棉織品香氣，當我感受到香味時，周遭的物品也逐漸映入眼簾。放置著隔板的辦公區、擺放著沙發的大廳、矮矮的茶几、位於角落用不透明玻璃隔出來的一個密閉空間、白色水波紋天花板、時髦的內部裝潢與老舊的大窗戶，還有窗外的風景。就在我環顧四周時，她已經默默地泡好茶，將那杯茶推到我面前，與我面對而坐。

「從外面看我們這棟是不是覺得很老舊？其實我們中心進駐這裡也才三年而已，內部還是滿乾淨的。」

「嗯……」

「我是這間心理剖檢中心的負責人，姜芝安。坐在那邊的是林相佑先生，他負責協助本中心的整體營運業務。是不是覺得我們這裡的成員比想像中少？」

她害羞地笑了。我稍微看了一眼那位叫相佑的男子，塊頭滿大，頗有熊的感覺。我和他對到眼時，他親切地回了我一個笑容，光看他的眼神就能感受到是個親和力十足的人。

「您說，您想要委託我們分析姜周烈先生的案件？」

我頓時清醒。從她口中出現老公名字的那一瞬間，我才終於意識到自己為什麼會在這裡。明明只是聽到名字而已，指尖卻反射性地自動開始發抖。腳尖則是不知從何時起敲打地面的，正發出嗒嗒聲響。她似乎並沒有覺得我很奇怪，正面直視著我，只不過，應該是內心被什麼東西觸動到了，她的眉毛微微垂落，表情略顯難過。她緩緩開口說道：

「一定很不容易吧……？」

「……」

只因為這一句話，壓抑已久的悲傷情緒瞬間湧現。我無法回應，只能輕輕點頭。為了讓自己重新整理好心情，我迅速擦去眼眶裡盈滿的淚水。她安靜地從桌子上抽了一張紙巾遞給我，彷彿是在告訴我：放心哭吧，沒關係。

寂靜，然後依舊是寂靜。不知時間過了多久，好不容易止住了眼淚。然而，身體卻像痛哭過一樣，濃濃的疲憊感席捲而來。慵懶的下午，偶爾只有聽見那位名叫相佑的男子在敲打鍵盤。我不曉得該從何說起，她似乎是察覺到了我的不知所措，就在氣氛快要變得尷尬之際，連忙開口：

「我們透過律師得知了這起事件，不過，在進行心理剖檢之前，需要您在幾份文件上進行簽名，這些是調查所需的資料同意書，簽名後才會進行訪談。除了您以外，我們也會對已故者的親朋好友進行訪談。您今天方便接受訪問嗎？」

她像是在徵求我的同意似的，上半身微微向前傾，直視著我的眼睛。她有著內雙的雙眼皮，還有著漆黑的黑眼珠，是一雙讓人看不透內心的眼睛。究竟是發自內心的哀悼，還是對失去丈夫的人所傳遞的同情心，究竟是帶著什麼樣的心情在從事這份工作，不得而知。然而，我點了點頭，不管她是什麼心情都無所謂了，只要能得到對上訴有利的結果，只要能恢復周烈的名譽，無論什麼事情我都願意做——到公司門口示威抗議、提訴訟等……任何事情都願意做。

「相佑，麻煩幫我準備文件。」

「好的。」

印表機的聲音充斥著整個空間，我的視線早已迷失方向，變得模糊不清。我感覺到忙碌的氣息，然後在垂落的目光前，遞來了一份文件放在桌上，一旁還有一支印著「心理剖檢中心」標誌的原子筆。當我在簽名的同時，她也不斷地向我解釋這份文件的內容。個人資料同意書、紀錄確認書、驗屍報告……充斥著陌生單字的話語，一句都進不到我的耳裡。如今已經沒有回頭路了，只有不帶任何想法地在一個個空白的欄位上簽名。

「文件都確認好了，現在方便進行訪談了嗎？」

「好……」

「那我們移動到諮商室吧。這邊請。」

她從座位上起身，走到位於辦公室角落隔出來的獨立空間，推開那裡的門。「諮商室」三個字讓我有一種錯覺，彷彿不是為了丈夫的問題來到這裡，而是因為我個人的問題。雖然我從未接受過心理諮商，但我暗自猜想，丈夫第一次去精神科時，是否也是這種感覺？帶著無人傾聽的故事，抱著緊抓最後一根救命稻草的心情、被放在無路可退的懸崖邊的那種心情前往。我一步步踩著支離破碎的心情，走進了諮商室。

她從裡面關上了門，空間瞬間變得極其安靜，彷彿與世隔絕，踏入了另一個世界的感覺。

我先入座，她則是坐到了我的對面。她的身後有著一片灰牆，右邊有著一扇大窗，可以一覽外面的風景。也許是因為這棟建築物在上坡路段，所以即使樓層不高，視野依舊遼闊，日照充足。我沿著陽光移動視線，看見了她的臉龐，光線灑落在她的右臉上，光影交織。

「開燈會覺得比較舒服嗎？」

我搖了搖頭。腦海中瞬間浮現了日光燈的光線，彷彿會將我的內心赤裸裸地暴露出來，些微的陰影與黑暗反而能使我感到安心，所以我向她表示維持現在這樣即可。聽聞我這樣回答，她沒有開燈，然後向我說道：

「從現在起，我們的談話內容將全程錄音，當然，所有內容都會嚴格保密，不會用於調查以外的任何用途，所以您可以放心地訴說。」

她似乎已經在我看不見的地方按下了錄音鍵。自我踏入這裡的那一刻起，她就費盡心思努力避免碰觸到我的敏感神經，可是無論她多麼小心翼翼，我還是感到渾身不自在。自殺，正因為有人自殺，所以才會需要來到這裡，光是這項事實本身，就已經令人難以自在。

「我方便請您先做個簡單的自我介紹嗎？」

「我叫宋蓮雅，今年三十三歲，家庭主婦。有一個兩歲大的兒子，結婚大概四年了。周烈他……大概是三個月前離世的。」

我努力調整自己的聲音說話，為了說得精準，刻意加強了發音。要說得精準，我要說清楚，才能為丈夫的死亡提出上訴，才不會變成是因為他軟弱而死，是受到一間企業的不合理待遇而身亡。他的死因，取決於我。所以我慎重挑選著腦海裡浮現的單字，好讓一絲誤會都不存在。

「方便說說您先生過去的成長背景嗎？」

「現在只有他的母親還在世，父親則是在他就讀大學時因心肌梗塞而過世。我公公原本從事物流業，自從他離世之後家境就陷入經濟困難，所以周烈是半工半讀畢業的，後來花了一段時間才好不容易找到工作，聽說那段就業準備期滿苦的……應該準備了約莫兩年多的時間吧，據說是為了找到一份穩定的工作，所以才會花比較久時間。後來才認識了我。」

「那他和家人之間的關係呢？」

「滿好的，只是經濟條件比較不寬裕而已，和爸媽的感情都滿要好。或許是沒有手足的關係，父母也很照顧他。我婆婆也對我很好，是很和善的人，只不過比較細心仔細，所以有些部分的確會比較龜毛一點。我先生這點可能像他媽媽了，也有一點完美主義的傾向，很愛乾淨，凡事也要求精準……」

我想起丈夫的身影，歷歷在目。和他初次見面、與他母親閒聊的話題、和他認真聊到關於家人的那天……當我講述這些內容時，感覺丈夫此刻還活著，彷彿就在某處生活，這些故事都將持續延續。那些與他一起的日子、和他一起的回憶……等我回去以後還能重新見到他嗎？一切都那麼的清晰，恍如昨日一樣。

*

四月，那是以然迎接的第二個春天。他似乎非常喜歡春天，自從樹枝冒出花苞開始，每次帶他出門散步，他總要用小手將每個花苞統統都摸一遍才甘心。而當花苞終於綻放時，她會笑得燦爛無比，可愛地東奔西跑。丈夫露出了十分幸福的笑容。

「看來我們的寶貝很喜歡花呢，跟妳一樣。」

他邊說邊將以然一把抱起，儘管我們有推嬰兒車出來，周烈還是抱著以然，帶他觀賞周遭風景。

「既然天氣也暖和了，我們以後每個週末都一起出來散步吧。」

他向我說道。那是讓人毫不懷疑的笑容、沒有任何破綻的笑容、和以然如出一轍的笑容。

無論我怎麼回想，周烈都不像是會選擇自殺的人，而是會和我、以然一起生活下去的人。我從未對此懷疑，深信我們會一起，會一直一起撫養以然長大。風光明媚的日子，高樓大廈反而入不了我的眼，維護整潔的散步道路上，我光是微微抬起頭，就能看見晴朗天空。而當我轉頭看向後方，周烈就在我身後，他後方的樹木被風吹得搖搖晃晃、沙沙作響。那瞬間，一片祥和。

*

然而，正當我沉浸在還有他的那些日子裡時，她向我拋出了其他問題。

「請問可以將關於您的部分說得更仔細一些嗎？對於您來說，丈夫是什麼樣的意義呢？」

「啊……？」

面對這樣的提問，原本環繞著我的戾氣瞬間變得毫無意義。因為自從他離開人世之後，我的腦海裡只有他。為什麼我的丈夫會死掉？我該如何接受他的死？我感到後悔莫及，想挽回一切。對那些人感到怨恨、憤怒至極，僅此而已。唯有如此，我才能撐得下去。

而他離開後，我過的是什麼樣的日子？我成了什麼？

「我們，好不容易，才有了一個完整的家庭。兒子也才兩歲……我當初及早就業、獨自生活，也都是因為父母，父親總是惹出各種財務上的問題，所以和母親經常吵架，然後再拿我來出氣，我幾乎是用逃的一個人走了過來。然而，周烈不同，他腳踏實地、溫柔體貼……不管是和他談戀愛還是結婚後，都從來沒有對我大小聲過。他就是個這樣的人……可是，被那群人……」

有很長一段時間，我獨自一人，在遇見他之前，長期都是一個人。我是個漂泊流浪、居無定所的人，是不想回到過去任一時刻的人；而他卻在這樣的人生裡成為了我的家人，讓我得以融入社會生活，使我變成了也會懷念過往的人。他對我而言，早已是超出丈夫以外的意義，因此，我才更不能放棄這場戰爭。我拚了命地把藏在心底的話說出來，只希望我的懇切之心能夠如實傳達。

「您說的那群人是指……？」

「他們公司那群人。從某一刻起，周烈就老是說他不想去上班，就算我問他是遇到了什麼問題，他也不回答我，只說他想離職。當時我沒多想，還天真地對他說，孩子才剛滿兩歲，說什麼傻話呢。可是有一天，他喝得爛醉回家，不停罵公司有多爛，甚至哭著說自己快要被公司的人逼到活不下去了。早知道那時候就該讓他辭職的……」

「當您看到先生如此痛苦的樣子時，您又是什麼樣的心情呢？」

複雜的心情老是哽住我的喉嚨，使我說不出話。我不斷告訴自己，哪怕是要刻意壓抑或者強迫吞下情緒，都得想盡辦法把話說出來。說吧，一定要說出來才行……我不斷暗自默唸，努力把要說的話說完。

*

「我被轉調部門了。」

當周烈對我說出這句話時，我還沉浸在以然的笑臉當中。孩子那天真無邪的笑容，看得我也彷彿忘記了這個世界。我沒有多想，自動反射性地問他：

「為什麼？」

「可能公司有公司的考量吧。」

「總之都是公司的工作，你好好加油認真做做看，說不定轉部門是好事呢。」

我這樣回答。他悶不作聲，我才察覺到不對勁，轉頭看了他一下。他沒有看著笑容燦爛的以然，而是望著陽台。雖然不知道發生了什麼事，但他滿臉愁容，若有所思。即便如此，我依然單純地相信他一定能撐過去。只是如今回想，會發現那是一份既殘忍又自私的信任。

深夜十一點……

一天即將結束。自從他轉調部門以後，我看時鐘的次數變多了。原本最晚八點前都一定會回到家的人，如今卻是經常過了深夜十點、十一點才到家，所以我的目光老是會不自覺往牆上的壁鐘看去。隨著沉重的腳步聲和玄關門開啟，燈光映照在周烈那張疲憊的面孔上，他的目光落在冰冷的地板上，甚至就連看都不看我一眼，只丟下一句簡短的「我回來了」，便躲進廁所裡。等他洗完漫長的澡，終於和我一起平躺在床上時，我嘗試詢問：

「工作怎麼樣呢？」

「好累，睡吧。」

過去總是溫柔回答每一件小事的他，這次反而沒有正面回應我的提問。這是自從轉調部門後，變得不一樣的地方。我只能心想，應該是工作太累吧。後來，我刻意不再詢問他關於工作的事情，那是我自以為信任他的方法。

我們的生活逐漸變得不對勁，由於丈夫經常晚下班，週末也無精打采，這讓我感到有些失落，最終忍不住對他抱怨了一番。我對他說，我照顧以然一整天也很累，至少週末陪陪我吧。質問他還記得上次一起出門是什麼時候嗎？他聽著我不斷宣洩內心不滿，最終深深嘆了一口氣。我頓時語塞，因為那聲嘆息，聽得出悠長深遠，他似乎不想再和我多談。

直到某個深夜，我聽見了他的聲音。

「呃……呃啊！」

那是連時間都難以推測的深夜，他的慘叫聲響徹臥室。我猛然驚醒，把手輕放在他的背上。他默不作聲，全身早已被冷汗浸濕。那樣的夜晚持續了好幾天，重複上演好幾回之後，我甚至開始懷疑這個人到底有沒有真正睡著過。儘管他不再尖叫，卻從未給人一種「正在睡覺」的感覺，也沒有熟睡時才會吐出的那種深沉呼吸聲，以及熟睡時的安穩感，往往在鬧鐘響起前就先起身準備去上班。

「周烈，要不要請醫生開一些安眠藥給你？」

主動提議接受精神科治療的人是我，抱怨也逐漸轉變成擔心。因疲憊而黯沉的臉龐，還有伴隨而來的簡短回應，在我看來是因睡眠不佳導致體力不足，所以還嘗試買過保健食品幫他補身體。然而，周烈渾身散發出來的氣息變得不一樣了，再也找不到過往的活力。他面對我提出的接受精神科治療建議也毫不驚訝，只有淡定地陷入沉思一會兒，便回答自己會再找時間去看醫生。

「可是我想陪你一起……」

「妳還有以然要照顧，我自己去就好了。」

他彷彿對於這一切都感到無所謂似地，語氣淡定地說著。醫院也是他自己尋找打聽的，所以沒有明確告訴我去的是哪一間醫院。初次準備前往醫院的那天，他獨自走向家裡的玄關大門，我則是抱著以然送他至家門口。

「路上小心。」

「蓮雅……」

「嗯？」

「我……辭職吧？」

他擠出了略帶調皮笑意的表情向我問道。久違的輕鬆微笑使他說的這句話聽起來像玩笑話或小抱怨，畢竟每個人都有不想上班工作的時候，周烈也時常會丟出一些玩笑話，所以我理所當然地回答：

「也要為以然著想啊，他才剛滿兩歲呢。」

「也是吼？」

他繼續面帶笑容，然後轉身走出玄關大門。看著他出門後，我站在原地片刻。

＊

當時那個表情是周烈說的最後謊言。因為從那之後，他連微笑都變得不一樣了。在需要微笑的瞬間，他只會勉強做出一個近似微笑的表情，看上去顯得有些詭異。僵硬的眼神、刻意上揚的嘴角、微微露出的牙齒、輕輕顫抖的顴骨肌肉。那是我從未在任何人臉上見過的笑容，卻在周烈臉上看見。而我甚至把那詭異的表情當成是微笑，依然相信他沒事。

*

由於工作無法請假，每週六周烈都只能獨自前往精神科。睡前，他總是同時服下保健食品和安眠藥才入睡。每當凌晨醒來，我都一定會確認他的肺是否有在起伏呼吸。他的肺持續不停地在運作，也不曉得自己是在擔心他什麼，其實他沉睡中的表情與那次說要帶以然一起去散步的表情並無差異。我暗自下定決心，這週末一定要全家一起出去走走透透氣。

然而，就在即將迎來週末的星期五，我的日常再次被打破。那天，就像一只勉強拼湊起來的碎裂瓷碗又再次破碎。深夜，丈夫依舊沒有回家，由於他加班變得頻繁，所以我猜應該只是被工作纏身，沒有多想。直到凌晨十二點、一點……，他也一通聯絡都沒有。而在我忙了一天的育兒和等待，最後體力不支準備睡著時，已經是凌晨兩點後了。

「他媽的，一群狗娘養的……，都該死，全部都該死！管他是社長、部長什麼的……，做人怎麼能這樣，身為人怎麼可以這樣！」

客廳裡傳來的巨大聲響驚醒了我，是丈夫的說話聲。我連忙從床上爬起身，往客廳走去，只見他踉踉蹌蹌地站在那裡，背對著我，連一盞燈都沒開。儘管他平時喜歡喝酒，卻從來沒有如此大聲咆哮過，一直是個性格溫和的人。而他似乎有感覺到我從房間裡走了出來，雖然停止了吼叫，卻像是在呻吟似地向我說道：

「都……都該死……。媽的……幹……。我……我到底做錯了什麼……。」

「周烈？」

他沒有回頭看我，我無從得知他是面帶何種表情在說這些話。我驚嚇之餘，小心翼翼地走到了他身邊。靠得越近，刺鼻的味道就越明顯，是濃濃的酒氣。我輕扶他的肩膀，他直接一屁股跌坐在地，依舊沒有回頭。

「周烈……」

「……睡吧，走，去睡覺……」

他用平靜的語氣說道，彷彿剛才的喊叫從未發生過似地，語調中不帶任何憤怒或生氣，只有淡淡地說了一句「睡吧」。那單調的語氣反而加深了我的不安，我為了看清楚他的臉龐，蹲了下來，轉動他的肩膀，使其面對我。然而，他紋絲不動，甚至連那垂落的頭也絲毫不打算抬起。

「周烈，有發生什麼事嗎？」

我輕聲細語向他問道。為了掩飾內心驚訝，我刻意用更冷靜沉著的態度接近他。他依舊低著頭，不發一語。就這樣過了一會兒，我一直蹲坐在他身旁陪著他，直到時鐘指向凌晨三點。

「……走吧。」

「……」

他似乎是不打算回答我的問題，只說了一句走吧，隨即猛然起身，連看都沒看我一眼，就快步走進了主臥房。我跟著他走進房間，卻發現他已經整個人躺在床上，還把棉被蓋到了頭頂。我靜靜躺在他身邊，輕輕從他背後抱住了他。我可以感受到撲鼻而來的酒氣與微微地顫抖，除了不規則的喘息聲以外，房間裡一片寧靜。他喝多了，一定是喝醉了所以才會這樣。面對從未見過的這一面，我只想相信是酒後失態，因為我還夢想著能和他、以然一起散步的週末。

然而，整個晚上，我腦海中一直浮現周烈的怪異表情，即便從他回到家，我都沒真正看清楚過他的臉龐。

＊

「我聽說……您有親眼目睹先生的最後？」

她很小心翼翼地探問，因為她清楚知道，那是我不願重提的記憶，卻依然鼓起勇氣嘗試詢問我。總之，我是為了把事情的來龍去脈講清楚而坐在這裡，她則是為了聆聽而坐在我對面，所以在我看來，她也的確是問了必要的問題。我淡定地回答：

「那是個一切都很怪異的一天。」

那天的駭人畫面很不像現實，反而讓我感受不到任何情緒，就好比長時間看著血流成河的殘忍電影會感官麻木一樣，是相同的感覺。我盡可能詳細描述那天的情境，好讓她也能如實感受。

＊

七月二十八日，早上七點半。吵人的鬧鐘響了好幾回。我之所以記得這個時間，是因為鬧鐘每天都會在這時候響起。我揉了揉眼睛，看向一旁，他就躺在我身邊，沒有關掉鬧鐘，而是保持前一晚的睡姿，棉被也還是蓋到頭頂。我連忙搖醒他：

「周烈！上班要遲到了，快起床。」

「……」

「周烈，快起來了。」

「身體……身體不太舒服。」

他將棉被重新拉好，表情卻顯得非常痛苦。我已經伸手去摸他的額頭，確認是否有發燒。所幸沒有，反而有些冰冷。我問難以起床的他：

「哪裡痛？要去醫院嗎？」

「……不用，我休息一下應該就好了。」

「還要進公司上班嗎？」

「我等等……聯絡……」

他是個自從上班以後就從未請過一天病假的人，甚至就連他的母親被醫生診斷出乳癌初期接受手術當天，也只跟公司請了半天假，即使心情再沉重，也堅持一定要進公司上班、把份內事情處理完的那種人。母親的手術成功結束後，需要有人看顧照料時，他也是拜託我幫忙，自己還是每天勤勞不懈地進公司上班。即便請公司給的特休假，也都會配合公事行程安排。然而，這樣的人竟突然說想要休息，我無法再催他起床，也認為這樣做才是為他好。

「那我先去弄飯，我們等等一起吃，以然也快醒來了。」

「……」

儘管我在廚房準備早餐，視線還是會不由自主地往主臥房方向望去。他在我離開房間以後，甚至還把主臥室的房門緊緊關上，我連他的人影都看不見。難道是真的很不舒服？究竟是哪裡痛呢？雖然越來越擔心他，但我還是默默地煮著早餐。

叩叩。

「周烈。」

我邊敲門邊推開房門，看見他依然躺在床上。手機扣放在一旁，被子拉高遮住頭部，用手臂遮住眼睛。我走近他，半哄半求地說：

「至少吃點飯吧，好嗎？就算要休息，也得先填飽肚子啊。」

「肚子不是很舒服……」

「很難受嗎？要不要煮粥給你？」

「沒事，我再躺一下。」

「……」

他依然用手臂遮住眼睛，有氣無力地回答。我無從查看他的眼神，確認究竟抱持著什麼樣的心態。基於擔心，我想要繼續向他搭話，卻也擔心會讓他感到有壓力。正當我觀察了一會兒，準備要再次開口說話時，聽見了小孩的哭聲。

「以然好像醒了，那你先休息，我去看看他。」

我匆匆走出主臥房，以然已經在嚎啕大哭，整張臉都皺了起來。要哄哭鬧不休的孩子是一件令人手忙腳亂的事情，一下拿玩具搖晃分散他注意力，一下又嘗試將他放床上躺平，但他還是哭個不停，最後我只好慢慢餵他吃副食品，這下他才露出了開朗笑容。那時我才終於覺得安靜了下來，稍稍可以鬆一口氣。

然而，他依舊沒有從臥室裡走出來，我內心沉重，充滿擔憂。時間已經來到上午十點整，正當我打算去查看沒有任何電話聲和說話聲的主臥房時，他緩緩走到了客廳。他沒有正眼看我那充滿歡喜的眼神，而是像刻意迴避似地躲進了廁所。就這樣過了十分鐘，正當我打算叫他時，廁所門突然打開了，他一屁股坐在客廳沙發上，兩眼呆滯地望著陽台外。

「身體還好嗎？」

「嗯……」

「公司呢？」

「聯絡了。」

他始終沒有看我一眼，也沒有看笑著搖晃玩具的以然，只有面無表情、直盯盯地看著陽台外。我看了他一會兒，還是將目光轉向了以然。孩子一直渴望得到關注，一家人聚集在一起的客廳裡，只有以然的牙牙呢喃聲在迴盪。

「我出去一下回來。」

「去哪裡呢？」

「就……只是想走走。」

他起身說道。我基於希望他出去透透氣，一口答應了他，叫他放心出去，我會在家照顧以然，畢竟平時他出門上班，我也都是和以然母子倆獨處，所以沒有什麼捨不得的感覺。丈夫從我和以然身旁經過，往玄關方向走去。我微微探頭查看，只見他在玄關處穿好拖鞋，背對著我，正準備打開家門。

「拖鞋……」

儘管有一種難以形容的奇怪感覺，但我心想他應該只是去附近散步，就沒有多想。迴盪在公寓走廊的腳步聲愈漸遙遠。我再次看向以然，他正在笑咪咪地拿著一個又一個玩具給我，我也給了他一個微笑。家中只剩下我和以然，感覺就像平時老公出門去上班一樣。我看著一如往常笑容燦爛的孩子，順便確認了一下時間，上午十點四十分，周烈應該已經走到家門口巷子處的便利商店附近了吧。我當時還心想，等老公要回來時，要叫他順便買一瓶牛奶……

然而，就在那時，窗外傳來一陣尖叫聲。

「啊——！」

我嚇了一跳，手上的杯子不慎掉落在地。雖然杯子因為有地墊緩衝而沒有破掉，卻還是出現了裂痕。為了以防萬一，我清理了可能掉落在地的細小玻璃碎片，然後好奇地前往陽台想要查看外面究竟發生了什麼事。我將上半身探出陽台往樓下看，發現有一群人聚集在一起，我從八樓看下去不是很清楚，但似乎是有人倒臥在地。將地板染成一片黑的東西，不確定是不是血。我懷著惴惴不安的心，連忙撥打電話給周烈。

吱——吱——

家中傳來手機震動聲響。我循著聲音走進主臥室，看見放在床上的手機。一股難以控制的焦慮不安排山倒海而來，我發了瘋似地衝出家門，按下了電梯按鈕。電梯緩緩上樓，門一打開我就立刻按了一樓鈕，然後狂按關門鍵。電梯絲毫不在乎我的心情，依舊自顧自地以它緩慢的速度下降到一樓，就和它上來接我時一樣。電梯門一打開，我再次奔跑，往我從八樓看到的那個人群聚集處跑去。

然後，我親眼目睹……一雙以不合理的角度扭曲在地的腿，整個地面都已經被鮮紅到發黑的血染成一片，帶著丈夫面孔的頭顱已經被壓碎……嘴巴還一直在流血，牙齒已經消失不見……。我眼前一片漆黑，耳邊傳來了救護車鳴笛聲。儘管眼睜睜看著警察和救援人員在盡力搶救，我也一句話都說不出來。我的雙腿發軟，已經不記得自己是跌坐在地還是怎麼樣了，就只記得有一名警察朝我走來，詢問我與周烈是什麼關係。

「老……公……」

後來的事情我就完全不記得了，也不知道最後那灘血是如何清理乾淨的。

＊

「我很後悔，每天都後悔萬分。要是當初跟他說，那種公司不去也罷，我們兩個無論如何都能找到方法活下去的話……或者追問他到底是為了什麼事情如此痛苦的話……要是那天叫他不要出門的話……一直和他在一起的話……」

「宋蓮雅小姐……」

我是從何時起開始流淚的呢？明明沒有感受到悲傷的情緒，眼淚卻不自覺地在流。我所剩下的，只有當天的記憶與後悔莫及。哪怕只要一個環節不同、哪怕我再多問他一次……袖手旁觀他死亡的人，旁觀的，我，著實無法原諒，那些人，還有我自己。

「宋蓮雅小姐，我們無法預知未來。您說過，丈夫以前也有抱怨過自己很累，最後仍然堅強地熬了過去，所以您相信他這次一定也能克服困難是理所當然的事情。未能察覺他的異樣、他自己最後做出的選擇，這些統統都不是您的錯。而我們從事這份工作，正是為了防止這種事情再次發生。」

她冷靜沉著地說道。在她繼續說話的期間，那些話逐漸傳進了我的耳裡，她告訴我不是我的錯……那些一直在我內心深處折磨我的聲音、無論我多麼責怪那些人也始終擺脫不了的心情……至今為止，從未有人對我說過這不是我的錯，甚至就連我自己都沒有對自己說過，所以我無法輕易接納她說的這番話。

「我方便再問您一個問題嗎？」

她小聲又清楚地問道。我好不容易點頭，儘管眼眶已經微熱泛紅，也還是選擇正面直視她的眼睛，只為了聽清楚她的提問、為了訴說丈夫含冤莫白的最後。

「當初要是能怎麼做，說不定就能救您的丈夫呢？」

「公司，是公司，假如讓他遞辭呈，結果就不會是這樣了。雖然他沒有告訴我在公司到底經歷了什麼，但是在他變成那樣之前，有提過要轉調部門，而且加班也變多，從那時起就變得很痛苦，一定是被那間公司害的，可是那些人又不打算負責……」

我努力壓抑著內心的悲傷，盡全力，為自己，為周烈，為我們一家人訴說。

「明明他是被那些人害死的，申請職災理賠卻被拒絕。妳知道他們說什麼嗎？『妳的老公死了，是不是為了錢所以這樣鬧？想錢想瘋了嗎？他自殺妳要去怪他啊，幹嘛跑來怪別人？』說我是罔顧先生自殺滿腦子只想著要錢的壞女人。但我不是，不是像他們說的那樣……真的不是！我只是想讓周烈在孩子心目中是個有骨氣的爸爸，不是因為辛苦、懦弱而自殺的父親，是因公司而意外身亡的那種父親。這完全不是錢的問題，而是對我們一家人來說，周烈是個怎樣的父親問題。」

「……」

「所以，多多拜託您了……」

「我們會全力以赴。」

她那認真嚴肅的表情，使我真心想要相信她，相信她會是無論如何都能拯救目前這個情況的人，相信她真心接納我說的話、了解我的心意。她將自己的手輕輕放到了我的手上，以表信賴。儘管這是我一輩子都不想踏入的地方，但不知為何，我覺得這裡是我現在該待的地方。

＊

事隔兩週，我將丈夫的手機交給了剖檢中心，因為對方說要調查周烈生前的通聯紀錄。而這段期間，我也繼續和律師一起準備上訴，並且在丈夫的公司門口每天進行一人示威。而中型企業的職災申請遭拒、上訴、示威，這些都引發了社會關注，受到輿論媒體報導。

××建設公司員工自殺，申請職災遭拒上訴中

新聞將我的情況整理得一目了然，主要是參考我的受訪內容撰寫而成。部門轉調、過重的工作量，部分媒體甚至探討了公司的制度問題，可是大部分都還是只聚焦在「自殺」和「職災申請」上，換言之，都是在探討自殺究竟能在多少程度上被認定為職災。他們完全不了解死者家屬的真正心情，不明白為什麼丈夫的死必須被認定為職災，其背後意義究竟為何，只是在製造社會紛爭罷了。

—斂財的瘋女人，可悲

—老公人都死了，怎麼還會想這樣鬧事

—他的自殺給人添了麻煩欸，到底有什麼臉申請職災？

無論輿論倒向哪一邊，留言幾乎大同小異——斂財的瘋女人、給人添麻煩的自殺、懦弱無能的人、遲早都會自殺的傢伙……每當看到這些評論時，我都會噁心到想吐，感到委屈。這些人假如和我一樣面臨家人自殺身亡，還有辦法說出這些話嗎？能接受家人是因為「懦弱」「遲早都會自殺」所以選擇自殺這樣的評論嗎？甚至聽聞周遭人士有人選擇自殺，也會如此指責批評，毫不感傷嗎？我不允許他被說成這樣，不能讓他變成他們口中的那種人。我必須在這場官司中勝訴，就算做到這樣，也要向他們、向這個社會證明。

那天，我依然為了進行一人示威而穿上層層衣服。我把孩子託付給鄰居代為照顧，然後帶著示威標語牌出門。標語牌上用鮮紅色大大的字體寫著「殺人犯××建設公司」，然後還用一些小字寫著周烈死前所呈現的狀態。

正當我從衣櫃裡拿出圍巾時，手機電話鈴聲響起，是心理剖檢中心打來。

「您好，宋蓮雅小姐，我是心理剖檢中心的姜芝安。」

電話裡傳來和上次一樣沉著穩重的聲音。我一聽到她的聲音，心跳就開始加快，難道是剖檢結果出來了？結果是什麼呢？我盡量保持冷靜，勉強開口回答：

「結果，怎麼樣呢？」

「您方便先來我們心理中心一趟嗎？我想要當面和您談談。」

「什麼時候方便過去呢？」

「選一個您方便的時間吧。啊，如果您想要今天來的話，十點半前能否抵達？」

她似乎是察覺到我的心思，連忙補充道。我只想盡快聽到結果報告，多拖一天都覺得浪費。正好孩子也已經拜託鄰居幫忙照顧了，所以我心想，要去心理中心的話現在就要立刻出發。我拿著手機，立刻圍上格紋圍巾，說道：

「現在出發的話，應該……一小時左右能抵達。」

「沒問題。現在約莫……九點，那我們就一小時後在心理中心見。」

「好的，我現在就出發。」

「您路上小心。」

掛上電話後，我杵在原地愣了一會兒。衣櫃旁放著今天出門要帶的示威標語牌。我將視線往旁邊挪移了一點點，看見周烈生前痛苦躺臥的那張床，再微微往旁邊看，是一片由深灰色窗簾遮住的窗戶。這時我才發現，原來有陽光從窗簾的縫隙間穿透進來。我靜靜地注視著那道細長的光，浮游在空中的灰塵映入眼簾，它們時而下沉，時而飄起，又時而下沉，有如春日裡飄蕩的花粉。就這樣凝視了片刻，我終於邁開步伐，在心中暗自默唸，打起精神吧。

搭乘地鐵移動的途中，我腦中一片空白，沒有任何想法。既不擔心結果會判定為他的問題，也不期待結果會對勝訴有利，沒有任何突出的情緒，就只是平靜而超然。我相信我的丈夫，也相信她——雖然我還不夠了解她；當然，後者是毫無根據的信任，但從她那不逃避的眼神、沉著冷靜的說話聲、細膩的體貼、適當的穩重感來看，自然是很容易取得任何人的信任。

四樓，我爬上樓梯，卻沒有感受到太大的情緒波動，也沒有初次拜訪這裡時的緊張感或全身顫抖，就只是非常專注地在爬樓梯，因為不管怎樣，結果都已經出爐。

當我站到玻璃大門前，她先主動上前幫我開了門，彷彿還記得我的腳步聲似地。

「您來了啊？」

「嗯……」

她很自然地帶我直接走進諮商室，手上還拿著一大疊文件類的東西。再次回到諮商室，一坐下就圍繞著一股有些熟悉的靜默。她與我面對而坐，觀察著我的表情。

「這幾天過得怎麼樣？」

「持續示威、照顧小孩、準備上訴。」

「相關新聞報導我們也有看到，您看了應該很難過吧……」

「沒辦法……」

她似乎也有一一閱讀那些網友的留言，畢竟批評我和周烈的留言多到不計其數，自然是不可能不去查看的。我努力隱藏真實心聲，裝作不在乎，畢竟重點在於丈夫的心理剖檢結果。

「我們這邊有額外進行採訪，先讓您看看心理剖檢報告書好了。」

「好……」

她從手上那疊文件中抽出一份資料，遞給了我，紙張上寫有滿滿的文字。她不發一語，等待我將那份文件閱讀完畢。我把每個單字、每一句話都記在腦海，仔細閱讀。

心理剖檢報告書

姓名：姜周烈

年齡：實歲三十六

死亡日期：二〇二二年七月二十八日

事件概要：曾罹患急性憂鬱症，自殺前一個月飽受失眠與焦慮症狀所苦。雖有接受精神科藥物治療，卻於二〇二二年七月二十八日無故缺勤，只留下一句暫時出去一下，便於居住中的公寓頂樓完成跳樓自殺。

成長過程及性格傾向：自殺者（姜周烈，三十六歲）雖於不甚寬裕的家境中以獨子身分誕生，成長過程卻備受父母疼愛。父親從事物流業，母親則是細心的家庭主婦。從學校成績及生活紀錄來看，皆顯示為優秀，藉此推測性格應為具有模範、責任心強、完美主義傾向。綜觀人生，並未有精神上的潛在疾病，也未見特殊事項（性格障礙）。

壓力來源：自二十多歲後期進入建設公司工作以後，便未再轉職。工作上一直以來都認真勤勉，直到完成自殺前三個月以前，從未抱怨過關於工作有著極大壓力，然而，在完成自殺前三個月，曾因社內事故之失誤被迫承擔責任，並因此遭遇不當的部門轉調。隨著加班變得頻繁（每週工作時數超過六十小時），經歷了因部門轉調而產生的壓力，以及面對陌生工作所引發的無能感等，並推測在公司內部有遭受言語霸凌。平時具有完美主義傾向的自殺者，在接受公司工作中所發生的失誤時，想必一定有感受到極大的挫敗感，而責任心強的自殺者也獨自肩負著家庭經濟的重責大任，故推測無法輕易向公司遞辭呈，與此同時，因社內部門轉調導致無法充分發揮自身角色，進而感受到巨大的無能感，判斷因此而走上絕路。

最終結論：綜合調查內容來看，本案當中的自殺者，係因完美主義傾向導致的壓力，以及突如其來的工作環境變化、不當的部門轉調、過重的工作量、社內言語霸凌等問題，而非個人特質問題，促使他罹患憂鬱並產生自殺衝動。

預防計畫：為了制訂自殺預防計畫，建議企業內部需設立諮商中心，並對企業內部的心理暴力等進行監督審查，至於死者在完成自殺前曾接受過精神科治療，公司卻未採取任何對應措施這點，有必要做進一步的改善，為擁有自殺衝動的來談者進行自殺預防教育與治療、做好相關保護措施。

〈附件　驗屍報告〉、〈附件　訪談一〉、〈附件　訪談二〉、〈附件　通聯紀錄〉、〈附件　心理檢查及來談內容〉

＊

「這是……」

閱讀完報告結果以後，我第一個想到的是他的背影，準備出門去上班的背影、酒醉後癱坐在地的背影、最後一天穿著拖鞋離家的背影，我回想著這些背影，不禁心生疑問，不當的部門轉調是什麼？言語霸凌又是什麼？為何，為什麼從未向我提及過這些事？他究竟在公司都聽了哪些話？她看我一時語塞，決定先開口。

「您看過內容的話應該就大略有所了解，不過，請容許我再向您做進一步解釋，根據訪談結果，似乎是在外包商那邊發生了安全事故，公司方為了規避責任，所以將責任推到了您的丈夫身上，然後進行了不當轉調，將他調離原來的部門，變成在工地現場工作……您要不要看一下這份資料？」

她再次從文件堆裡抽出了幾張資料遞給我，是一份匿名的對話紀錄。

姜周烈採訪全文　A男

諮商師：您平時與姜周烈先生相處得如何？

匿名：我們滿要好的，休息時會一起抽根菸，聊小孩、聊生活，偶爾也會一起小酌。

諮商師：您如何看待姜周烈先生的死亡？

匿名：嗯……該怎麼說才好呢。坦白說，我會覺得真的有必要選擇自殺嗎？當然，人走了的確很傷心，我也和他共事多年，光是想到過去一起工作打拚的日子，就會感到惋惜。

諮商師：他在公司有遇到什麼事嗎？

匿名：姜周烈其實是個做事仔細、不太會犯錯的人……結果不慎出了一次差錯。外包商在工地現場發生了一場事故，坦白說那也就只是一場安全事故，有人受了傷，可是在究責的過程中發現，是周烈的設計裡有一項小失誤，所以就變成怪罪於他。當時他可能成了公司的眼中釘吧，過沒多久就被調移部門，而且是把他調到工地現場。

諮商師：那您知道他被轉調部門以後，職場生活過得如何嗎？

匿名：雖然這是公司內部的人才知曉的事情，但這間公司的現場職是出了名的地獄生活，只要犯一點小錯就會被罵，而且是被用三字經飆罵，我從其他同事那裡耳聞到的消息是，大家都在嚼舌根，說他只知道設計，到了現場工作自然是個草包什麼都不會，空有頭銜而已，然後說公司也有意勸退他之類的，但，還真沒想到他會走上絕路……總之，在我看來公司也很有問題。

諮商師：姜周烈先生平日在公司裡是怎樣的人？

匿名：嗯，就是像我剛才說的，是個仔細、細心的人。他從來沒有一次上班遲到過，非常認真，要加班的時候也從未表現過排斥或厭惡，總是埋頭苦幹，整體來說，該說他責任心很強嗎？就算其他人把工作推給他，他也會默默地概括承受，我甚至會勸他要懂得適時拒絕，從這方面來看，的確也有他比較軟弱的一面。

諮商師：那麼，關於姜周烈先生轉調部門後聽到的惡言、遭受的對待，是否有更詳細了解的人呢？

匿名：您知道公司有社內網站吧？我曾在那上面看過一些暗指周烈的謾罵貼文，說有一名只會讀書、不會工作的笨蛋被派到了現場，還說整天要他重做卻依然做不好，甚至還有人說他是「廢物」、「沒能力的寄生蟲」之類的，儘管這些貼文都沒有指名道姓，但是從設計部門調派到現場的人能有幾個呢？任誰看都會知道是在說周烈。所以自從有了那件事之後，這些文章應該都已經被下架了，畢竟還有被新聞報導。

諮商師：那我有一件事情非問不可，怎麼做能救回姜周烈先生呢？

匿名：當安全問題導致人員事故發生時，要是公司直接承認是安全問題，周烈也就不需要被調去做現場職了。雖然他不到非常有能力，但畢竟還是個勤勉認真的員工。只不過，假如公司承認是安全事故問題，那麼就要承擔起責任，所以必須找到一個人來扛責，而周烈恰巧成了那個代罪羔羊。坦白說，同樣身為一家之主，我可以理解他為什麼沒有辦法選擇離職。

＊

周烈沒能說出口的那些事、一直隱瞞的那些事，統統都寫在了這份對話紀錄裡。這間公司比我想像中還要更缺德。原來他自己一個人在沒有任何人的安慰之下獨自承受了這一切。正當我腦中一團亂的時候，她接著把剩餘的話說完。

「我們基於個人資料保護而匿名處理，排除了能夠推測出身分的部分，但這是真實的訪談紀錄，受訪者也同意將此內容公開給宋蓮雅小姐。換言之，也等於是在告訴您，姜周烈先生的死並非您的錯。」

「為什麼……」

「為什麼」這句話率先脫口而出，反射性地，直接說了出來。她似乎是對於我的回應感到吃驚，一句話也沒說，靜靜地等著我繼續說下一句話。

「那他為什麼……要拋棄家人？」

「……」

「既然受了這麼多委屈，怎麼都沒說，應該說出來一起面對解決的啊，為什麼要拋下我和以然，獨自離開人世呢？他明明不是一個人，周烈不是一個人啊……我總是認為和他一起的，為什麼……」

「宋蓮雅小姐。」

她語氣堅定地喊了我的名字，彷彿有什麼話要說一樣。我沒有信心與她對視，然而，她再次呼喊了我的名字，這次，我終於抬頭直視她的雙眼。她非常冷靜溫柔地對我說：

「您要和我一起出去一下嗎？」

「啊……？」

她泰然自若地率先站起身，還拉著坐在位子上的我起身。接著，她帶我走出了諮商室，一步步順著四樓的樓梯往下走。我一臉茫然地跟在她身後，忍不住問：

「現在是要去哪裡呢？」

「這裡，就在前面。」

她帶我繞過心理剖檢中心這棟建築，往後方的小巷走去。巷子是一條上坡道路，不會很陡，但那條坡道中央有著一座格格不入的公共電話亭，坡道的盡頭也只有老舊公寓與石牆。該不會，要帶我去的地方是那裡吧？就在這時，她在公共電話亭前停下了腳步，那是一眼看去就充滿歲月的電話亭，甚至會讓人懷疑是否還能正常使用、是否還有人會來使用的程度。公共電話亭上到處貼滿著各式各樣的宣傳貼紙，顯得雜亂無章。

「要不要給丈夫打通電話？現在是上午十時四十分……如果是您撥打，也許能聽見他的聲音。」

「這是……什麼意思？」

面對她這令人難以理解的舉動，我只能這樣詢問。現在這是什麼意思？然而，她的回答卻異常認真，彷彿她說的一切都是真的一樣。

「雖然我很難簡單解釋，但真正珍惜、渴望再見一面的人，唯有這樣的一個人，可以透過這具公共電話聽見已故者的最後心聲。但只能在對方離世的時間聽見他死前那一刻的心聲，所以才請您趁姜周烈先生過世時間前趕來這裡。當然，並不保證永遠都能接通，只有已故者真的想要傳遞最後心聲時，才會接通。其他人我不敢有把握，但宋蓮雅小姐您的話，我想應該是能聽見的，因為您是比誰都還要懇切思念姜周烈先生，也是他最深愛的人。」

「……」

「即使您覺得難以置信，也請姑且相信吧，畢竟世界上總是會發生一些無法用常理理解的事情，不是嗎？」

她說得頗為認真，我的內心不免產生動搖。她說的是真的嗎？真的能聽見他死前的真實心聲嗎？如此不可思議的事情真的有可能存在嗎？然而，他已經徹底離開這個世界，甚至選擇了自殺身亡，這件事情本身在我的世界裡也同樣是不可置信的事情，所以就算再多一次這種不可置信的事情，好像也沒有什麼奇怪的。其實無論她說的話是真還是偽，我都想要選擇相信，因為自從丈夫離世後，我就變得再也無法相信任何事了，畢竟我相信的人最終還是選擇了自殺，所以我甚至連周烈的真心都難以信任。

當我拿起看起來足足有二十年的老舊電話聽筒，腦袋突然一片空白，雖然自從丈夫過世之後就再也沒有撥打電話給他，但他的手機號碼是絕對忘不掉的。我在陌生的空間裡按著熟悉的號碼。

010-XXXX-XXXX

按下通話鍵之前，我先深吸了一口氣，甚至認為自己竟然會想要相信如此荒謬的事情，實在有些愚蠢，但我心想，撥打電話看看就知道了，就能驗證她說的話到底是不是真的。我按下通話鍵，靜靜等待，明明他的手機號碼已經辦理解約，聽筒裡卻仍傳來嘟嚕嚕的聲響。這通電話究竟是打給誰的呢？我一邊深感訝異，一邊繼續等待，然後聽見「喀啦」接起電話的聲響，接著，便傳來丈夫的說話聲。

蓮雅，對不起，我其實很想一直看著以然的笑容到老，也想要守護妳和他的笑顏，甚至還想像過孩子逐漸長大，有朝一日離開我們，搬出去自立門戶，可是我卻老是忍不住想要逃離這一切，因為實在太痛苦了……現在的我，真的已經撐不下去了。其實我知道只要逃掉就沒事了，可以選擇逃掉，我卻始終做不到，尤其每當我想到自己逃不掉的事實，就越發痛苦。我遲遲擺脫不掉「明知可以這麼做卻做不到，死掉或許更輕鬆」的念頭，倒不如等我離開人世以後，妳遇到更好的對象，可能對於妳和以然來說會是更好的結果；與其和能力不足的我一起辛苦生活，不如讓妳有機會去找比我更好的人，對以然來說也是好事，畢竟他還小。對不起，我是個無法負起責任照顧好家人的丈夫、爸爸，希望妳能遇到更好的男人，要比現在更幸福才行，也許我不在，對你們來說才是好事……謝謝妳一直以來的信任，也謝謝妳成為我的家人。

當他的聲音從聽筒裡傳出，我的大腦一片空白，無法思考。久違聽見的聲音，就連只有我才能分辨的獨特語調都如出一轍，若要說是錄音檔，這段內容又是他生前從未對我說過的話，等於是在這不可思議的情況下，流露出一段不可置信的留言。居然說自己死掉可能會更好、他不在我們才能過得更好等等……在這三分鐘左右的留言結束後，我一臉驚愕地看向了她。

「那就是姜周烈先生的最後心聲，也是他最希望能讓宋蓮雅小姐明白的心聲。」

「這……怎麼可能……有這種事？」

「可能因為撥打這通電話的人和想要留下這段內心話的人都非常懇切的緣故吧，畢竟這世上偶爾還是會發生一些超乎常理的事情，無論任何領域。」

「讓我……讓我再聽一遍！」

「可惜時間已經過去，他已經成為已逝的故人。」

後來，我拿起自己的手機，輸入丈夫的手機號碼，按下了通話鍵，主要是想再次確認，然而，聽筒裡傳來的卻是極其理所當然的回應。

您撥的電話號碼是空號……

我把周烈的留言內容和重新用手機撥打的結果講給她聽，於是她泰然自若地回答：

「我自己也嘗試過，發現只有這具公共電話可以撥通，但也不表示每個人用這具電話撥打都能聽見已逝者的最後心聲。雖然您可能會認為這一切聽起來很荒唐，但是在我看來，說不定是某人的懇切之心所創造出來的奇蹟……」

「……」

「我之所以告訴您這些荒誕不經的內容，還帶您來聽姜周烈先生的最後心聲，是因為我知道您現在非常希望能知道丈夫的真實心聲，而我相信，姜周烈先生生前最渴望能懂他真實心聲的人，一定也是您。」

她向我說道。一點一點、按部就班地向我解釋，好讓我能理解。

「會走到自殺這一步的人，都是經歷了極度嚴重的壓力與憂鬱，一旦陷入憂鬱的情緒當中，就會很難保持理性思考，宛如小朋友被獨自遺留在一個全然陌生的環境裡，而姜周烈先生則是在這樣的情況下，依然為了家人努力上班、賺錢養家。」

她語氣堅定、口齒清晰地說道。

「姜周烈先生並不是拋棄了您與兒子，而是認為自己無能，甚至就連對家人都無法提供任何幫助，所以才會認為自己消失或許對家人來說才是更好的決定，也認為您和兒子要遇見比他更好的人，才能過更好的日子。」

我想起了周烈的臉龐，那張和以然相似的笑臉，乾淨而純潔的笑容。從她口中描述的周烈，就是個充滿責任心、總是為家人著想的男人，完全就是他本人沒有錯。我感到不可置信，留在我腦海中的那詭異笑容、他的自殺……我曾思考過究竟何者才是真實，但最終其實這些都是他。

「我知道您一定不這麼認為，但姜周烈先生是在自己身處的情況裡，堅信自己是做了為所有人都好的決定，所以拜託您，千萬不要覺得姜周烈先生是孤身一人，也不要認為自己是被拋下的。其實只是……太為彼此著想而已。」

「……」

「就是因為到最後一刻都非常珍惜家人，才會令他感到那麼痛苦。」

謝謝妳一直以來的信任，也謝謝妳成為我的家人。

我想起他最後說的這兩句話，不由得緊握雙手，彷彿想要抓住什麼似地。當我閉上雙眼，淚水不斷滴落在手背上。那個傻瓜……承受了太多苦的大傻瓜……我對他不再充滿埋怨，反而變成了憐憫。可見他多麼痛苦、可見他多麼煎熬、可見他多麼努力一個人克服……我恨不得想要一直不斷地對他說：「我想要和你一同分擔你的辛苦，你所經歷的事情，我們可以一起面對、一起解決。然而，他現在已經去到聽不見這些話的世界，因為我，不，因為所有人都不懂他的心。」

我淚流不止，直到逐漸平息之際，她對著站在公共電話亭裡的我問道：

「您接下來打算怎麼辦？」

面對這句提問，我腦海中浮現的念頭是要活下去，無論如何都要活下去，為了他，也為了孩子，要好好撐過現在，不能永遠沉浸在悲傷或憤怒的情緒當中。我目光堅定地望向她，說道：

「我要把這份文件提交到二審，萬一輸了，就繼續上訴，我會堅持到底，這麼做是為了孩子。」

「支持妳。」

當她再次握住我的手時，比起溫暖，反而感受到一股深厚的情感。她相信我一定會繼續走下去，相信我無論如何都會克服萬難，好好地活下去。而我同樣也是帶著這樣的心情握住她的手，以示自己會好好活下去，克服種種困難。互握的雙手之間，流淌著難以言喻的情感，她不僅接住了周烈的人生，也接住了我的人生。

＊

我將心理剖檢報告交給了律師，並提起上訴。然而，本以為會很快結束的事情，竟拖了許久依然持續，明明只要稍微看一下資料，就能看出分明是公司的過失，但公司方卻接連提出反駁。他們為了規避責任，想方設法編造出各種荒謬的說詞，結果法院竟然也受理了他們的意見。律師表示，這場訴訟可能會拖很長，說不定長達數年，甚至就算不斷提上訴，最終也未必能讓本案被判定為職災。所以律師也問我：

「您打算怎麼辦？」

「繼續上訴。」

我的意志未曾動搖，只是我也開始思考，在經歷完這段漫長的上訴之路以後，最終會留下什麼？假如最終仍然被判定為自殺是因個人因素，無法認定為職災的話該怎麼辦……但我清楚知道，無論是否被法院判定職災，我的丈夫都永遠回不來了。而在不斷上訴的這數年間，孩子也會不停地成長，屆時我要如何對孩子做說明？要是被判定為職災，我還能告訴他是公司的責任，要是不是的話呢？我們會過著什麼樣的生活？敗訴後的生活……這時，我想起了她的臉龐，見過無數自殺案例的她。

之所以會再次踏入那個地方，不是因為我的丈夫，而是因為我的心。

＊

「啊……您好。」

推開門的瞬間，名叫尚宇的男子熱情地向我打招呼，從他沒有問我身分來看，似乎是認得我這張臉。她則是坐在辦公椅上，看著我露出了驚訝的表情。我有些不好意思地說：

「抱歉，我沒有事先聯絡就……」

儘管我想過要事先聯絡，卻不曉得該說些什麼，所以只好一股腦地直接來到心理中心。也或許是因為我相信她會理解。果不其然，她很快就露出了笑容，對我說沒關係，然後帶我走到初次見面時的那個大廳沙發區坐下。

「我的確有點驚訝，沒想到您會突然過來。上訴怎麼樣了？」

她端了一杯熱茶給我問道。我見到她那淺淺的微笑，內心變得安穩許多。我知道，無論什麼內容她都會聽我說話。我長嘆了一口氣說道：

「其實官司拖得越來越久，目前處於還不知道要等多久的情況……。一年、兩年，甚至要等更久都有可能。律師也說您準備的資料的確會對我有幫助，但是自殺被認定為職災的案例十分罕見，所以成功的可能性不高，幾乎是抱持著不可能打贏官司的心情在嘗試……」

「噢……」

她是用真心惋惜與不捨的心情，發出了這聲短嘆。我面帶苦笑，坦白對她說：

「我試過抗議示威，也試過請願，什麼方法都試過了，官司也繼續打，但總是帶著不可能會成功的心態在等待，然後突然有個想要問您的問題……所以今天恰巧路過這附近，就乾脆直接走了進來，總覺得您應該有辦法回答我，是不是很好笑？」

「不會，完全不會覺得好笑，需要的話隨時都歡迎您來找我。」

她面帶微笑，臉頰上浮現了淺淺的酒窩。回想起來，過去幾次見面，她好像都沒有真正露出過笑容，也許是因為她從事這樣的工作所致吧。我暫時移開視線，望向那扇大面積的窗戶，外面是晴朗的天空與低矮的公寓，我對於居住在那些公寓裡的人們都還「活著」這件事感到神奇不已，包括此時此刻在此處的我也是。

我再次將目光重新挪回到她身上，終於拋出好奇已久的問題。

「其他被貼上自殺標籤的死者家屬們……現在都過著什麼樣的日子呢？」

「您是指自殺者的家屬們，過著什麼樣的生活嗎？」

她反問道。可能是對於突如其來的提問感到有些陌生。我向她解釋了我的心態，就如同上次她向我解釋丈夫的心態一樣。

「雖然這個問題或許有些奇怪，但我一直在思考，假如周烈的死罪中被判定為不是公司的過失，而是純粹自殺的話……也就是，假如直接被貼上自殺的標籤……那我和兒子該如何繼續活下去？像現在我還能持續抗爭，但總有一天，這場抗爭也會畫下句點，到時候假如最終結果是自殺，那我該如何是好？所以想要問問看您的意見。」

她聽完我說的這段話，沒有立刻回答，取而代之的是用悲傷的眼神凝視了我許久。照理說，她應該見過無數名像我這樣的人，不曉得究竟是什麼令她如此悲傷。我默默等待著她的回答，無論她說什麼，我都願意接納。

「任何人都不能對別人貼標籤，也不該讓自殺成為一種標籤。現在您所做的一切都是在為了不被亂貼標籤而戰，您在證明自殺不能成為一種標籤、也並非純粹只是一個人的錯誤。即便最終沒有被法官認定為職災，也沒有人可以在您和丈夫的身上貼上任何標籤，其他自殺者和他們的家屬也都一樣，重要的從來不是『自殺』，而是『失去了珍貴的人』，在我看來，我們都是在各自的崗位上，為建立這種正確認知盡一份力。」

「……」

「就算這場官司結束，您依然有許多事情可以做，包括打造一個不再被自殺偏見束縛、能夠全然接納失去至親之痛的世界。其他自殺者的家屬也都在致力於這件事，在各自的人生中、各自的崗位上。」

我聽完她說的這番話，陷入沉思。過去的我，是否有將自身痛苦與其他「自殺者」及他們家屬的痛苦，視作相同？我其實並沒有覺得不同。他們一定也是在自己的位子埋怨著某人、後悔惋惜著當初，然後想盡辦法地活下去，並且希望自己的悲傷能夠被全然理解。

他們與我並無不同。就算輸了這場官司，我要做的事情也依然不會有所改變——讓周烈在孩子心目中永遠是深愛家人、替家人著想的父親。告訴孩子他的爸爸並不可恥，這是未來我可以繼續去做的事情。

在我離開心理中心前，我與她面對而站。她那親切穩重的臉龐映入了我的眼簾，明明我們沒有任何相似之處，卻能明顯受到彼此的心意是相通的，也或許是因為她對我說的那番話導致吧。

「謝謝。」

「如果有遇到什麼困難，歡迎您隨時再來找我，有好消息也要記得來喔～」

說完這句話，她便伸出了曾經溫暖過我的手，示意要和我握手。現在回想起來，她的手比我想像中還要小。我握住了她的小手，同時也露出了淡淡的微笑。我們握完手以後，她小心翼翼地向我問道：

「您還會想要……再聽一次姜周烈先生的最後心聲嗎？」

「不會，我已經明白他的心意了，我猜他可能也不會再接聽我撥打的電話了，因為他應該會希望我和以然可以朝著未來好好活下去。」

「兩位真的是很令人敬佩的關係。」

「您一定也有這樣的人吧？珍貴到捨不得放棄的人。」

她聽完沒有回答，反而是苦笑了一下，儘管我連忙緩頰，表示自己哪壺不該提哪壺，她卻立刻露出了毫無破綻的笑容，說了一句「沒關係」。直到最後，她都沒有回答，而我也沒有再多做追問。

轉身走出心理中心的路上，我和她漸行漸遠。我直直向前走，接下來剩餘的事情，是需要我獨自完成的，她也心知肚明，我們都要在各自的崗位上完成各自的事情。行道樹整齊佇立的街道，狹小的樹枝縫隙間，早春花苞悄然綻放。

幾年後，我看見新聞媒體報導，國家通過了一條規範自殺相關新聞留言的法案，這讓我再次想起了她，報導內容如下：

根據心理剖檢中心姜芝安表示，（……）為此，中央心理剖檢中心自二〇二二年以來，一直致力於申請實施留言規範法案，只為顧全自殺者家屬之身心健康。

第2章

✻

無公訴權

「感謝您。我一直想親口對您說這句話。」

「原來您是特地來對我說這句話的，我也非常感謝您。」

呼吸急促了起來。厚重的遮光簾讓這裡無論是白天還是黑夜都成了最昏暗的地方。在冰冷的小套房裡，我裹緊棉被，坐在電熱毯上。臉部感覺到的是寒意，臀部感覺到的則是熱氣。腳尖只要稍微露出棉被，寒冷的氣息就會立刻撲過來。雖然我不曉得外面有多冷，但鼻頭早已凍僵。我手裡握著一支早已退流行的智慧型手機，螢幕上顯示著一組陌生的電話號碼。

02-XXX-XXXX

為了通話而輸入的電話號碼。唯有智慧型手機螢幕的燈光照亮著房間。綠色，該按下通話鍵嗎？還是不要按？按好了。不對，不行。就在我猶豫不決的期間，手機螢幕變暗了，進入了螢幕鎖定模式。我重新點開手機畫面，看了那組電話號碼。只要按下去即可，按一次通話鍵就沒事了。然而，無論我在心中催促自己多少次，手指始終按不下去通話鍵。螢幕再次暗掉，房間也變得一片漆黑。

我把棉被蓋過頭頂，然而，不管蓋得多密合，依然都是黑暗無光的。我縮著身體，靠著電熱毯的熱氣溫暖臉龐，每次呼吸都能感覺到暖意飄升。一直感到越來越窒息，是因為被子裡的空氣不足，還是因為缺乏勇氣？我再次點開手機螢幕，身體卻再也動彈不得。我不知道該說些什麼，也不曉得會聽見什麼內容，所以感到恐懼害怕。總覺得不會有人相信這是現實，也沒有任何人在我身邊。

不知道是什麼時候睡著的，黑暗與黑暗之間，時間是無意義的。究竟睡了多久、怎麼睡著的？一點也記不得了。一天就算重新睡著好幾回都無所謂，不，應該說，這樣甚至還比較好，因為唯有沉睡的時候才能讓我遺忘現實，一睜開眼，各種現實就會如瀑布般湧入，和眼淚一起。假如我可以逃離這一切，我希望永遠都不要睜開眼睛醒來，沒有任何人找我。

吱——

手機震動聲傳來。我感到渾身不對勁，但是手機螢幕上沒有顯示任何通知，彷彿房間內某處有另一支手機在震動般，那不是我的手機，不屬於我的聲響。現在這震動聲……只有我聽得見嗎？可是我連半個能問的人都沒有，因為這裡只有我自己。

「嗚嗚嗚……嗚嗚……」

我潸然淚下，那是沒有任何人找我的安心感與依然會有人找到我的不安感混雜在一起的眼淚。如果可以，我甚至想把手機扔掉，逃離這裡，逃到一處無人能找到我的地方。我還想到山或海，深山裡或深海裡，如果離開這裡，我還能撐多久？手頭上剩餘的錢只有約莫百萬韓元（兩萬多台幣），一個月，要是離開這裡，應該頂多只能撐一個月，之後就會死掉吧，畢竟也沒錢讓我撐下去了。

難道是想要活超過一個月，所以才沒辦法離開這裡嗎？然而，現在這股想死的心情又是什麼呢？為什麼我什麼事情都做不了？我難道要這樣死在這裡嗎？就因為快要沒錢了、沒辦法吃東西了，抑或是除了死以外沒有其他方法可以讓我解脫？

我再次打開手機，按下了那組始終撥不出去的電話號碼，要是現在就這樣死掉的話，打一通電話似乎也不是什麼困難事，因為打電話比死簡單多了。我為了讓自己鼓起勇氣，甚至搬出了死亡，因為我僅存的勇氣，似乎也只剩下尋死。我按下通話鍵，聽筒內傳來了信號音。

嘟嚕嚕嚕，嘟嚕嚕嚕。

當規律的信號音響起三次左右時，我的心臟彷彿要炸開般劇烈地跳動。既希望有人可以接聽，又希望無人接聽的心情同時上演。當我聽見第四聲信號音時，連忙掛斷了電話。我有撥打電話，無論如何都有撥打出去，是對方沒有接聽，我這樣安撫著自己，卻終究沒有勇氣等到最後確認無人接聽的事實，因為總覺得會永遠，永遠都沒有人接我的電話。

呼，我嘆了一口氣，這究竟是感到慶幸的嘆息，還是不安的嘆息？為何會有一種無人能幫助我的絕望感呢？明明是我自己沒有等到最後的，就在這時，我的手機響起，這次是真的手機震動聲。

手機螢幕上顯示著剛才掛斷的那組電話號碼，我伸出手，關掉震動，因為光是聽見震動聲就感到呼吸困難。儘管我撥打出去的時候就已經猶豫不決，但是當對方真正打來，又讓我猶豫該不該接起。我默默望著亮起的手機螢幕，該接嗎？還是不接？就在我深思熟慮之時，電話掛斷了，對方似乎是一直等到進入語音信箱為止才掛斷電話。

吱——吱——

電話再次響起，是和剛才同樣的電話號碼。手機在我手中不停地吱吱作響，掌心開始一點一點出汗，要接嗎？要不要嘗試按一次，按一次接聽鍵就好？我緩緩將手指移動到通話鍵上方，正當手指快要碰觸到螢幕時，下意識地自動按下了接聽鍵。電話接通了。

「喂？您好，我這邊有看到您的未接來電，所以回撥電話給您，我是心理剖檢中心的姜芝安。」

「啊，我……」

聽筒裡傳來一名女性的說話聲，溫柔且冷靜，明明光是聽到聲音而已，眼淚卻差點奪眶而出。我不知道該說什麼，所以不發一語，於是她向我問道：

「請問有什麼事情需要協助嗎？」

「……」

「啊，那……方便請問一下您是怎麼知道這裡的嗎？」

「上網……搜尋到的。」

初次發現這組電話號碼時，我內心馬上浮現一個念頭：或許這就是現在我最需要的。專門為親人自殺失去摯愛的人所建立的論壇與諮商熱線，原以為這世上不會有人明白我的心情，但這個平台，似乎可以帶給我一絲安慰。有別於我的吞吞吐吐，她的態度反而顯得自然，繼續溫柔地向我問道：

「那我這邊想請教一下您的姓名與年齡？」

「柳娜垠……二十二歲。」

「近三年來，您身邊有親人或摯愛離世嗎？」

她不疾不徐，給了我一些時間思考，似乎早已預留對方難以回答的時間。親人或摯愛，我細細咀嚼著這句話，眼淚卻不受控地先流了下來。啜泣聲沒能好好忍住，直接從口中竄出，傳進她的耳裡。她沒有掛上電話，也沒有繼續追問，只是靜靜地等待，等到我能夠回答為止。

「男朋友因為我……因為我提了分手……所以……唉，不……不知道了。」

「請問男朋友大概是在何時離開人世？」

「兩個月……？三個月……？」

「是他……自己選擇結束生命的嗎？」

「警方是這樣說沒錯……」

她面對我說的這一切，沒有顯露出絲毫錯愕，反而為了幫助我解開腦中交錯複雜的想法與情感，按部就班地先詢問我相對容易回答的問題。

「請問男朋友的年紀是……？」

「他比我大兩歲，二十四。」

「您說是從網路上找到我們的，所以是看到官網聯絡我們，對吧？您和男朋友的關係如何呢？我想要了解一下您目前的情況。」

「我……我和他同居了一年半左右，交往時有分分合合過幾次，但每次只要分手，他就會吵著要尋死，還割自己的手腕自殘……但是因為我覺得他應該還是很愛我，所以又心軟復合，可是每次他只要喝了酒，就會對我飆罵髒話，有時也會對我動手，但不至於到需要報警處理的程度，所以……我當時是真的下定決心要結束這段關係了，所以才會自己另外找房子搬出來住，但這次他又說他要去死……我沒想到他會真的尋死，還以為又只是說說而已……他的父母認為是我害死他的，說我怎麼不也一起死一死，然後我還被公司開除，警察也找上我……總之……我不曉得……該怎麼說……總覺得都是我的錯……」

我語無倫次，純粹按照腦中想到什麼就說什麼，也不曉得是否符合邏輯、是否有表達清楚。儘管如此，她也沒有對我做出任何犀利的質疑或指正，感覺得出來她是在努力聆聽我說的每一句話。

「請問……您也有想過要自殺嗎？」

「……」

她用溫柔的口吻述說著令人不寒而慄的單字。假如有讓我感受到絲毫不舒服，我恐怕會立刻掛斷電話，但她並沒有給我這樣的感受。由於我再次眼眶泛淚，導致喉嚨像堵塞一樣，無法輕易說出話。我的心中不停出現痛苦呻吟，我好不容易壓抑住那些呻吟，將其轉化為語言。

「我……我有想過……」

她聽聞這句話以後先保持了沉默，沒有輕易接話，沒有說不能有這樣的念頭，也沒有糾正我說這樣的想法是錯誤的。當她終於開口時，我可以感受到她依然努力地想要透過堅定且明確的咬字發音，清楚傳達自己要說的話。

「柳娜垠小姐，我先為您安排心理剖檢。但是在這段期間，我希望您要好好撐住，我們會盡全力找出原因，協助您減輕內心的罪惡感，而您也要在這段期間不被那份罪惡感擊垮，耐心等待我們的結果報告，才能徹底擺脫罪惡感，好好活下去。在心裡剖檢之前，我會先寄幾份文件給您，您只要同意簽名即可。在那之後我們會與您進行訪談，您方便親自來一趟嗎？還是希望我們去您那裡呢？」

「來我這裡進行好了。」

她說話的語氣堅定，讓我有一種彷彿會為了我解決所有情況的感覺，包括那些所有人都無能為力的事情。我的內心一隅，一直都希望有人可以救贖我，就算是素未謀面的她也好。我對於她所說的可以徹底擺脫罪惡感、好好活下去，感到如夢似幻。

「好的，那就照您的意願來安排。時間和排程會再透過這支電話聯絡您，建議您這段時間可以先接受心理諮商，我們這邊會再備妥相關所需資料，然後聯絡您。請問是否還有什麼想告訴我的事情？」

「沒有……」

「好，那就採訪日見。我所說的這些話，請當作是我們之間的約定，願您盡力遵守。」

她彷彿知道要用什麼方法與我相處，她知道約定這種東西是不能輕易反悔的，她也知道要是連這種東西都沒有，我應該很難撐下去。直到最後都沒有先掛電話的人也是她。我只有做簡短回應，便掛上了電話。我抬起頭，望著房間內部，可以感受到臉上有著淚水乾掉的痕跡。世界依舊黑暗，唯有剛和她通完電話的手機在發亮。

自殺者（李基范，二十四歲）於二〇二二年十月四日凌晨十二時三十分開始聯絡前女友，並於凌晨一時二十分在漢江大橋上拍照傳送給前女友，已確認過當時傳送的內容為「如果不復合，我就要跳下去。」直到凌晨一時三十二分，再次拍了一張上半身已經半懸在漢江大橋護欄外的照片傳給前女友，前女友見狀立刻報警。凌晨一時三十八分，警方抵達現場時，已經不見自殺者身影，隨即展開搜索調查，最終卻發現其屍體。死因為墜橋溺水身亡。經現場監視器錄影畫面確認，於一時三十二分與前女友最後聯絡結束後，自行將上半身探出護欄，隨後便墜落橋底。因死者多次向前女友提及「自殺」，故調查過程中被判定為自殺。雖無精神科治療紀錄，但是從反覆提及「自殺」及分手後頻頻傳送自殘照片給前女友的行為來看，合理懷疑存在精神健康問題。本案委託人為死者前女友，因飽受自殺者是因她而死的罪惡感所苦，所以透過網路搜尋找到了心理剖檢中心並申請委託。〔二〇二三年一月九日，事件委託紀錄書〕

曾經，我想要分手，無數次告訴自己必須分手。在他初次對我大發雷霆咆哮怒罵時，我對他感到害怕至極，但我不服輸、不願展露恐懼，於是我也對他大聲怒吼，兩人的嗓門越來越大，到後來甚至出現其他更大的聲響，因為他怒摔我的智慧型手機，而且還是朝我的臉飛來。

手機有驚無險地擦過我的頭部，直直撞擊牆壁。他氣到滿臉漲紅，瞬間一片寂靜。我故意瞪他，只為了掩飾內心的驚嚇，而他的表情也越漸緩和，這下我才轉身去撿掉落在地的手機。手機螢幕早已碎成網狀，甚至就連電源都已經自動關閉，可見撞擊力道之大。我用手指輕觸破碎的螢幕，指尖立刻被玻璃劃破，滲出血滴。他在我身後說道：

「對不起，對不起……」

「……」

「你知道的，我有多愛妳。」

直到剛才還把手機往我臉上扔的人，竟又用比任何人都還要卑微的口吻向我求饒。我相信，這會是第一次，也會是最後一次；我也相信，任誰生氣都有可能這樣失控，所以我在心中默默對自己說，應該只會有這一次，畢竟他是愛我的，會這樣也是情有可原，反正他是愛我的。正當我盡力安撫自己的內心，他默默走到了我身後，抱住我說：

「明天我們一起去買新手機吧，我買給妳。」

「……」

隔天，他買了一支二手的舊型智慧手機給我，並告訴我他很想買一大堆好東西給我卻無能為力，對我深感抱歉。我的手中握著一支過時的智慧型手機，他看起來像是忘了昨天的一切在傻笑，忘了昨天的一切在愛我。

*

叩！叩！叩！

敲打大門的聲響讓我徹底回過神來。是誰？我沒有點外送啊。然而，儘管聽聞敲門聲響，我也沒有勇氣從被窩裡出來。正當我猶豫不決時，再次響起第二波敲門聲。

叩！叩！

我悄悄地走到大門前，沒有立刻開門，而是透過貓眼查看門外。一名女子站在門口，不是外送員，也不是前男友的父母。我拿起手機確認，一月十三日，下午兩點，這下我才想起，今天是和心理剖檢中心的人約定碰面的日子。

喀啦。

我打開大門，午後，陽光灑進屋內的同時，也映出了她的身影。她和我有著相似的身高、淺淺的雙眼皮，端莊的西裝褲十分顯眼。我將視線再往下移，看見一雙亮面皮鞋在發光。耀眼的陽光使我難以直視她的臉龐。她站在玄關前說道：

「我是之前有致電給您的姜芝安。」

她遞了一張名片給我，在那張潔白又厚實的名片上，印有心理中心的品牌標誌與「心理剖檢中心代表　姜芝安」的字樣。她看我目光一直盯著名片，沒有說話，於是溫柔地向我問道：

「我方便進去嗎？」

「喔……好。」

我向後退步，進入屋內，於是她脫掉皮鞋，跟著我走了進來。玄關大門一關上，室內又再次變得黑暗無光，是暗到根本看不清楚彼此臉龐的程度。她環顧四周，然後走到了遮光簾前面，再次詢問我：

「可以拉開窗簾嗎？」

「嗯……」

「失禮了，因為房間暗到有點難以與您交談。」

她毫不猶豫地拉開窗簾，耀眼的陽光瞬間灑進室內，明亮到甚至讓我懷疑原來這間套房採光這麼好。隨著周遭變得明亮，屋內的每一個角落也逐漸映入眼簾。還沒來得及收拾整理的外送食物殘渣、還沒扔掉的垃圾、污漬斑斑的茶几、凌亂的衣服，原來我住的地方、堅守的模樣，竟然是這個樣子。當我想到她和我一起見證了這亂七八糟的畫面時，不禁感到無比羞愧。然而，她一臉毫不介意的樣子，坐到了茶几前，用眼神示意要我也坐過去。

「我擔心他的父母會找上門……所以……很少出門。」

我硬著頭皮解釋，在她對面坐了下來。從明亮的地方看才發現，原來她鼻子小巧，五官精緻，一臉娃娃臉，但實際上的年齡似乎也沒有很大，只是渾身散發著穩重且成熟的氣質。她溫柔地問：

「會不會覺得冷？」

「睡覺的時候都會開電熱毯，所以還好，一直開暖氣的話也很花錢……」

「原來如此。」

我逐漸能感受到她是發自內心的擔憂，於是視線開始變得模糊，因為不知不覺間，眼眶裡已經噙著淚水。我早已不記得上一次被人這樣溫柔對待是什麼時候了，所以面對她微小的關懷，都會顯得無比珍貴。我為了不讓眼淚流下，努力不眨眼睛，淚珠就一直掛在眼角上。不曉得她有沒有發現，有別於她那堅定的眼眸，我的眼睛已經出現動搖。

有別於沉浸在情緒裡的我，她的態度反而顯得淡定平靜，即使我連她的臉都不敢直視，她也依然不疾不徐地從公事包裡取出一疊文件向我做說明，那些是關於事件的資訊同意書與保密協協議書等各式各樣的文件。我聽著她的講解，提筆準備簽名。從微微顫抖的筆尖，可以感受到我的不安。待我簽妥所有文件以後，她直視著我的雙眼，然後用她那散發著特有氛圍的語氣，緩緩向我開口問道：

「接下來，我會問您幾個問題，方便嗎？」

直到聽聞這句話，我才想起她為什麼會來這裡找我。前男友過世後，我備受罪惡感折磨，最終在四天前主動致電給她。當時，我也是為了撥打一通電話而猶豫了無數次，因為我擔心這一切萬一真的是我的錯，然後我的錯被揭發出來，或者像前男友的父母一樣認定是我害死他的。難道是因為這世界上已經沒有人站在我這邊，所以我才打電話給她？難道是因為我已經沒有害怕失去的東西，所以她才找上我？

「麻煩您先做個簡單的自我介紹。」

「柳娜垠……今年二十二歲。高中畢業後在咖啡廳打工，後來轉正職，前陣子開始沒有再去上班了，也害怕出門……前男友的父母有來咖啡廳找過我，所以還被老闆開除，一直住在家裡，但我其實還需要工作……卻什麼事也沒做。」

嗒，嗒嗒。我聽見聲響，那是我在咬自己手指甲的聲音，毫無意識的，但是只要一聊到前男友，身體似乎就會自動出現這樣的反應。我顧不得早已紅腫的指尖，只有不停重複啃咬指甲。

「請問您是如何認識前男友的呢？」

「在咖啡廳工作時，他是店裡的常客。據他所說，是因為喜歡我所以才一直來店裡消費。我們開始閒聊、交換電話、單獨見幾次面以後交往，交往三個月左右時，因為他住在考試院❶，我也剛好不再和室友同住，所以向他提議同居。就這樣一起生活了一年左右……可能也是因為這樣更難分手吧……」

「他是個怎樣的人呢？」

「交往初期對我非常好，他在外送公司做管理職，聽說頗受長官賞識認可，也是個會記得過紀念日的人，平時經常對我說『愛妳』……不過，自從同居以後，喝酒的日子就變多了，每次只要吵架他就會飆罵髒話，後來甚至還對我拳腳相向，踹踢推擠，導致我的頭部撞到床，出現了撕裂傷。雖然我也想過是不是要報警，但他又會馬上道歉求饒……然後像從未發生過任何事一樣又對我好……但這樣的情形一而再、再而三地反覆上演，所以我感到很害怕，也不知道何時又會生氣爭吵……所以交往半年多的時候我向他主動提了分手，他卻揚言分手就要去尋死……」

我可以感受到指尖變得濕潤，因為被我咬到流血。我看著指尖滲出的血滴，然後將手指含進口中。等到再抽出時，血珠又重新冒了出來，我輕輕摩擦著指尖，試圖擦去血跡，思緒卻不由得回到了那一天——揚言要尋死卻來找我的他、說愛我的他。

「當時因為這樣所以又重新和他在一起了，但是當我再一次向他提出分手時，

❶韓國的一種廉價簡易旅館，入住者多為考生。

他竟然在我面前割腕，我嚇壞了，於是又一次復合，就這樣不斷地分分合合。他只要一生氣，就會用髒話罵我、對我動手……最後我下定決心，收拾行李，搬出了那間屋子。然後他就不停地聯絡我，一直威脅我如果不回去他就要自殺，還傳來割腕的照片、說要殺了我……我原本打算不回他，結果收到了他說要從漢江大橋跳下去的照片，然後就真的……真的……」

＊

那天，我真的覺得已經走到了最後。一個月前，頭痛欲裂的那天，我在急診室縫著頭部的傷口，真心認為這段關係已經走到了終點。因為我對他說過，只要再一次對我飆罵三字經或者動手推擠，就直接分手，他點頭答應，用令人害怕的溫柔口吻對我說「愛妳」，說這一切都只是一場意外，並承諾不會再犯，我還傻傻地想要相信他說的這些話，因為如果不是他，我沒有可以回去的地方。

然而，這一切並沒有結束，不過是維持了一段短暫的和平而已，他再次對我破口大罵、舉手動粗。事情的開端起因於晚上的手機震動聲響，和我躺在一起的他問：「是誰？」而我回答：「朋友。」

「哪個朋友？」

「就是個高中同學。」

「男的？」

他的眼神變得冰冷，我盡量摟住他的手臂安撫：

「不是你想的那樣啦。」

「那他是誰？操。」

當他再次說出髒話的那一刻，我就有感受到，至今為止的一切又會再次上演。聯絡我的人究竟是男還是女，並非重點。當我反問他：「是誰真的那麼重要嗎？」他更是扯高嗓門，彷彿自己理所當然可以這麼做似地，朝我撲過來，想要一把搶走我的智慧型手機，然後我本能地轉身躲開，在這狹小的屋內，根本無處可逃。他立刻抓住了我的手臂，將手機奪走。而我再次被他推倒在地。

「還給我……」

「我要回撥給這王八蛋！」

「我叫你還給我！」

我連忙起身，一把奪回了自己的手機。他的眼神銳利，隨即甩來的手掌，重重地打在我的臉頰上。我的頭轉向一側，保持被他掌摑的姿勢，我再也不想看到他的眼睛。我打包幾件衣服、拿起裝有皮夾的包包走出家門，這段過程中，我一次都沒有看過他的眼睛，即使是在關上玄關大門，加快腳步逃離住家時，我的手機震動聲也從未停止過。

我在朋友家借住了一晚，隔天便匆匆租下了一間位於半地下室的套房，是一間可以立刻入住、類似考試院的地方。由於我身上根本沒什麼行李，所以趁棉被尚未送達前，只能先把隨身攜帶的衣物聚集在一起，躺在上面入睡。然而，手機並沒有停止發出聲響，每天都會收到上百則揚言要去死或者要殺死我的消息。一週後，他大概有一天的時間沒有再聯絡我，當厭惡至極的震動聲終於停止，不安感反而排山倒海而來。

斷聯後的隔天，才剛過凌晨十二點半，他傳來了一張血跡斑斑的手腕照，威脅我要是現在不接電話，他就真的要死給我看。雖然這已經不是第一次了，我卻還是按捺不住加速跳動的心臟，我只能拚了命地攔住自己，告訴自己現在要是被他找到，一切又會重蹈覆轍。我努力不去理會他的聯絡，不停震動的手機螢幕上，一直顯示著「基凡歐爸」，如果恐懼也是一種愛，那麼當時的我也依然愛著他。

手機暫時停止震動，然後又再次響起，是一張照片，站在漢江大橋上將一隻腳與上半身探出橋外的照片。

妳如果不和我復合，我現在就跳下去。

想要當殺人犯嗎？

光看就覺得搖搖欲墜的照片，不禁讓我懷疑自己經歷的這一切是否為現實。難道他真的打算跳下去？真的爬上了漢江大橋？心生懷疑的同時，我的手也正在急忙撥打一一二❷，因為腦中浮現的第一個念頭就是要報警。警方詢問我狀況，我一邊嚇得瑟瑟發抖，一邊盡力向他們解釋情況。

—男朋友……我和男朋友分手了，但他現在說要從漢江大橋跳下去，他剛才……傳了照片給我。

❷韓國報警電話。

報警完掛斷電話後，我的手機就再也沒有響起，沒有任何「沒事」的消息，也沒有「已死」的消息。原本讓我畏懼不已的手機震動聲響，那天反而痴痴等待。夜晚無比漫長，收到他的死訊則是在兩天後的白天。

＊

「周圍的人也知道這件事嗎？」

我搖搖頭。由於我的頭低到不行，髮絲垂落，整個遮住了我的視線。沒有人知道，我也無法對任何人訴說，更沒有人可以聽我傾訴，因為他控制了我與所有人的聯絡，一一確認甚至還親自回覆訊息。此時此刻看著我的她，會是什麼樣的表情呢？我實在沒有勇氣確認她的表情，只好繼續閉著眼睛。

「周圍的人是如何評價這位前男友呢？」

「他們都認為是好人……認真努力、有能力，還很幽默……每次和他朋友見面，他都是很受大家歡迎的那種人，和所有人都合得來，朋友們也從沒說過他的壞話……他甚至對我的朋友們也很好，大家都說我遇到了一個很好的男朋友。」

「所以也是因為這樣，妳才沒能向其他人開口求助嗎？」

「嗯……應該說從一開始他就不允許我抖出這些事實，因為他會監視我、確認我……而且大家都覺得他是個好人……要是我說他會打我，感覺只會顯得我很奇怪……畢竟對我好的時候又真的對我很好，所以我一直認為只要不吵架就沒事了，只要我再努力一點、表現好一點就好……那應該就能和他和平共處……像這次也是，假如我沒有對他提分手……」

我無法將他全盤否定，也無法全然厭惡這個人，畢竟起初對我展現的那些笑容、和他共度的那些時光、紀念日偷偷藏在身後要送給我的花束，在我生病時，無論多晚都會買退燒藥給我的那些舉動……在我看來都是愛。我相信他是愛我的，儘管偶爾有些暴力，我也不想將那些美好回憶統統否定，至少要這樣相信，我的心裡才會舒服一些，不斷告訴自己他是因為愛我才會這樣、他其實是愛我的。我甚至認為，比起不被愛的生活，被他這樣愛著的生活反而還比較好。

「這不是您的錯。」

她輕輕探頭，看向我低垂的臉龐。我隱約瞥見了她那雙漆黑的眼眸，她的眼神告訴我，那不是隨口說說的膚淺安慰，但我還是難以相信她說的這句話，因為前男友的家人說我是殺人犯，甚至想盡辦法追到我上班的地點，在眾目睽睽之下，高喊著我是殺人兇手，說自己的兒子是被我害死的。他們毫不在乎現場有多少人，不，應該說，他們可能更希望現場能有越多人圍觀越好，這樣才能讓所有人都知道我是一名殺人犯。

他們也問過我，想要變成殺人犯嗎？

「柳娜垠小姐，您經歷的這些事情，都屬於暴力，不是單靠您想著『要是我再努力一點、要是我沒有對他提分手』就能解決的。這種暴力是不該重複發生的，而您是為了守護自己而做了正確的選擇。您絕對能擁有更好的愛情，也值得被愛，這份罪惡感，就由我們帶走吧。您不是隻身一人，娜垠小姐。」

「對不起……」

「這時候請說『謝謝』就好。」

她輕輕摟住我的肩膀，溫柔地拍了幾下。每當她的手碰觸到我時，壓抑的悲傷就會瞬間湧現。雖然她要我對她改說謝謝，但圍繞在我嘴邊的依然只有那句對不起。面對難以抹去的罪惡感，我什麼話也說不出口。

＊

自那天起不曉得又過了幾天，我每次只要睜開眼睛，就會想起她說的話。

「這不是您的錯。」

「柳娜垠小姐，您經歷的這些事情，都屬於暴力。」

我細細咀嚼著這些話，度過每一天。所有人都怪罪於我，只有她並沒有怪我，說不定所有人都怪我也只是我個人的想法罷了。假如這世界可以用她的眼光來看待我，那麼，是不是就不會有人怪我了？儘管如此，我也還是走不出我的家。總覺得要是自己跨出一步踩到那明亮之處，就一定會有人把我揪出來，高喊著我害死了一條人命。

吱——

我以為這次也是幻聽，因為凌晨十二點，已經是很晚的時間了，不可能有人聯絡我才對，不，應該說，不管任何時間，拜託都不要再有人找我了，因為我擔心過去的事情又要再一次被攤開，怕他們也怪罪於我。然而，我再次聽見了手機震動聲響。

吱——

清晰的聲音，這是現實的聲音，而不是那種隔了一層薄膜的聲音，是存在於現實中的聲音。我將手機翻到正面，是她打來的。

娜垠小姐，請問現在過去拜訪您，方便嗎？

都這麼晚了，她為什麼要來找我？從她給人的印象來看，應該不是那種會在深夜時段擅自聯絡別人的人；反之，她更像是每到晚上就會不再與人見面，默默將工作完成，並且總是與人保持聯絡禮儀的那種人。當她發現我只有已讀沒回時，她又再傳來一封訊息。

有一件事情是娜垠小姐一定要幫忙做的，如果您還沒入睡，我現在就過去找您。

一定要幫忙做的事……？到底是要我做什麼事？我感到有些訝異，最終回覆了訊息。

請問是什麼事？

我想要當面跟您說，如果不會不方便，可以現在去找您嗎？

好……

假如不是「她」，我會如何看待她的深夜來訪呢？她那淡然的神情、認真的氛圍、細膩的體貼與溫柔的口吻，只要想到集這些特質於一身的她，就會使人難以拒絕。而且最重要的是，看起來比我還要堅強的她，居然會需要我幫忙，雖然不清楚是什麼事，但似乎對她來說頗為重要。

三十分鐘，不，應該是過了四十分鐘左右。房間出現微微震動，每次只要有人在一樓的停車位停車，汽車引擎聲就會讓這間半地下室套房震晃不停。直到車子熄火後不久，便有人開始敲打我家大門。是她。

「不好意思，這麼晚打擾您。」

「啊……不會，沒關係……」

「首先，有個地方希望您可以和我去一趟，要搭我的車嗎？我會在路上向您慢慢做解釋。」

她說完這番話便隨手拿了一雙鞋子給我穿，那是已經許久未穿的舊運動鞋，而她自己則是穿著一雙象牙白色的平底鞋。明明拖鞋就在眼前，她卻要我穿運動鞋出門，實在摸不透她的心思。

我一上車，她便發動車子引擎，往某處行駛前往。如果換作是一名男性大半夜突然來載我出門，我可能會覺得這情況滿可怕，但是因為從她身上看不出任何惡意，所以也沒有感受到絲毫威脅或壓力。

「我有件事情想拜託您……啊，對了，您方便打開放在後座的那台筆電看一下嗎？」

「喔……，等我一下。」

我將隨意被放在汽車後座的筆電拿起，移放至自己的膝蓋上。她專注開車，卻不忘向我做說明。

「首先，您要幫我看看筆電裡有一支影片，您方便點選播放嗎？」

「……？」

我點開她筆電裡的影片，畫面帶著昏暗的藍色調，似乎是拍攝於深夜。畫面中，一名男子獨自站著，漢江大橋，那是漢江大橋，該名男子自行將身體探出橋外，然後再伸出手，手裡還握著手機。幾分鐘後，男子便墜落橋下，我可以認出該名男子是誰。

「這是……」

「我考慮了很久，不曉得給您看這支影片究竟是不是對的選擇，可是您仔細看會發現……」

她一邊開車，一邊用手指按著鍵盤，讓影片一格一格慢速播放。每按一次鍵盤，畫面中的他就開始動作，直到畫面停留在他伸手拍下傳給我的那張照片時，他的身體出現了晃動，宛如失去重心的人一樣。

下一格畫面、再下一格畫面，影片中的他就變得難以分辨究竟是自己準備跳下去、還是在努力重新找回身體平衡的晃動。然而，他的身體逐漸探到欄杆外，最後咻地掉了下去，直到掉下去的瞬間他都伸直手臂，彷彿想要去抓住欄杆。

「這是我們重新調查這起事件時所發現的環節，也向李基凡先生的父母進行完訪談，經過分析比對，我們判斷他應該是在成長過程中發展出『自戀型人格障礙』，擁有此項人格障礙的人，往往展現著極強的成就導向、勝負欲、佔有欲，比方說……他很可能把您當成他的所有物，理論上，這種人格障礙的養成，多半來自童年時期父母的漠不關心與極端寵溺交叉，導致在親密關係中屬於不安全依附類型。」

「所以……？」

「自戀型人格障礙的患者，其實自殺率很低。因為他們通常認為自己是優越且優秀的，從這一點來看，我們認為李基凡先生沒有理由自殺，所以才會重新調查當時的案件資料，並且看到這支影片。」

「所以……表示他不是自殺嗎？」

「光看影片我們其實也無法百分之百確定，所以才會需要您協助確認。小心，抓緊！」

她急轉方向盤，難道開車是屬於比較大膽的人？還是有如此急忙前往的理由？我一臉茫然地望著她。難道他的死，真的是一場意外，而非自殺？為了確認這件事，所以需要我幫忙？她看我還沒能搞清楚當下情況，於是一臉認真地開始準備停車，非常順利地一次停妥。

「我們下車吧。」

「……」

車子隨意停在一條狹窄的上坡小巷裡，我一走下車，就看見一座老舊的公共電話亭。由於周遭只有幾盞路燈，所以吸引我目光的只有那座公共電話亭。她緩緩走向電話亭，然後說了一句令人難以置信的話，彷彿連她自己都不敢相信似地。

「只要用這具公共電話在死者逝世的時間點撥打給他，就能聽到他死前最後的心聲，但這也要由衷心想要聽見與衷心想要傳達的兩人心靈相通，才有辦法聽見內容。我自己也有嘗試撥打過死者的電話，可惜無法撥通，李基凡先生的父母也有試過，同樣聯絡不上，能夠聽見最後心聲的人只有一人，而相關人士當中也只剩下您。我相信，如果是您，應該可以聽得到李基凡先生的最後心聲，所以才會在這個時間連忙趕來找您，只要聽見他的最後心聲，這起案件就能水落石出了。」

我無法理解她現在究竟在對我說什麼，但是看著她的眼睛，又不帶一絲虛假，搞得我更加混亂。她用自己的手機確認了時間，凌晨一點三十一分，再過一分鐘，就是前男友墜橋的時間。

「剩沒多少時間了，拜託您，娜垠小姐。」

她將我拉進了公共電話亭，那是一具肉眼可見早已布滿歲月痕跡的公共電話，到處斑駁破損，聽筒上也滿是被人摸到掉漆的痕跡，數字早已磨去一大半的按鈕，而照亮這座電話亭的路燈是唯一一盞燈光顏色不同的路燈。我被這微妙的氛圍吸引，彷彿被某種力量牽引，默默按下了歐爸的手機號碼。不是用智慧型手機，而是用公共電話。即便是同一組號碼，指尖碰觸按鈕的感覺卻格外陌生。

「按下通話鈕吧。」

我按照她說的，將手指放在按鈕上，由於已經是無法用理性分辨事情的狀態，所以不再心生懷疑。正當我按下通話鈕的瞬間，我想起了第一次撥電話給她，那段痛苦又猶豫的時間。

嘟嚕嚕嚕，嘟嚕嚕嚕。

聽筒裡傳來電話撥通的聲音。她看見我驚訝的表情，彷彿早已預料到似地，立刻將耳朵靠了過來，緊緊貼在聽筒旁，好讓自己也聽得見內容。近距離觀看她的神情顯得格外認真，儘管並不是因為相信她說的話才撥打這通電話，但光是真的能撥通這件事情本身就已經夠奇怪。直到嘟嚕嚕聲響快要結束，電話那頭傳來了歐爸的聲音。

妳以為我是因為愛妳才和妳在一起嗎？我只是假裝愛妳，結果妳還自以為了不起，對我亂吼亂叫。我當初只是覺得妳應該滿聽話、很容易追到手，才會撩妳一下。但妳現在呢？居然跟我提分手？還已讀不回？像我這樣的人願意跟妳在一起就已經很不錯了，怎麼還不乖乖待著，妳覺得我會被妳牽著鼻子走嗎？我只要在手腕上劃幾刀，妳不就會自己爬回到我面前，能拿我怎麼辦？死？我幹嘛尋死？就算我要死，也會抓著妳一起死，不是因為愛妳，而是討厭看到只有妳活著。我一定會找到妳，把妳找出來，讓妳在我面前好好求饒。操，讓妳養成了壞習慣。總之，啊，啊！救命！啊——

他的聲音戛然而止，有如電話突然被掛斷一樣。他對我的這些咒罵，與過去對我用髒話飆罵時的語氣如出一轍，聽起來就像是他本人親口說的這些話。和我一起聽完這段話的她，呼吸顯得有些急促緊張，而我只有呆呆地望著她。

「果然和我們預想的一樣。」

「這究竟是怎麼一回事？」

「您剛才聽到的這段話，是李基凡先生死前的最後心聲，聽起來似乎是在橋上意外墜落，所以才會話說到一半突然斷掉。」

「這……這怎麼可能……這是歐爸最後的心聲？」

「是的，他並沒有愛您，只是想要擁有您而已，可能也是因為這份執念，才有辦法與您通上電話。」

怎麼能心平氣和地說出如此殘忍的內容。儘管我很想要否定她說的話，但無論那個聲音究竟是否為他的最後心聲，至少不可否認是他本人的聲音沒有錯，毫無疑問的就是他。那麼，歐爸真的從未真心愛過我嗎？只是想佔有我而已嗎？可是……我真心愛過他，我以為那是愛……儘管在埋怨與憤怒中，悲傷依舊沒有平息，因為不管他究竟有沒有愛過我，我失去心愛的他依舊是無法改變的事實。

「我們會針對這起事件申請重新調查，也會把這件事情告訴李基凡先生的父母。」

「可是……可是……要是沒有和我分手……的話，他也不會……發生這樣的意外……」

百感交集的心情脫口而出的竟然只有眼淚，我覺得自己簡直就像個傻瓜。無論那是不是一場意外，只要我沒有向他提分手，是不是就能徹底避免發生那場意外？不，就算他沒有愛過我，僅只是想佔有我，但他會把身體探出漢江大橋難道不也是因為我嗎？因為我愛他，因為他相信我愛他，因為我甘願被他騙，假如都不是因為這些，難道我要去責怪都已經死掉的人嗎？怪那個已經再也無法交談、其實不想死的人嗎？

那一刻我領悟到，埋怨那樣的他，其實比愛他的罪惡感更沉重。難道是因為與其被罪惡感折磨，不如愛他更簡單，所以我才會選擇愛他嗎？這時，她打斷了我紊亂的思緒，開口說道：

「我知道，您一定愛過他，正因為愛他所以才相信他會有所改變。然而，現在的重點不在於李基凡先生的死究竟是誰的錯，而是活著的您接下來要如何繼續活下去。我個人是希望您不要用罪惡感來掩蓋自己遭受到的戀愛暴力與痛失愛人的事實，好好面對並且治癒——」

「妳又不知道我的心情！」

安靜的後巷，我的聲音在整個小區內迴盪。我對於她在如此混亂的情況下，依舊冷靜說話感到怒火中燒。就算她說的都沒錯，最終留在這世界上的人依然是我。

我沒辦法像她那樣冷靜，也沒有辦法像她那麼灑脫，沒有人告所我到底如何做到像她那樣，我對此感到孤單且難過。

「到底……到底怎麼可能那樣活著！他死了，歐爸他死了！因為我……妳怎麼懂我的心情？妳又不會替我負責……也不會替我痛苦，不是嗎……」

「……」

「抱、抱歉……」

在我大聲吼叫完以後，突然感受到濃濃的罪惡感。為什麼每次只要咆哮完就會有一連串後悔的事情發生，無論如何，她都是在幫助我啊，明明是我自己先去找她幫忙的，我卻對她發這麼大的脾氣，不禁深感罪惡。她不發一語，我也不敢直視她的臉龐。

過了一會兒，我輕輕抬起頭，觀察她的表情。她並沒有看向我，而是將視線停留在我後方的公共電話。雖然表情平靜，但她那停留的視線彷彿不存在於任何世界似地，顯得空洞。她用無比悲傷的眼神，再次溫柔地向我說道。

「沒關係……但還是希望您可以明白我的心意——相信不是您的錯，也相信您絕對有深愛過他。」

她那默默伸出的手在微微顫抖，不知為何，手背上還出現略微泛紅的色塊。就在我猶豫要不要握住她的手時，那些紅色的痕跡也逐漸擴散。我看著懸在半空中朝我伸出的手。

不是我的錯，我有深愛過他，至少這兩件事不是假的。她的手在對我說——無論他對我是什麼心思，我都曾經深愛過他，而那份愛也已然結束，現在只要握住我的手就好，接納這樣的事實就好。我緩緩伸出手，她像是不想錯過我的手似地，輕輕握住了我的手。

她再次開車把我送回家，我看她握方向盤的手腕，剛才那些泛紅的部位逐漸變回原來的肌膚顏色。抵達我家以後，她並沒有馬上離開，而是幫我把垃圾整理好拿到門外，並且陪我一起等待電熱毯逐漸升溫。直到最後一刻離開前，她都一直關心著我，包括我的表情、我的心情，那些舉動在我眼裡看來都像是無聲的承諾——要將我的痛苦全部帶走。儘管是在鞋櫃處重新穿上那雙象牙白色的平底鞋，她的眼神依舊溫柔。在她轉身準備離開前，她直視著我的眼睛，遞了一張名片給我，然後用冷靜的聲音向我說道：

「您聯絡這裡，就可以申請相關福利與心理諮商，應該會很有幫助。如果不方便聯絡這裡，也可以直接與我聯繫，我會盡我所能地幫助您。我只是希望您體驗自行完成一件小事的成就感，所以才會給您這張名片。」

當名片落在我的手心，當我可以感受到她的真心，當真相事實直達我的內心，當我意識到自己應該活在現實時，當我感受到接下來的路要自己走時，這些瞬間，我依然說不出一句謝謝。

心理剖檢報告書

姓名：李基凡

年齡：實歲二十三

死亡日期：二〇二二年十月四日

事件概要：自二〇二一年六月起，與委託人（柳娜垠，二十二歲）以咖啡廳員工、顧客關係相識並展開交往，交往三個月便因個人因素開始同居。爾後，自殺者開始出現酗酒行為與言語暴力、間歇性肢體暴力，儘管委託人實在受不了，曾數次嘗試分手，死者卻透過自殘及自殺威脅等維持二人的交往關係。自殺完成前一週，委託人結束了同居生活，正式向自殺者提分手，然而，自殺者再次聯絡委託人，揚言「如果不復合，就跳進漢江」，並於漢江大橋上拍照傳送至委託人手機。爾後，凌晨一時三十二分左右，自殺者再次聯絡委託人，並附上已將上半身探出護欄的照片，聲稱要跳下橋。儘管委託人立刻報警，最終這起事件仍以自殺結案。

成長過程及性格傾向：自殺者（李基凡，二十四歲）的童年時期，父親因經商失敗而無法參與正常社會活動，整日沉溺於酗酒，並且對家人施予言語暴力、冷漠無視，母親則是一肩扛起了家庭經濟重擔，並且無條件地滿足獨子（自殺者）所有要求。最終，自殺者在父親的忽視與母親的溺愛中成長，經歷矛盾與混亂，養成了不安全依附類型。父親的言語暴力與冷漠，嚴重傷害了他的自尊感形成，而母親的無條件包容，則讓他誤以為自己是特別的存在，進而養成自戀型人格障礙的特性。由於他的勝負欲與征服欲較強，學生時期在交友關係中曾捲入過鬥毆，但是隨著出社會步入職場以後，他便善用這些性格特點，獲得能力上的認可，並參與正常的社會活動，達成幾項成就。

壓力來源：推測是因自戀型人格障礙特徵，導致對於無法掌控他人行為感到極度焦慮。隨著與前女友分手，他經歷了「失去所有物」的痛苦，進而採取持續性的自殘及自殺威脅。並推估壓力可能更多是來自於「失去所有權」的過程，而非「失去愛情」本身。

最終結論：由於自戀型人格障礙者鮮少會選擇自殺，所以綜合死者生前的聯絡內容與訪談內容來判斷，可以推測自殺者的行為很可能並非出於實質上的壓力或挫敗感，而是將此作為威脅委託人的手段。與此同時，附近監視器畫面複查結果顯示，是否為蓄意跳橋仍難以明確辨認。基於上述理由，已向調查機構提出重啟調查的申請。

預防計畫：當自殺者持續進行自殺威脅及自殘照片傳送時，就應該先對受害者採取保護措施，並且在出現自殘行為時，及時介入適當的心理諮商及治療過程。由於本案發生於漢江大橋上，建議加強該區域的安全防護網，以防止類似事件重複發生。

〈附件　監視器紀錄〉、〈附件　訪談一〉、〈附件　訪談二〉、〈附件　訪談三〉、〈附件　通聯紀錄〉、〈附件　精神分析結果報告〉

李基凡訪談全文　關係：母親

諮商師：請問兒子小時候家境如何？

匿名：他爸經商失敗後徬徨了許久，現在還能出去做點事情賺點錢回來，但當時是每天喝酒、夜不歸宿，每次只要喝了酒就鬧事，家裡沒有一件家具是完好如初的。當時基凡才剛上小學……雖然我也想過要和他爸離婚，但又擔心孩子在學校被大家說他沒有爸爸，所以才會一直默默隱忍。我當時是真的只看著基凡（自殺者）咬牙苦撐過日子，就算他爸整天往外跑，只要有兒子在，我就覺得足夠。或許基凡也明白這一點，所以在學校讀書成績一直都很好，也很聽話。儘管他的脾氣有點固執，但他是我唯一的兒子，所以有什麼需求都盡量滿足他，就算家境不好，我也從來沒有讓他擔心衣食問題。

諮商師：那李基凡先生的父親是如何對待兒子的呢？

匿名：那個男人根本目中無人，所以整天只知道罵人，對我和孩子滿口都是髒話，週末也從來不會抽空陪我們，只會出去喝酒。雖然他到後來才終於清醒振作，但對孩子來說終究太遲，所以還是會感到抱歉吧。

諮商師：請問家族當中是否有自殺史？（受訪者對於該問題表現不悅。諮商師再次詢問家族史。）

匿名：孩子他爸那邊有人自殺，基凡的二姑姑，聽說是在三十歲左右自殺的，當時基凡還沒出生，就這樣。

諮商師：在您看來，兒子為什麼會做出自殺的選擇呢？

匿名：還不是因為那個賤女人，就是她把我兒子迷得神魂顛倒，所以才會害他走上絕路。基凡上學時雖然曾經和同儕打過架，但也不是多麼壞的孩子。也不曉得那個賤貨做了什麼，竟然能把他逼到需要自殺的地步，而且還給我偷偷同居！早知道會變成這樣，當初我就不會同意兒子搬出去住的。

諮商師：兒子學生時期有打過架嗎？

匿名：只是同學之間的打鬧，他那時候動手打了其他學生，所以有和對方和解。男孩子嘛，長大過程中難免會有衝突，打過三四次架之後就沒再出過什麼大問題。

諮商師：在您看來，要是最後做了哪些事，就能阻止您的兒子做出這樣的選擇？

匿名：要是阻止他和那個女人交往，不，在他當初說要搬出去自己住的時候，假設我不同意，不，要是當初我和他爸早點離婚，他就不會長大後痛苦到需要做這種選擇……哪怕我要是有打一通電話給他，是不是結果就不一樣了？可是能怎麼辦呢，我也都是為了孩子好，選擇隱忍多年，為了孩子好，才讓他搬出去自己住，結果跟那女的分手之後走上了絕路，我不怪她要怪誰？每次只要一想到她，我就恨不得把她也推下橋！也不曉得她躲去了哪裡，連工作都辭掉了。

＊本訪談內容係作為申請重啟調查之附件使用，嚴禁外流。
＊關於本案，將申請對委託人（柳娜垠）的保護。

＊

當她再次聯繫我時，她告訴我前男友的死亡已改判為意外事故。難道就這麼想要告訴我不是我的錯嗎？她在電話那頭說道：

－我們已經把這件事轉達給李基凡先生的父母，也有對他們說，希望從今以後可以放下對您的怨恨，好好治癒喪子之痛，繼續努力生活下去。假如他們又再次去打擾您，請務必報警處理，這是您保護自己的方法。

當她說要我保護自己時，我感覺自己就像個剛放開父母的手、獨自邁出第一步行走的孩子。要從這間照不到陽光、堆滿外送食物垃圾和廚餘、衣物也凌亂堆放的半地下室套房走出去，就是我自己的事了。掛斷電話後，我做的第一件事情就是拉開窗簾，和她初次來我家時一樣。

當我把垃圾分類整理好，發現竟足足裝滿了五袋。至於衣服的話，因為本來就不多，所以我將它們一件件折好，整齊堆放在一旁。原本只剩下一張床墊的空間突然出現了餘裕，地板我也用濕拖巾慢慢地、仔細地擦拭乾淨。當我全神貫注地清潔地板，思緒突然變得模糊，比起自己正處於什麼樣的處境，反而覺得把地板擦拭乾淨才是最重要的。

打掃完房間以後，我從頭到腳用溫水洗淨自己，已經不記得上一次好好洗澡是什麼時候了。當溫熱的水順著我的肌膚流至腳尖，那股流動感被敏銳地放大，儘管在搓出泡沫、沖掉泡沫的過程中，我也不想著急，只想慢慢感受這一切被徹底沖洗乾淨的瞬間。

當我用毛巾擦拭頭髮時，感覺整個人神清氣爽，光是整理周遭環境、洗乾淨身體，就覺得世界變得不一樣了。雖然室內燈管依舊不亮，但是不透明的光線從窗外照了進來。桌上放著她當初留給我的名片。

〇〇女性心理諮商中心

我坐在電熱毯上，將名片上的電話號碼輸入舊型智慧型手機裡。即便再次面對那個通話按鈕，我的指尖依然顫抖。明明只是輕輕一按就能撥打出去的事情，我卻猶豫不決。我靜靜看著電話號碼，依然感到陌生無比。他們會說什麼呢？我該說什麼呢？然而，我想起了她對我說過的話，那些安慰我的話，說她相信我的那些話。在智慧型手機變回螢幕鎖定畫面前，我按下了通話鍵。安靜的套房裡，撥號聲緩緩響起。

－這裡是〇〇女性心理諮商中心，請問有什麼需要提供協助的嗎？

－我想要尋求協助……

我的人生就從這句話重新開始，以我想要尋求協助的心情，這句話，意味著我承認自己需要他人幫助，也是為獨自行走所邁開的第一步。

＊

吱——吱——

差不多在我快要做完客人點的飲料時，口袋裡傳來了手機震動。我掏出手機，螢幕上顯示著「心理剖檢中心姜芝安」，幸好之前有先儲存這支電話號碼，所以我可以立刻知道是她打來。

「您的飲料好嘍～」

我把多加一份濃縮的美式咖啡遞給客人，然後接起了她的電話。空間小又安靜的咖啡廳一隅，她那熟悉的聲音透過手機聽筒傳來。

「柳娜垠小姐？我是心理剖檢中心姜芝安。最近過得好嗎？」

「啊……還可以。」

「自從結案之後就一直沒能聯絡您，所以想關心一下您的近況，現在方便講電話嗎？」

「我剛好在上班……」

當她聽聞我回答得有些為難，便立刻明白了我的意思，用輕鬆的口吻回應：

「原來您已經開始工作了。」的確，如她所說，兩週前我找到了這份工作，憑我過去的經歷，在一間位於街角的小咖啡廳裡工作。她像是終於感到比較安心似地，準備結束這通電話。不過就在這時，我向她說道：

「那個……方便的話，可以再見您一面嗎？」

「見我？」

「嗯……因為我還沒好好向您道謝……」

「我當然沒問題。這次還是我過去找您嗎？」

「我去找您好了。」

她聽聞我要去心理中心找她，便立刻將中心地址與方便到訪的時段告訴我。我小聲地回答沒問題，便草草掛上了電話，再用訊息告訴她我預計前往的時間。我們一來一往聯絡結束後，我不自覺地握緊手機，只要一想到要再見到她，內心就不由得開始緊張，手心也微微冒汗，那份緊張感是來自於想要忘記當時那件事，然而，如今我已經知道，不能總是逃避面對。

再次見面那天，我抵達她的辦公室。由於事前她有告訴我，公司就位在三岔路口的雜貨店內側，往裡面走會看到一個招牌，所以我很快就找到了。如今，這樣的雜貨店招牌都已經很少見，所以倒也沒有花太多時間尋找。雖然是一棟老舊建物，但內部卻簡潔明亮，空間以溫和色調裝潢，與過去常去的諮商中心風格相似。

「您來了喔？」

她帶著淡淡的微笑向我打招呼。看起來像員工的高個子男生也站起身，頷首致意。我微微點頭，以示回應。因為對方是我第一次見到的陌生面孔，所以感到有些意外。

「我出去掃一下雪，雪下得還滿大的！」

也許是注意到我的不適，男子說完這句話，便迅速走了出去。外面的確如他所說，前一天下了不少雪，所以我來這裡的路上，也是踩著厚厚的白雪。等他走出心理中心以後，她引領我坐在大廳的沙發上，用溫柔平靜的語氣說道：

「他叫林相佑，是我們中心的工作人員，您應該是第一次見到吧？」

「嗯……」

「當他聽聞您要來的消息時，就馬上提議要我一起將外面的雪掃乾淨，清理出一條路，但是我總覺得見到您以後，您應該會想要和我兩個人單獨交談，所以有暫時阻止他除雪，然後現在才一直用眼神給他打暗號，請他趕快出去掃雪。」

她說完這番話以後笑了，不知為何有一種令人安心的感覺。當時瞥見的那份悲傷也不曉得是被她隱藏起來還是已經消失，她似乎已經忘記了我當時的埋怨。在這間約莫二十坪左右的心理中心裡，只剩下我和她兩個人，她主動向不知該如何開口的我搭話。

「最近過得怎麼樣，都好嗎？」

「我有透過您當時給我的名片主動聯絡心理諮商，目前正在接受治療……也找到了新的工作。」

「那您現在從事什麼工作呢？」

「一樣是在咖啡廳上班，但是是一間小小的咖啡館，客人不多，但這樣反而好像比較好。下次可以來找我。」

「好啊。」

她親切地答應了。現場又再度陷入一陣沉默。我捧著她遞給我的溫熱茶杯，慢慢暖著手，猶豫著該說些什麼才好。雖然我一路上反覆思考過許多遍，但是真正坐在這裡時，話卻沒有那麼容易說出口。

「我覺得您比上次看起來好多了。」

她小心翼翼地說道，原來連「看起來好多了」這種話，她都會說得如此謹慎。我在她的體貼中鼓起勇氣，努力說出了些什麼。畢竟今天是為了和她談話而來，是為了面對那件事情而來。

「我現在也會慢慢地練習出門了，雖然還是有點困難……但還是會嘗試去見見人，所以參加了一個寫作小組，是社區中心介紹的，大家會聚在一起聊聊難過的事情，也會一起寫作。我滿喜歡這種互動……所以想要繼續參加。」

「那您的心情怎麼樣呢？」

要是在第一次見到她時聽到這個問題，我應該會瞬間眼淚潰堤，所幸去了心理諮商中心一段時間，這題對我來說已經並不陌生，經常需要面對、思考並回答——我的心情如何、接下來打算怎麼做。我把這些日子以來思考過的事情一一說出來與她分享。

「在接受諮商、寫作的過程中，我有了許多感悟。您曾經對我說過，這件事情不是我的錯，但我一直以來都認為這是我的錯，因為我不好，才會害他變成那樣……不過，每當我這樣說的時候，心理諮商師也會對我說同樣的話，說這不是我的錯，那他對我做的那些事情又是什麼呢？我一直都認為那是愛……」

「……」

「但現在……現在我才明白，原來那是暴力，對我以死相逼是威脅，喝醉酒對我飆罵髒話、動手推我、毆打我，這些都是暴力……原來都不是愛……您說得沒錯，就算不是我而是其他人，他也都會那樣對待另一半。而當我這樣想，就發現原來並不完全都是我的錯，當然，要徹底擺脫罪惡感還是很困難……」

她用深邃的目光看著我，我抬起頭，與她四目相對。接下來的這句話，我想要看著她的眼睛親口說出來。於是，我鼓起最後的勇氣，對她說：

「謝謝妳。我一直想親口對妳說這句話。」

「原來您是為了說這句話而來，我也真心感謝您。」

她輕輕握住了我捧著茶杯的手，掌心的溫度緩緩傳來，就如同當初她摟住我肩膀時的感覺一樣。她露出一個堅定的笑容，提高嗓音，輕鬆地向我問道：

「接下來想做些什麼呢？」

她似乎真心為我能用「接下來」這個詞感到高興，那份欣慰甚至傳到了我心裡，讓我覺得踏實可靠。她在用全身告訴我，我將她說的話作為支撐自己的力量一路走到今天，絕非徒勞。我也和她一樣稍微語帶堅定地說道：

「自從參加寫作小組以後，我發現原來每個人都有各自的傷痛。我和大家一起寫、一起讀，互相安慰，也經常流淚。我只是……希望我自己和其他人都不要再經歷這樣的傷痛了。我也經常在想，假如他的死不是意外而是真的自殺，那我有辦法擺脫這份罪惡感嗎？要是有人也和我一樣遭受這些暴力，對方卻真的尋短，該如何是好？而每當我向自己拋出這樣的問題，內心就會感到無比疼痛，總覺得無法逃避……所以我才會提筆寫作，不只是為了像我這樣的人，也為那些面對加害者選擇自殺的人，寫下理解他們、能夠給予他們安慰的文章。我想為自己……也為那些人寫作。」

「光聽您這麼說就已經有被安慰的感覺了，我也會為您加油的！」

雖然茶杯被凍僵的雙手包覆，很快就冷卻了，但是那份溫暖彷彿融進心裡，感覺就像是把我的心聲全部說給她聽一樣。也許她希望我再也不要回來找她，把那些沉重的痛苦都留給她，一身輕鬆地向前邁進，那可能是她最後想擔任的角色吧。

「要是有朝一日真的出書，我會送您一本的。」

「一定要喔！打勾勾。」

她送我離開心理中心，當我用不捨的心情一步步走下台階，建物外的景色映入眼簾——潔白的積雪覆蓋在低矮的柏油路上，上面有被人踩過的痕跡，正當我想著應該是我來這裡時留下的腳印時，雪又開始下了，那些漆黑的腳印也重新蓋上白色，而我則是站在建物前，欣賞著逐漸堆積的白雪，不知不覺間，腳印已經完全消失。

直到那時，我才迎著雪重新走上那條潔白的街道，重新留下新腳印。我想起某人曾經說過，下雪的日子格外安靜。那是一個彷彿連手機震動聲都不會聽見、靜謐無聲的日子。

第3章

兩張面孔

「多英，妳認為世界上有奇蹟嗎？」

「我希望有，總比沒有來得好吧。」

一陣腳步聲傳來。輕盈的步伐，「嗒！嗒！」清脆響亮地拍打著地面。時間是下午五點四十分，多英放學後安然無恙地回到家。每次只要看不見孩子，就會感覺從世界上消失一樣，然後當這腳步聲響起，我才會為孩子依然存在於世感到心安。然而，真正的開始是從現在，她馬上就要輸入玄關大門的密碼，走進屋內。我深吸一口氣，把發自內心可以說出來的最溫柔、美麗話語含在口中，慢慢放鬆表情。

嗶嗶嗶，嗶嗶嗶。

「我的多英回來了啊？今天在學校過得怎麼樣呢？沒什麼事嗎？」

我像個溫柔的母親走向孩子。她雖然沒有表現不耐，卻冷漠地直接躺在沙發上，隨口回答：「沒事。」她的手裡拿著智慧型手機，似乎是在和朋友聊天，甚至正眼都沒瞧我一眼。我的內心在不停催促，再多說點什麼吧，說一些溫柔的話也好、表達得更親切一些。結果好不容易擠出的一句話，竟是短短一句「要不要吃點心？」

「我等一下要出去見朋友。」

「幾點？」

「七點。」

「這麼晚？見誰？」

「媽！」

孩子突然扯高嗓音，嚇得我全身發抖。我無法用更大的音量去阻止她說不可以，還是當個好媽媽吧，不要再讓孩子感到有壓力了，盡可能溫柔、冷靜，我要讓心情平靜下來，好好和她說話。

「媽媽是因為擔心妳啊，不是不准妳去啦。」

「就只是和朋友見面而已。」

「妳打算幾點回來？」

「十點前。」

「那麼晚……？」

她狠狠地瞪著我，面對冰冷的眼神，我彷彿整個身體都凍僵了。屋子裡瀰漫著一股冰冷的氣息，我的雙腿都開始瑟瑟發抖。在那孩子離開的那一天，空氣中也同樣瀰漫著這種冰冷氣息。假如是個溫暖的家，那孩子現在會不會就和我們在一起了呢？我想要守護唯一僅剩的這個孩子，因此，我選擇演戲，飾演一名親切又溫柔的母親。

「那妳要記得每個小時聯絡我一次，一定要告訴我妳在哪裡喔～」

「知道了。」

「妳會遵守和我的約定吧？」

「嗯。」

孩子從沙發上一把拎起書包，直接往房間裡走了進去。關上房門的聲音彷彿是我內心深處的回音，使我感到一陣心痛難受。其實我真心想要直接拆掉多英的房門，好讓自己隨時都能看得到她在做什麼。我希望可以掌握她的一舉一動，包括所有小事全部都在我的掌控之中，讓她在我的保護下安全長大。然而，我自己也最清楚知道，不能如此窒息地緊抓住她，否則就會像老大那樣，徹底離家去遙遠的地方。

老大雅英離世至今已經兩年，現在的老二多英已經到了當年姊姊的年紀，我也開始變得十分擔心，是難以控制的擔心，我怕多英也會像雅英那樣，人生在十七歲就戛然而止，和她姊姊做出同樣的選擇，失去一切。所以我盡可能希望自己可以當個好媽媽，哪怕為時已晚，至少對於多英來說還可以是個好媽媽。然而，為什麼連這件事都這麼困難，我實在不清楚多英的心思，就像當年也不清楚雅英的心思一樣。總覺得多英也會離我而去的焦慮感，為了隱藏這份焦慮，這些日子我努力只展現開朗正面的一面，多英又是如何看待我的呢？

＊

那通電話，是偶然嗎？

多英的高中入學始業式是在某年初春，我的日常大部分都是以這孩子為中心，先送她去上學，再回家煮飯，準備補習班事宜。對我來說，家就等於是我的人生，住在裡面的多英也是。電話響起時已經是深夜時分，多英早該在補習班，面對陌生號碼響個不停，我擔心是不是多英出了什麼事，只好急忙接起，然而，電話那頭傳來的名字，竟是我萬萬沒想到的。

「請問是楊雅英的媽媽嗎？」

「雅英媽媽」，過去這兩年來，已經沒有人再這樣稱呼我了，就連周遭的人也都會小心翼翼，不再提起雅英的名字，取而代之的是賦予我「多英媽媽」的人生，儘管這兩個孩子的母親同樣都是我。

「是，請問您是……？」

「啊，我們是中央心理剖檢中心，目前正值新學期開始，因青少年自殺率日漸增多，我們正在進行十世代自殺預防計畫制訂研究，不好意思冒昧打擾，但是為了預防自殺，我們需要聯絡家屬進行心理剖檢，以蒐集相關資料與案例。我們這邊得知到的消息是，聽說您的女兒雅英……兩年前離世。」

「什麼？所以打這通電話給我是因為雅英死了？」

「啊……雅英媽媽，不是這個意思，我們是專門制訂自殺預防計畫的公共機構，也致力於防止像雅英這樣在青少年時期就選擇自殺的悲劇再次發生，因此，假如您能夠為我們的研究計畫提供一些幫助，我們會由衷感謝。」

一開始，我完全不曉得他們在說什麼，因為女兒自殺所以聯絡我、為了預防自殺、需要多了解雅英的故事……我恨不得對如此描述雅英自殺身亡的她大聲咆哮，叫她不准再用這種事情來跟我提雅英，不准用自殺兩個字結束雅英。然而，我之所以能勉強忍住，是因為她提到「像雅英一樣的孩子們」，因為我也擔心多英會變得像雅英那樣，假如還有一絲方法、突破口，就能讓多英避免步上雅英的後塵。當對方在電話另一頭絮絮叨叨地解釋著流程與意義時，我的腦海裡浮現的是多英——身處在我看不見的世界裡、被留下來、必須生存下來、好好活下去的多英。

「我願意……所以要怎麼幫忙？」

「您方便來我們心理中心一趟嗎？地址是……」

＊

也許是我期待太高，雖然有部分原因是為了多英而參加心理剖檢，但其實真正的理由是，我想要知道雅英為什麼會離開人間，因為我要知道她的心思，感覺才能阻止多英的行為。原以為所謂心理「剖檢」，會是一連串找出什麼、拼湊線索、給出答案的過程，沒想到竟然是先填寫一份資訊同意書，然後回答超過五百題的問卷。問卷裡的問題非常簡單，諸如：「死者過世前三個月，承受了多少壓力？」「死者在童年時期是活潑開朗的人。」等，並從「完全不是」「不是」「普通」「是」「非常是」五個選項中勾選出答案。至於關於雅英的事情，則是閒聊了約莫二十分鐘左右，但是比起雅英的故事，他們反而更著重於她離開後的情況。難道就這樣嗎？當我結束長達兩個小時的心理剖檢訪談，準備回家之際，我帶著要抓住最後一根救命稻草的心情，向心理中心工作人員問道：

「請問……我有辦法知道我們的雅英，當初究竟為什麼會選擇那樣離開人世嗎？」

「啊，我們中心是以預防自殺為目的，所以難以提供您結果報告。」

「……」

「不過……」

心理中心的職員小心翼翼地走向我，彷彿不能被其他人聽見似地，對著我的耳朵悄悄說道：

「有一個地方，正在進行臨床心理剖檢。那裡的負責人本來是在我們這裡中央心理剖檢中心工作，在那邊就會進行更深入的訪談和調查，還會把結果報告告訴家屬。不過也因為這樣，傳言那裡是什麼徵信社之類的，所以反而擔心家屬會介意，所以通常我們都不太會主動推薦……」

「那您方便介紹嗎？」

「如果您需要的話，我可以告訴您。至少他們是值得信賴的，這一點我是可以保證的。」

說完，她掏出手機快速翻找，然後在筆記本上寫下電話號碼和名字，將那張紙撕下來，遞到了我手中。

心理剖檢中心姜芝安　02-XXX-XXXX

自殺者（楊雅英，十七歲）於二〇二一年四月八日上午九點二十分左右，在自己的房間內被委託人（鄭有華，四十五歲）發現。報警時已經確認死亡，經驗屍結果推測死亡時間為同日凌晨一時十分左右。經判定，死因為割腕導致失血過度及休克，但出血並非直接原因，而是因為劇烈衝擊導致心臟驟停。

在致命性自殘行為之前，發現有多處淺層傷痕，根據老師的證詞，雅英是從十四歲起就開始自殘，自殘的次數雖然頻繁，但過去並未嚴重到實際嘗試自殺或者出現致命性的自殘行為。然而，由於這些自殘行為，導致自殺者與委託人之間經常發生爭執，且在自殺身亡前夕，兩人發生了比平時更為激烈的爭吵，甚至提到「妳以為這樣真的能死得了嗎？」「好該清醒了！」等，諸如此類的內容。隔天，楊雅英便以自殺身亡的樣子被發現。委託人身為自殺者的母親，承受著極大的罪惡感，認為是因為自己當時的言行導致女兒尋短，並且在養育次女（楊多英，事發當時十五歲）上也經歷著困難。委託人是藉由參與中央心理剖檢中心所實行的「青少年自殺預防指導計畫」得知心理剖檢，並轉介至本中心接受進一步的協助。〔二〇二三年四月一日，事件委託紀錄書〕

「媽，妳去了哪裡？」

一回到家，多英的臉就映入我眼簾。那雙和雅英一模一樣的眼睛、小巧的鼻子、緊閉的嘴唇，儘管表情帶著幾分冷漠，但光是她還在這個家裡，就讓我想要緊緊擁抱她。可是我不敢這麼做，總覺得如果去抱住她，我的內心會瞬間崩潰。也許是因為一整天都在聊雅英的事情，眼前的多英，讓我有一種雅英還活著的錯覺。我當然知道，她們是不同人，可是內心卻不由自主地這麼想。我把視線轉移至雅英的房間，那是已經把物品整理乾淨的空房，我眼前的人是多英，不是雅英。

我不能讓已經失去姊姊的多英，再看見媽媽動搖的樣子。我努力讓自己保持清醒，多英不一樣，多英不是雅英，重複提醒自己多次之後，我才終於能裝作若無其事，用半開玩笑的口吻回答：

「媽媽也有約會啊。」

我瞇著眼睛，揚起嘴角，然後讓舌尖輕貼在上排牙齒，這樣笑起來會更加自然，這是我在拍婚紗照時學到的技巧。多英面對不同於平日的我，展現出有些困惑的樣子，但我沒有讓她知道任何事情，畢竟她才十七歲，有些事情不知道反而更好，我究竟是什麼心情、我要背負著哪些事情等等……我深信這樣做是能讓她「輕鬆」生活的方式。

「媽媽先去洗個澡，然後做飯給妳吃。」

走進臥室以後，我把房門帶上，慢慢旋轉門鎖，悄悄地把門鎖上，好讓它不發出任何聲響。喀嗒，當門上鎖的聲音響起時，我還故意發出腳步聲，好讓多英聽不出來門已上鎖。

門一關上，感覺四周都被牆包圍阻擋，狹小的空間，我和多英在同一個屋簷下被隔離開來。當我來到孩子的視線無法觸及的地方，我才終於支撐不住身體，雙手撐著地板，癱坐在地。我淚流滿面，彷彿內心也崩潰坍塌。為了不讓自己哭出聲，我將呼吸分切成小段，一點一點吐出。眼淚順著臉頰直直滴落在地板上，因為我知道與其擦拭眼淚，不如就讓它自然落下，這樣反而不會有明顯哭過的痕跡。眼淚越積越多，為了忍住哭泣聲，我用力繃住喉嚨，甚至屏住呼吸，因為太大的呼吸聲只會暴露出我的悲傷。

假如沒有多英，我恐怕早已不在人世，也許會像雅英一樣，選擇離開這個世界。然而，現實是多英還在我身邊，我有個必須要去守護的孩子。我要戰勝死亡、收拾悲傷、面帶溫暖微笑，端出一桌熱騰騰的飯菜才行，因為我是媽媽。

站起來之前，我雙腿用力，好讓自己不跌倒，一口氣站起來。我扶住門把，踉蹌著撐起身體，當我用雙腿站穩在地板上時，一陣疲勞感從頭頂席捲而來。甚至就連悲傷都讓人感到疲憊，總覺得世界都徹底崩潰。

我看了鏡子一眼，擦去淚痕，打開原本上鎖的房門，走向廚房。我擔心自己哭過的樣子太明顯，所以刻意避開多英的視線，直接走到冰箱前，一如往常地哼著毫無意義的旋律，從冰箱裡拿出蔥和洋蔥逐一整理。然後打開飯鍋盛飯、將早上煮好的湯重新加熱，端出幾道小菜擺放在餐桌上。我用高亢的聲音向多英喊道：

「多英啊，來吃晚餐嘍！」

「好。」

原本在沙發上滑手機的多英，立刻起身走到餐桌前坐下。她眼看桌上只有一個飯碗，便問道：

「媽，妳不吃飯嗎？」

多英抬頭看向我，當我們的視線差點對到眼的時候，我連忙轉過身，假裝整理冰箱，只露出了側臉，彷彿沒任何問題似地。我一派輕鬆地回答：

「我現在肚子不太舒服，妳先吃吧。」

「有什麼心事嗎？」

我的心猛然一沉，但也立刻故作鎮定、語帶輕鬆地回答：

「哪有什麼事，妳就專心去上補習班吧～」

多英歪了歪頭，似乎是感到有些疑惑，最終沒有再多問什麼，只有默默吃飯。

我看著她吃飯的模樣，柔順垂落於肩膀的髮絲、不算窄小的肩膀、長高許多的身高以及越漸深邃的眼神。

兩年下來，多英也長好大了，幾乎和雅英離世前的最後身影差不多大。

喀啦。

多英推開玄關大門，準備去補習班。可能這段時間我的眼睛也消腫了，突然變得可以完全睜開，這下我才真正看清楚多英的臉龐。我用毫不閃躲的眼神、淺淺的微笑、溫柔的口吻——這些我該展現的樣子，對她說：

「路上小心，平安回來喔～」

她應該不曉得，平安回來這句話，背後蘊含了多少懇切、壓抑了多少不安，才好不容易脫口而出這份心願，沒有什麼願望比平安回來更深切的了。多英露出了符合那個年紀的笑容，雖然不是燦爛微笑，但帶著一絲天真爛漫。隨著大門關上，我的手也自然滑落，彷彿有東西從上往下按壓似地，我的身體直接癱坐在地，一屁股坐在充滿寒意的冰冷地板上，眼淚再次潰堤。這次不是悲傷，而是懊悔，懊悔自己當初沒能用這樣的態度對待雅英。

＊

我的腳步沉重，走在上坡路段的腳步，宛如踏上回到過去的道路。每一步都將我拉回到過去，甚至是到雅英離開的那一天。前往引介的心理中心路上，我一直在想，假如雅英還在世的時候，我可以更理解她的心情……假如不是在失去一切之後，才試圖了解他的心境……假如我不是如此失格的母親……我一邊喘氣，一邊懺悔，祈求她原諒拖到現在才想要理解她的這個母親——直到悲傷與後悔佔滿我心，才試著去探索妳心，請原諒這樣的我。

我踩著這些記憶，踏上一階又一階的樓梯。心理中心位於四樓，也許是因為老舊大樓，所以沒有電梯，但是當我站在玻璃大門前，看見的是沒有留下一絲指紋的整潔玻璃門。我深吸了一口氣，為了準備即將面對孩子的死因。

叮鈴。

清脆的風鈴聲響起，宛如多英回家時輕盈的腳步聲。率先開口問好的人是一名人高馬大的男性，明明與我通話的人是女性……不過，男子一見到我，就露出輕鬆舒服的微笑，向我說道：

「您好，請問是今天有預約諮商的鄭有華女士，對嗎？」

他說話不會顯得輕浮，也不沉重。我尷尬地點頭回應。環顧四周，發現辦公桌旁還有另一名男子，比剛才在門口遇到的那名男子身形消瘦，給人沉默寡言的感覺。他與我四目相交，不發一語地起身，親切有禮地向我點頭問好。我依然繃緊身體，只有點頭示意。

「我們中心的負責人現在剛好外出中，五分鐘內就會回來，我是這裡的職員，林相佑，那邊那位是我們新來的同事，姜志勳。您來得有點早呢！負責人一向守時，您稍坐一下，她馬上就回來。」

「好……」

名叫相佑的男子帶我走向有小茶几的沙發位子，而另外一名叫志勳的男子則是沒什麼反應，繼續默默地做著自己的事情。不會過於柔軟的布質沙發，坐起來的感覺更像是居家款，而非辦公室使用的沙發。布面散發著淡淡香氣，整間辦公室看起來就像是用心布置過的溫馨住宅，所有細節都有經過精心安排。原來這裡沒有想像中冰冷啊……我坐在沙發上調整呼吸，變得放鬆許多。相佑看向我，再次主動向我搭話：

「要喝點茶嗎？我們這裡有很多種類，您有特別喜歡哪一款嗎？也有咖啡。」

「啊……我都可以。」

「那就由我來推薦吧，您幫我選想喝熱的還是冰的就好。」

「熱的吧。」

他面露自然微笑，與我勉強擠出的微笑截然不同。我看他那表情實在神奇，視線一直忍不住停留在他身上，他則是用那泰然自若的表情，走向牆腳的茶水區泡茶。他先煮開水，再挑選茶葉，的確如他所說，茶的種類比我想像中的還要多。不只有簡單的茶包，還有曬乾的茶葉，精緻地收納在透明玻璃罐中，顯得非常高級。安靜的心理中心，泡好茶的茶壺連同茶杯，伴隨著開水沸騰的聲音一起被端了出來，給人彷彿置身咖啡廳裡的錯覺。

「這是菊花茶，泡越久花朵越盛開的樣子，很適合春天，內心也會變得稍微沉澱下來。」

「謝謝……」

我凝視著茶杯，隨著白色水蒸氣向上竄升，浸濕的花瓣在茶杯中逐漸綻放。花朵的體積越漸增大，內心的空缺也逐漸被填滿的感覺。我端起茶杯，輕啜一口，這時清亮的風鈴聲正好響起，是心理中心負責人回到了辦公室。

「芝安小姐回來了，她是我們中心的負責人，也會負責訪談與諮商等相關事宜。那我就先回我的座位了。」

名叫相佑的男子微微鞠躬，便回到了隔著隔板的辦公桌前。而身為心理中心負責人的女子則是走向我，親切地開口說道：

「您好，我是心理剖檢中心的負責人，姜芝安。您之前有聯絡我們，對吧？辛苦您特地遠道而來，非常感謝。」

「不會，是我感謝您才對。」

她有著溫和的眼神，整體給人沉穩內斂的感覺。她比相佑穩重，也比志勳親切。她選擇在我對面的位子坐下，開始向我說明心理剖檢所需的資訊提供同意書。儘管文件上的字句看起來十分生硬冰冷，但也許是因為她的語氣柔和，更像是在交談的感覺，而非說明。

「您只要到這裡的欄位都簽署姓名，就等於跑完文件流程。」

「那……接下來還要做什麼事？」

「接下來就會針對死者的事情與您進行訪談，您方便的話也可以今天進行。之後如果還有其他需要的資料，我們會再自行調閱相關文件，也有可能會邀請您進行二次訪談。」

「訪談的話……是指？」

「您只要針對我們的提問輕鬆回答即可。要安排今天進行嗎？」

一想到要開口談論雅英，我就突然感到恐懼，因為她不知道的那天那起事件，只有我清楚知道。是不是需要再做點心理準備？還是今天就先回家比較好？我猶豫不決，難以開口，整個人彷彿身體被困在沙發上，感覺全身肌肉緊繃。我來這裡的理由是什麼？肌肉對大腦施壓，逼迫我思考。假如今天是多英的人生最後一天，假如她沒能回到家，我會不會對於今天未能鼓起勇氣又再度感到懊悔萬分？會不會要再次感受前來這裡時的罪惡感？每天折磨我的那份焦慮不安、擔心孩子再也回不來的那份恐懼……我告訴自己，鼓起勇氣吧，面對吧。

「今天進行吧。」

「那我們去諮商室裡聊。」

*

我的人生極其平凡，婚前和大多數人一樣，按部就班地讀完大學、出社會、找工作、上班。雖然對工作稱不上熱愛，但也不至於不幸。那時，他是我們公司的合作廠商職員，與他交往的兩年期間，沒什麼可挑剔的地方。他比我大四歲，結婚這件事也成了水到渠成、自然而然的結果。

辦完婚禮後，我們就像其他新婚夫妻一樣，適當地享受完一段新婚生活，就迎來了第一個孩子。但我們也沒有因為新婚而愛得火熱，就只是適當地爭吵、和好的程度。懷孕後，丈夫的表現也依舊維持在「適當」的程度，適當地買我想吃的東西給我、陪我一起去醫院，當我流露出不悅，他也會適當地低頭道歉。一切都太順遂，以至於當時的我從未察覺，因為都認為是理所當然、天經地義的事情。

雅英出生時，我和先生都發自內心的歡喜不已。當我把小小的嬰兒擁入懷中時，我感受到內心深處有某種東西湧現，那是從未有過的感受。雖然是順其自然得到的孩子，對他的依戀卻充滿著敬畏，而非理所當然。育兒的過程中在體力上讓我精疲力盡，也讓我茫然無措，但我相信，每一位初為人母的人應該都有經歷過這樣的過程。雅英兩歲時，我先提出了想要第二胎的想法，因為我擔心獨生女會比較孤單，身為獨子的丈夫也點頭同意，我們都認為比起一個孩子，兩個能作伴比較好，所以我們開玩笑說，那不如趕快把兩個孩子都養大吧。

第二個孩子也是女兒，因為是妹妹，所以打算取個和雅英相似的名字，於是想到了「多英」，楊多英。雅英、多英，這兩個名字一起唸，給人「咬啊打啊」小打小鬧的感覺，我希望她們兩個可以小打小鬧地一起長大，長長久久，像好朋友一樣陪伴彼此。

後來，如我們所願，兩個孩子的確小打小鬧地玩在一起，雅英總是喜歡惡作劇，每當她捉弄妹妹時，多英都會噘起花生般的小嘴，放聲大哭。這樣的互動看在我眼裡覺得可愛極了，每次都會忍不住笑出來。為了兩個孩子，我辭去工作，在家專心顧她們，但我也從未感覺到排斥抗拒，因為對工作本來就沒什麼熱情，再加上孩子們如此可愛，丈夫也一直都有盡到自己的責任。

原本就是如此美滿的婚姻生活，然而，究竟是從什麼時候開始出現裂痕的呢？

後來，丈夫變得出差頻繁，工作也早出晚歸。一開始，我根本沒有懷疑，因為從未想過那種事情會發生在我身上，然而，當我看到他的手機在深夜響起，並且小心翼翼下床去接電話，我才終於起疑。那是心想「該不會……」的微小懷疑。

丈夫出差回來沒多久，我偷偷查看了他的手機，那是為了消除我內心輕度懷疑的舉動。然而，真相卻一點也不輕度，我甚至埋怨連密碼都沒有更改的丈夫。那些與異性聊天的訊息，好想妳、好愛妳、不想與妳分開、什麼時候離婚等……我的手在顫抖，不只是手，是從頭頂到腳尖都在微微顫抖，只是手抖得特別厲害而已。直到那時我才知道，原來別人的故事也會成為我的故事。他的手機直直朝地板墜落。

爾後，一切都變得順其自然。自然結束婚姻，原諒出軌的丈夫以後，比起一起繼續走下去，離婚對我來說，成了更自然的事情。當時雅英六歲，多英四歲，當然，我雖然會擔心兩個孩子，但是丈夫並沒有意願繼續維持婚姻，但是他表示一定會支付贍養費，而且絕不虧待。雖然我曾想過，他是否真有這樣的能耐，但最後我得知原來他的女朋友還滿有錢的。

我以為，不過是一場離婚而已，雅英和多英一定會好好長大，現在這個時代，單親家庭早已司空見慣，離婚早已不再是禁忌或備受歧視的事情，況且，我還能拿到養育小孩綽綽有餘的贍養費，所以我深信，至少在她們成年前，不會有太大問題。與其說是確信，不如說我不得不這麼相信，否則我的人生會被連根拔起，徹底崩壞。

「雅英媽媽……」

如果說，到離婚為止過程都還算順遂的話，那麼，那通電話絕對是徹底將我拉進了從未想像過的世界。雅英十四歲，剛上國中的時候，她因為國小時期很多朋友，性格開朗，所以我沒有擔心她升國中後的生活，然而，新學期才剛開始不久，學校就打電話給我，說雅英有自殘行為。

「自殘？」

「體育課換衣服的時候，其他同學好像有看到她身上的傷口，她似乎交不太到朋友。雅英是叫我不要對您說這些事，但我總覺得自殘這件事還是得向您說一下。」

「啊，可是……雅英她為什麼……？」

「我們先幫她安排在學校內的心理諮商空間接受諮商，但詳細情況我們也還不清楚。請問雅英在家裡有遭受到什麼壓力嗎？」

離婚。我能想到的只有這個單字。因為我沒有對孩子漠不關心，也沒有讓她過苦日子，唯一缺乏的只有父親，但這件事情真的有讓她難以承受到需要在自己的肌膚上劃下刀痕嗎？濃濃的罪惡感使我噁心想吐，總覺得一切的一切都是我害的。

「因為雅英還小的時候，我和她爸就離婚了……會是因為這件事嗎？」

「我們也不敢下定論，但您能在家多關心她一下嗎？因為最近青少年自殘的情況越來越多，您也不要太過自責或者灰心，可以試著慢慢和她聊天看看。」

「好，我明白了……謝謝老師告知。」

雅英回到家時，我根本不曉得該用什麼表情面對她，整間屋子都變得沉重不已。年幼的多英似乎也察覺到了氣氛的不尋常，連忙躲進了自己的房間。當我和放學回來的雅英面對而坐，我的大腦瞬間變得一片空白，沒有人教我到底該對她說些什麼，包括她會自殘這件事也是。雅英用不自在的表情坐著。

「最近……學校生活如何？」

我透過學校生活的話題勉強開了口。難道是因為在學校交不到朋友，所以才壓力大嗎？還是因為上了國中，難以適應？抑或是真的一直被人說沒有爸爸嗎？我的擔心無限蔓延，然而，雅英只是淡淡地回了一句：

「沒事。」

「沒什麼讓妳難受的事情嗎？」

「都還可以。」

「今天你們班導師打電話來……」

當我說出這句話的瞬間，雅英的臉瞬間垮掉，從她那皺緊的眉頭可以看出充滿著不耐。她不停抖腳，感覺無法專注於對話。越是這種情況越要保持冷靜，用對話去化解……我努力安撫心情，把接下來的話講完。

「雅英，我聽說妳最近好像滿辛苦，能告訴媽媽怎麼了嗎？」

「都說沒有這回事了。」

「媽媽要知道是什麼事才能幫妳啊。」

「沒什麼好幫的！」

當雅英猛然起身，我瞬間怒火中燒，下意識地抓住了她的手臂。露出的手腕上滿是鮮紅色的刀痕，有些傷口已經結痂，看起來就不像是一兩天留下的。雖然已經從老師口中得知此事，但是當我親眼看到那隻手臂的瞬間，我才切身感受到這一切都是真實。我的孩子——我的女兒，自殘了，用刀子在自己的手腕上劃出了一道道傷痕。我簡直不敢相信，究竟為什麼會讓我遇到這種事？我再也無法維持平常心。

「這是什麼！妳的手臂怎麼會這樣！」

「……」

「妳跟誰學著做這種事的？我到底哪裡對妳不好？」

「放開我……！」

雅英用力甩開了我的手，她的力氣比我想像中的還要大，難道就這麼想要逃離我？她衝進了房間，我也緊跟在後，但是無論怎麼用力轉動門把，早已是死死鎖上的狀態。我甚至連門的另一頭隱約傳來的啜泣聲都難以理解，我火冒三丈，對於這樣的事情竟然會發生在我身上感到憤怒無比——我的孩子竟然會自殘，她竟然是這樣的孩子……

自從這件事情之後，雅英變得更沉默了。每次走進房間時，一定會把房門上鎖。我還趁她不在家時，將她房間裡的刀片統統丟掉，但那些偶爾會從衣袖間隱約看見的手腕上的傷，始終都沒有修復，看起來不像舊的傷口結痂，而是新的傷痕不斷累加。

「老師，我該怎麼做才好？雅英……她在學校都還好嗎？」

「我也有試著和她談過，但她什麼都不肯說……」

隔年，雅英的班導師換了人，但還是因為相同的事情打電話給我，說她會自殘。就算定期在學校的諮商中心接受諮商，也毫無改變。這孩子甚至連和我對話都不願意，叫她坐下來聊一下也只會坐姿歪斜地緊閉雙唇，不發一語。

就這樣也不曉得究竟是從哪裡開始出了錯，雅英一轉眼已經十七歲了。儘管上了高中，班導師還是打電話給我，我甚至連對她的班導師都感到罪惡，畢竟身為母親，養出了一個給人添麻煩的孩子、連個孩子都沒能教好。高中導師在得知雅英過去也一直都有自殘行為的事實以後，建議她要接受心理諮商。這同樣也是我建議雅英要做的事情，然而，就算強硬地拖著她去，雅英在接受諮商的期間也是一句話都不肯說。

「看來應該是老師把雅英會自殘的事情告訴了您，導致她對諮商更產生抗拒，這樣的孩子其實滿多的，因為他們知道一旦說了實話，父母就會知道，所以乾脆選擇逃避不說……但站在我們的立場，還是有義務要轉達給家長們知道，所以，唉，真難，抱歉。」

「不，老師，這當然是媽媽應該要知道的事情，是我沒有把她顧好……真的很抱歉。」

「希望您不要太自責……」

「謝謝。」

當時在她身邊的每一位大人，都深感自責，包括我也是。越是這樣，我的內心就越糾結。因為這已經不是我個人的問題了，是會影響到其他人，所以當我出現這樣的念頭時，就變得忍無可忍。那天，我實在難以忍受，決定逼問她，非要問出個結果不可。

*

「您認為怎麼做才能防止子女自殺？」

她的提問直擊我的胸口。這是需要我敞開心房回答心底話的提問，而非純粹述說關於雅英的故事，除此之外，也是自從雅英離開人世開始，我最不想面對的問題。因為雅英離開人世的那天，正好是我對她咄咄逼人的隔天。

「是我……是我害死了雅英。我不僅親手把她逼到懸崖邊，甚至還把她推下了懸崖。雅英的班導師打來的那天晚上，我抓著躲進房間的雅英，對她大吼，逼問她要這樣子到什麼時候？叫她該清醒一點了，還對她說『妳以為這樣割手腕真的能死得了嗎？』『這樣做只會讓妳自己痛苦，到底為什麼要做這種事？』我不停嘶吼，沒想到過去一直對我反抗的孩子突然停了下來，站在原地，然後直盯著我看。那是令人發寒的眼神，看不出究竟藏著埋怨還是失望。她的眼淚一滴一滴落下，我根本不明白那些眼淚是什麼意涵，然後她什麼也沒說，緩緩走進房間，和平常一樣將門鎖上。我非常生氣，心想著她一定又在房間裡自殘，原來不管我怎麼做，無論是苦口婆心還是嚴厲指責，都不會有所改變。結果沒想到隔天……」

我嚥了嚥口水，腦海中浮現那天的畫面。直到隔天依舊打不開的房門、聯絡緊急救援的那一瞬間、接起警察打來的電話，以及救難人員撬開房門、房內畫面怵目驚心到不得不背過身去的我自己、被白布覆蓋用擔架抬出來的雅英、牢牢黏在房間地板上的一大片暗紅色血跡。儘管我沒有仔細去看雅英死掉的最後身影，但是房間地板上的血跡宛如雅英的遺體，因為它在告訴我，我的孩子死掉了。

「我根本……根本不敢看。我一點也不敢掀起那塊蓋著她的白布。警察一直問我問題，我也不記得他說了些什麼，印象中好像是說又自殘了，但傷口太深，應該是因為比想像中流太多血，驚愕之餘，讓她陷入了休克。我當時有一種雅英似乎是在告訴我，向我證明，她是真的能死掉，是明明死得掉卻一次又一次的活了過來，結果我卻親手把她推向了死亡……」

哭泣都顯得奢侈。這是一件靠以淚洗面都難以贖罪的事情。甚至就連訴說著當日情景的此時此刻，我都仍感到不可置信。原本被我抱在懷裡的襁褓中的嬰兒、看到我就會露出燦爛笑容的孩子、會對妹妹惡作劇咯咯笑的小朋友、總是開朗叫著「媽媽！」的女孩……如此開朗活潑的孩子，居然會做出那麼可怕的行為……把這麼好的孩子逼成了那個樣子的人，竟然是我。我想起了那天，早已凝固成黏稠狀的暗紅色血跡，以及隨意掉落在地的刀子……我忍不住乾嘔，她看我強忍著噁心感，似乎是有點嚇到了，連忙遞了一杯水給我。

「雅英媽媽……」

「是我害死她的，對吧？是我把自己的孩子給逼死了，對吧？是我……要是連多英也被我逼死的話，該怎麼辦？多英也離開我的話……我要怎麼活下去？」

「您先把呼吸節奏放慢，跟著我一起慢慢呼吸，來。」

她刻意放大呼吸聲，和我四目相交。吸氣時，微微抬起下巴，吐氣時，微微低下頭，給我這些暗示，好讓我可以跟上她的呼吸節奏。一、二，一、二。我隨著她一次又一次的呼吸，當呼吸逐漸平穩，噁心感也逐漸緩解，重拾所有感官。她說道：

「儘管心理剖檢還沒有完全結束，但至少這一點我可以很明確地告訴您，您並沒有害死雅英，只不過，您一直覺得自己害死她，是因為您不曉得她的心裡到底在想什麼，假如您了解她的內心，也許會發現和現在不一樣的心情。」

「怎麼說……？哪種心情呢？」

「失去至親的悲傷。您可能會認為是一樣的悲傷，但其實兩者不同。現在的悲傷是指向您自己，因為自己哪裡做得不好、因為自己說了那些話……但是只要在您知道雅英的內心所想之後，這份悲傷就會指向她，發現自己的孩子真的離開了，原來她是帶著多麼痛苦的心情過日子……我們將這種悲傷稱之為『哀悼』，我們會幫助您慢慢轉為哀悼。」

她說得無比堅定，儘管我心中糾結成團的情感不能在這一瞬間全部解開，但至少，我開始明白一件事——原來我現在所感受到的悲傷，是指向我自己。與此同時，我也不禁反思，自己是否有純粹為雅英感到悲傷過？難道雅英離開後，我也只有想著自己嗎？

她似乎是要打斷我的思緒，語氣堅定地向我說：

「雅英媽媽，您是失去了寶貝女兒的遺屬，不是罪人。」

我從未想過，「遺屬」這個標籤會伴隨我一生。但是儘管如此，雅英對我來說，絕對是無比珍貴的存在。她說的這句話，不是安慰，也不是責備，而是現實。

*

回家的路上，她最後的請求一直盤旋在我的腦海——為了進行心理剖檢，希望也能和多英進行訪談。原則上，心理剖檢的訪談對象須年滿二十歲，但這次是受已經進行過心理剖檢的國家營運中心委託，所以才需要針對青少年進行訪談。與此同時，她也小心翼翼地補充道：

「假如覺得太有負擔，您也可以拒絕。」

她到最後都說得十分謹慎，而我作為多英的監護人，同樣也陷入猶豫。畢竟我也是多英的媽媽，尤其自從雅英離開後，多英就幾乎不再顯露情感，無論是歡喜快樂的樣子，還是鬱鬱寡歡的樣子，都不再有任何展現，所以要觀察她的情感變得十分困難。在我把雅英逼上絕路的那個夜晚，多英一直都待在她自己的房間裡，也許有聽到我們當時的對話，然後隔天姊姊就過世了。然而，多英沒有對我展現絲毫埋怨，也沒有主動提及關於姊姊的話題，我也沒有多問，因為怕她會用冷漠的眼神對我說，是我害死了她的姊姊。

「回來了啊？」

我剛到家不久，多英也剛好回來。我一看到她便鬆了一口氣，謝謝她今天也有平安歸來。多英依舊面無表情，一如往常地默默脫掉鞋子，放下書包。我仔細觀察她的一舉一動，生怕她有遭遇到什麼事情，或者像雅英一樣自殘，觀察孩子的手腕有無割痕，儼然已成我的習慣。

多英的手腕乾淨無痕，儘管有被陽光曬得微微發紅，但是透著健康的血色，沒有任何傷痕。我希望那樣的手腕也是多英的內心，毫無疤痕、傷口、疼痛，彷彿不知道任何事情、任何過去。當我想到這裡，突然又想起了兩個孩子剛出生時，接近乳白色光滑無瑕的小手臂，當時她們的情感是那麼的清楚可見，原來時間改變了一切，我自己也同樣有了許多改變。

那麼，未來是否還會有所改變？

我再次看向多英，站在她面前仔細打量，於是她露出了疑惑的表情。我的喉嚨裡卡著雅英這個名字，思考著可以對她提起這個名字嗎？在這只剩下我和她兩個人的家庭裡，脫口而出雅英的名字真的沒關係嗎？會不會連多英也離我遠去呢？我感覺到嘴巴裡瀰漫著一股血腥味，都怪我一直在咬嘴唇導致。

「媽？」

當多英喊我一聲「媽」的時候，我終於看見她，那是懷著惴惴不安的女孩眼神。我不能在她面前動搖，不能讓她看見我這個樣子，我必須是個好媽媽，溫暖、親切的那種媽媽。我吞下滿口血腥味，連忙轉移了話題。

「高中生活怎麼樣呢？」

「啊？」

「不是啊……妳不是剛開學嗎？有沒有交到一些朋友？」

「妳也會擔心我喔？」

「也」這個字狠狠刺中了我的心，因為在她說的那句話裡，彷彿包含著已逝的雅英。自從得知雅英會自殘的事情之後，我就把全部的注意力和關心都放到了雅英身上，多英則是安安靜靜地待在自己的房間，也不曉得她知不知道姊姊手腕上的那些傷痕，從未主動尋求過我的關心和注意。所以我不免擔心，她會不會認為是等姊姊離開後我才開始關心她。各種念頭在我腦海中閃過，我決定必須說點什麼。

「媽當然是相信妳自己能搞定好一切。」

「那姊姊呢？妳當初不相信她嗎？」

我的心臟突然猛烈跳動，透過逐漸模糊的視線看見的是多英的眼神，與其說是銳利，不如說是帶著一股沉重的悲傷。為什麼多英要先提起雅英的事情呢？究竟是瞬間的反抗，還是她早已知道我申請了心理剖檢？抑或是我的表情實在看起來太差……？雜念不停湧現，導致我什麼話也說不出口，這時，多英開口說道：

「姊姊的忌日快到了。」

「……」

「我知道妳還在想著她。」

原以為還很小的小女兒，如今也已經十七歲了。回想自己的十七歲，也能大致揣摩出父母的心思，那為什麼我會認為多英不懂呢？為什麼，孩子們總是一轉眼就長大了呢？雅英的忌日也是，為什麼我會一直牽掛著她呢？我用雙手由上往下抹臉，然後用乾澀的嘴唇緩緩開口，因為總覺得要是此刻不說，以後恐怕再也沒有勇氣開口。

「那個……多英啊，媽媽今天去了一個地方……」

我無法直視多英的眼睛，所以視線是徘徊在虛空中的。喉嚨彷彿被魚刺卡住般，隱隱作痛。我好不容易嚥下那團刺，然後脫口而出那個名字。

「是關於雅英的事情，因為媽媽想要弄清楚雅英生前到底為什麼那麼痛苦……所以，他們是說，想要和妳進行訪談，問問妳對雅英的看法……」

「要我講姊姊的事情？」

「那個……畢竟要妳直接對我說妳的想法，可能會有點困難……」

「在妳心裡，只有姊姊一個人嗎？」

多英用充滿痛苦的眼神凝視著我。我什麼話都說不出口，明明不是這個意思。我想起當初對雅英脫口而出的每一句失言，忐忑不安。難道連多英也要就此失去嗎？我全身僵硬。原本一向很少發脾氣的多英，竟帶著憤怒的表情向我說道：

「姊姊在的時候，妳也總是只在乎她，凡事只會詢問姊姊、只對她生氣。後來我也知道她做了什麼行為，所以我嘗試理解她，可是這次居然要我去說姊姊的事情？我也……我也……」

多英的眼眶裡噙著淚水，感覺只要眨一下眼，眼淚就會馬上滑落。我希望那些眼淚不要落下，因為雅英生前最後一刻，也是從那雙充滿埋怨的眼睛裡流下了眼淚。

「我也是妳的孩子！不只是她的妹妹。」

「……」

「我出去一趟，但我會回來，別擔心。」

多英最終有忍住眼淚，直接轉身走出了家門。儘管我看不清楚她的表情，但還是有注意到她穿運動鞋時直接將鞋後跟踩下。當玄關大門被關上，我整個人癱軟無力，當我再也聽不見多英的腳步聲時，悲傷就像裂開的洪流般傾瀉而出，我忍不住發出低聲的啜泣呻吟，捶打著胸口懊悔萬分。走遠的兩顆心，感覺再也不會回來了。

＊

雅英的忌日當天。我載著多英前往靈骨塔的路上，她不發一語。我同樣不曉得該如何開口。幾天前，多英遵守諾言，沒有在外逗留到太晚，出去一會兒就回到家中。有別於雅英，當時的我，不禁反省自己是不是一直都在多英身上尋找雅英的影子。

我們並肩站在雅英的塔位前，雅英的塔位選在最容易找到的地方，這是我能為她做的最後一件事情，以表心意。照片裡的雅英面帶尷尬笑容，她當時正值現在多英的年紀——十七歲。我對於沒能找到面露更燦爛笑容的照片感到惋惜。距離現在最近的照片，那張照片竟然和現在的我一樣笑得勉強，難道雅英也一直深藏著什麼嗎？

多英將事先準備好的鮮花放下，而我則是努力擠出了一些話。

「有什麼想要對姊姊說的話就說吧。」

「……」

多英默默凝視著雅英的照片，彷彿是在心中對她訴說，多英究竟對雅英說了些什麼呢？我也像多英一樣，在心中默默對雅英說：

「不要再痛苦了，對不起。媽媽到現在還是很難過，還是把妳當寶貝，從來沒有一刻忘記過妳。」

我和多英兩人將視線停留在同一個地方許久，多英繼續抱持沉默，我看著她那樣的側臉，比起悲傷，感覺更接近空虛。在她那雙眼睛裡，雅英似乎不再是我的女兒，而是多英的姊姊。

「我們走吧。」

多英開口說道。應該是在心裡說完了想對姊姊說的話，她主動提議返家，也率先轉身離開。我跟在她身後，忍不住回頭看了雅英的塔位一眼，依然停留在十七歲的年紀，照片裡的女孩天真無邪，是令人難以想像會割腕自殘的面孔。

坐上駕駛座的我和坐上副駕駛座的多英，隨著車子開始行駛，她的目光便投向窗外。明明是沉迷於智慧型手機也很正常的年紀，多英卻是除了需要與人聯絡之外，不太會盯著手機看的人。滴答，細微的雨滴掉落在車窗上。一片寂靜之中，雨聲變得格外清晰。

「媽。」

多英低聲喊我時，我用餘光看向她。她的表情顯得複雜，令人捉摸不透。

「怎麼了？」

「妳知道……姊姊為什麼會死嗎？」

「什麼？」

短短兩個字，我的聲音卻不停顫抖，雙手也不自覺地握緊方向盤。我沒聽錯吧？她剛才問的是，雅英為什麼會死嗎？我繃緊神經，細微的雨聲頓時變得刺耳，如同針尖戳進我的耳膜。多英沒有理會我，繼續說她想說的話。

「我知道姊姊為什麼會死。」

「什麼意思？」

「所以訪談什麼的，那些都不用進行。」

「姊姊為什麼死的？多英，妳……知道些什麼嗎？」

我像是在逼問孩子一樣，焦急之下，音量也逐漸提高。我不知道的事情，多英是怎麼知道的？難道是雅英說了什麼？有留下什麼話給多英嗎？還是她親眼見過姊姊被欺負、被排擠？我想把心中浮現的所有疑問統統問她一遍，然而，我擔心自己太激動，反而變得好像是在對著好不容易願意開口說話的孩子咄咄逼問，所以我努力壓抑克制自己。多英長嘆了一口氣，向我娓娓道來，彷彿已經做好心理準備似地。

「去年，我有個朋友先開始玩推特，所以我也跟著下載了。但我那位朋友的姊姊，剛好和雅英姊姊的帳號有互加好友，推特就有顯示推薦我加雅英姊姊的帳號。坦白說，我甚至不曉得那是姊姊的帳號，是朋友告訴我才知道，說她的姊姊和我的姊姊兩人是朋友，並且把姊姊的帳號轉發給我，當時我才確定那是姊姊。我看著那個帳號的推文，最後一篇寫著，她真的要去死，然後回覆她的留言寫……」

「……？」

「叫她去死……而且還是數十條留言。我感到有些奇怪，所以確認了之前推文，一開始是放自己自殘的照片，然後和一些人變熟，結果後來那些人反而開始攻擊姊姊。她在那些人當中有和一個男生交往，但是自從和對方分道揚鑣以後，原本是朋友的人也都背她而去。」

「妳怎麼知道她有和誰交往？」

我的身體越漸僵硬，神經緊繃到了極點，要是再不趕快讓自己冷靜下來，感覺會出意外，是那種岌岌可危的感覺。我沒有辦法完全理解多英說的這段話，也感到無法置信。雅英居然經歷了這樣的事情，在網路上發布自己自殘的照片、與男生交往，竟然……做了這些行為。

「因為她也有放和那個男生的合照，都是即時在更新的，他們聯絡、交往、分手、互相言語攻擊，然後推文就逐漸變少，最後就……」

「那是在什麼時候？」

「最後一則推文，就是在兩年前的今天……」

「為什麼……沒有告訴我？」

「因為自從姊姊離世之後，妳連她的名字都絕口不提。」

我明明是雅英與多英兩個孩子的母親，可是從雅英離開人世之後，我就變得裝作若無其事，連她的名字都不再提起。難道她看著那樣的我，認為是在逃避嗎？讓她覺得我的心裡到現在也依然只有雅英嗎？好不容易提起雅英這個名字，只有在拜託多英進行訪談那天，所以是這件事情，讓多英更感到孤單嗎？

後悔，排山倒海而來的後悔。假如當時有奪走孩子的智慧型手機、禁止她使用社群軟體的話……如果不讓她去見網路上認識的那個男生的話……是不是就能阻止這一切發生？假如從一開始就禁止她自殘、帶她去醫院接受治療的話……我感到一陣揪心，想要直接把頭埋起來，所有的後悔都指向了雅英。

然而，我身邊還坐著多英，即便知道一切卻什麼話也說不出口的孩子。我拚了命地壓抑著想要粉碎自己的衝動，擔心自己一不小心會對多英造成傷害。多英可能也知道我的心思，沉默了許久。直到雨勢變大，她才用夾雜在雨聲中勉強可以聽到的音量開口說道：

「所以不是妳害死她的。」

要是沒有滂沱大雨的聲音作為背景音，要是她說的這句話並非勉強才能聽見，我一定會當場崩潰痛哭。

＊

從靈骨塔回來後，晚餐時間，我和多英說不上任何話。我不知道自己該在孩子面前展現什麼樣子，所以只能面無表情地吃飯、洗碗。沉重的氣氛中，多英似乎覺得要看我臉色，不如趁早離席，回到自己的房間。我也比平時更早就躺在床上，盯著手機桌布觀看——那是一張我和雅英、多英三個人的合照。

叮鈴！

手機響起了清脆簡短的鈴聲，與當初拜訪心理剖檢中心時聽到的門鈴聲相似。我原本心想，誰會在這時間傳簡訊給我？結果一看，是那位心理剖檢中心負責人。訊息內容像是普通的提醒通知，但其中夾雜著令人難以理解的一句話。

心理剖檢結果報告日通知：煩請您於下週三撥冗前來。另外，如果可以，請於今日凌晨一點也至本中心一趟。

今日凌晨一點……？

心理剖檢中心明明也是辦公室，為什麼要我在凌晨一點的時間前往？為什麼是指定在凌晨一點這個時間？我感到納悶，按下了通話鍵。她從容地接起電話，彷彿一點也不認為那段文字有什麼奇怪。

「您好，抱歉這麼晚傳訊息給您，您是否有看到訊息？」

「有，但我覺得訊息裡的時間可能輸入錯誤，所以打電話給您想重新確認一下。」

「您是指，麻煩您今日凌晨一點來我們中心一趟的內容嗎？也是，凌晨一點的話應該是明日才對。」

「不是，我的意思是，為什麼要叫我在凌晨一點過去……」

「啊，等您抵達我們就會告訴您了。請問您方便過來嗎？因為有件事只能在那個時間確認。」

難道是系統處理之類的嗎……？

我先回答她知道了，便掛上了電話。本來有很多想問的，但她的態度實在太過從容，讓我不好意思再繼續追問下去。

既然都說去了就知道，那可能我也要把今天多英告訴我的事情轉達給她……

我確認了一下時間，晚上十點。到心理中心開車大約一小時，所以兩小時後再出發，不，保險起見，還是十一點半就出發好了。深夜出門前，我洗了個澡，然後換一套衣服。夜色越漸暗沉，今天實在發生了太多事，我只希望可以盡早結束。

*

回家時下的那場雨，一直到深夜都沒有停。去了一趟靈骨塔回來，要再重新開車出門，著實讓人感到疲憊，更何況還是雨天開車，對於平時不常開車的我來說，絕對是格外辛苦的一天。儘管如此，我還是決定見到她要告訴她，應該無法協助安排讓多英進行訪談，因為我可以體會，這對於多英來說是多麼痛苦的請求。她說過的話和多英說的話在我腦海中交織盤旋，當然，沒有一件事情容易被釐清。

當我抵達心理中心附近時，不免慶幸自己有早一點出門，因為光是找停車位就繞了很久，也許是因為下雨，或者是時間太晚所致，最後不得已，只好將車子停在附近的一座公共停車場，走路至心理中心約莫需要十分鐘左右，真是個讓人精疲力盡的日子。

我拖著沉重的步伐，終於抵達心理中心大樓，我發現四樓的燈還亮著，心想原來這是一份需要工作到這麼晚的工作。我拖著疲累的身軀，走上階梯。推開大門，我看見辦公室裡只剩她一人還留在位子上。

「您好。」

她親切地向我問好，我環顧著空蕩蕩的心理中心，問道：

「其他人都不在嗎？」

「因為這件事情他們無法參與，只要有您在就能進行。」

她意味深長地說著。我怔怔地看著她，她看著我身後掛在牆上的壁鐘，像是在確認時間。

「還好您沒有遲到，請您和我去一個地方。您有帶傘嗎？」

「是要去……」

「不遠，就在後巷。」

她甚至連我的雨傘都準備好，帶我一起走出心理中心。沒有任何需要電腦處理或簽署同意書等流程，就莫名其妙被她帶去了後巷，我對於她這樣的舉動充滿疑惑。雖然我是不得已，只能跟在她身後，但要不是她那超然淡定的態度，我恐怕早就轉身離開回家了。

我拖著沉重的腳步跟隨在後，心裡只想著雅英，無數次想要開口詢問她究竟是要去哪裡，但她沒有給我任何提問的機會，默默走在前面。最終，如她所言，停下腳步的地方就位於距離心理中心不遠處。

「就是這裡。」

然而，我們停下腳步站著的地方只是一條狹窄的巷子，我不明白究竟這裡有什麼，她默默用手指向一處，那裡有著一座老舊的公共電話亭。沒想到現今還有公共電話亭存在，我想起小時候放入硬幣撥打電話，或背下接聽者付費的電話號碼撥打過去的畫面，那些都是回憶，但她現在究竟為何要帶我到公共電話亭來？這時，我才終於忍不住開口問道：

「您深夜把我叫出來，就是為了帶我來這裡？公共電話？」

「這是一件只有您能進行的事情。接下來馬上就是雅英當初離開人世的時間了，對吧？我在驗屍報告書上確認過了，這個時間，假如她最想要和您在一起的話，您應該能聽得見她最後的心聲，畢竟您一定也比任何人都想要知道她的心聲。」

「什麼意思……」

「您撥打電話看看，打給雅英。都這個時間來到這裡了，就當作被騙一次也無所謂，不是嗎？說不定會出現奇蹟啊。」

「……」

面對這番荒誕無稽的言論，我頓時臉色一沉，低聲堅定地向她說：

「請不要開這種玩笑。」

難道是在跟我開玩笑嗎？而且還是在雅英的忌日。大半夜突然把我叫出來，說什麼能聽見死掉的女兒聲音。雅英的聲音我比誰都還要熟悉，也比誰都清楚知道她不可能用這種公共電話留下什麼語音訊息。然而，她依舊面露堅定的表情，毫不閃避我的視線，表示自己說的絕非謊言。最終，她看了看手錶，垂落肩膀說道：

「時間已經過了，如果您願意重新考慮我說的這些話，再請您隨時與我聯繫。」

她向我彎腰鞠躬，並表示「抱歉這麼晚打擾您」，說話語氣依舊保持溫和有禮。我從電話亭裡走了出來，打開雨傘，快步與她擦身而過。我認為她一定無法體會失去小孩的父母心情，也對於她說的死者心聲等荒謬言論感到十分不耐。我縮著身體坐進車內，然後用雙手狠狠拍打方向盤，緊握的拳頭隱隱作痛。我的呼吸短淺急促，彷彿空氣根本無法吸入肺部。眼裡所見的燈光出現了殘影，眼前也變得一片漆黑。

憤怒、悲傷湧上心頭，我覺得自己實在愚蠢至極，竟然會相信她說的話。儘管如此，回家的路上依然想著，好想聽聽看雅英的最後心聲。

＊

傾盆大雨落下，這是一場提早到來的梅雨季。那天之後，我還是再次聯繫了她，是經過連日思考後所做的決定。

「您之前說的那些話……是真的嗎？」

「是，雖然請您凌晨特地跑一趟的確很失禮，但絕對不是輕視您的傷痛。」

她用堅定的語氣說道。儘管我不相信世界上會有那種神奇的事情，但還是難以忽視。正當我猶豫著究竟該如何是好時，脫口而出的反而是聽起來有些尖銳的發言。

「那要是電話根本打不通呢？」

「老實說，的確有可能打不通，但我知道您的內心是懇切希望能聽見女兒最後心聲的，所以在我看來，能夠聽見雅英最後心底話的人，唯有您。」

去做一件我自己根本不相信的事情，以及聆聽雅英死前的最後心聲，兩者當中，何者更為重要呢？這不管問自己幾百回，答案都只會選擇後者。假如雅英可以活著回來，我願意傾盡所有財產，而這件事情則是只要我相信她說的，並且用那具隨時都有可能被拆除的公共電話撥打一通電話就好。也不曉得她是在試圖說服我，還是她已經看穿了我的內心，總之，她努力控制著情緒保持平靜地說道：

「換作是我，假如有人對我說有這種事，我也一定不會相信。因為在失去珍貴的人之前，我也不曾知道有這種事。」

「今晚凌晨一點，我會再前往一趟，如果電話無法撥通，那您要對這次的事情負責。」

「好，明白。」

掛斷電話後，我腦海中浮現了多英說的話。

「多英，妳覺得世界上真的有奇蹟嗎？」

面對突如其來的提問，多英似乎覺得有點莫名其妙，用怪異的眼神看了我一眼，然後沉思片刻，給出了一個連我這大人都未曾想過的答案。

「我希望有，總比沒有好吧。」

*

在心理中心見到她時，她依然表情從容，彷彿這一切都是合乎常理的事情一樣，和我一起走向公共電話亭。天空下起了大雨，我的褲管也被雨淋濕，衣服變得沉甸甸的。

凌晨一點，在這條人煙稀少的小巷裡，竟然還留有一座公共電話亭，反而令人匪夷所思。巷子裡沒有路人，也沒有身穿睡衣出來抽菸的人。雨滴啪嗒啪嗒地掉落在塑膠製的公共電話亭上，濺起水花。當我拿起電話筒，準備要按下電話號碼時，反而心裡開始變得緊張。絕對忘不掉的電話號碼，光是想起那組電話號碼，就能讓我切身感受到雅英已經不在這個世上的事實。

老舊的數字鍵發出清脆的響亮聲，自從雅英離開人世後，就註銷掉的電話號碼，說不定已經被別人使用的電話號碼。當我按完號碼以後，聽筒裡傳來了通話連結的嘟嚕嚕聲響，明明沒有投幣，也沒有撥打接聽人付費電話，竟奇蹟似地撥通了。我被莫名的緊張感與困惑搞得不敢放下聽筒，通話連結聲持續不斷地傳來，最終聽見了「喀啦」一聲，彷彿有人接聽似地。

媽，我其實一直想要請您幫幫我。那天，我本打算回到家以後，把一切的一切都告訴您，一直有人排擠我、罵我，我被人欺負了。走回家的路上，我一直想著要對您說的那些話，想要鼓起勇氣，但我總覺得連您也已經背我而去，已經不愛我、不保護我、要放棄我了。我覺得世界上只剩下我一個人，所有人都希望我死掉，可能這麼做也是為大家好，所以我很難過。要是再早一點跟您說這些事，您會接納我的勇氣嗎？我可能也就不會覺得是自己一個人了吧。我只希望世界上有一個懂我的人……媽，抱歉。因為我做錯了、因為我覺得不需要、因為我老是讓您難過。我總是想訴說我的內心想法，可是又老是害怕、逃避。以後應該就沒有人再因為我而痛苦了吧？其實我很害怕，真的，我怕這是我的最後……其實我也想活著。

電話被掛斷了。但剛剛那段話，百分之百是雅英的聲音。我絕對忘不掉、是我親骨肉的聲音。不可置信的事情就這樣在我面前真實上演，我再次撥打電話，但是公共電話像是故障一樣，不再有任何信號。我全身無力地癱坐在地。雨水低落在瀝青路面上，還有我的臉頰上，像眼淚一樣順勢流下。浸濕我衣服的雨水，都感覺宛如淚水。

世界變得模糊，一片白霧霧的，什麼也看不清楚了。雨水從我的衣角開始滲透，身體變得濕冷，地面則是不斷地在拉我下去。當我意識到雨水不再累積時，我抬起頭，發現她已經蹲下身子，與我平視，為我撐傘。

「……雅英的心聲，您聽見了嗎？」

「聽見了。她說她一直很想說，她很害怕，她其實……想活下去。我什麼也不知道，明明是我的孩子……我親生的，竟然對她一無所知。」

「我曾經親耳聽過，那些選擇傷害自己的孩子們的心聲。」

我緩緩抬起頭，望向她。她用隨時都會被雨聲埋沒的微弱聲音說道：

「通常問那些孩子為什麼要自殘時，大部分的回答都是『因為不曉得該怎麼辦』，也有孩子回答，其實是想要活下去所以才這麼做，要是不這麼做，感覺自己真的會死掉。那些孩子，都是找不到內心出口而已，獨自一人嘗試各種方法，最終才變成那樣的。在那當中，也有人說過自己很想死，於是我追問，『是因為擔心自己活得不好嗎？』結果那個孩子……」

她的衣角也逐漸被雨水滲透，但她毫不在意，繼續說道：

「點了點頭，表示即便嘴巴上說著想死的孩子，其實內心也渴望能活得好好的。假如我沒有追問，可能就會以為他只是想尋死所以自殘，畢竟他都說他想死了。有時，我們會以為自己了解對方……可實際上，反而不了解對方的真實心聲。」

「……」

「所以至少趁現在，主動問問子女們的真實心聲吧，光是做到這一點，就不會再發生同樣的憾事，而且這說不定也是我們能做的一切。」

我腦海中浮現多英的臉，最後一次問多英的內心想法是什麼時候呢？我現在該做什麼呢？陪她一起，陪多英一起走下去。我要幫助多英知道，當自己感到茫然、不知所措時，要如何處理，這是我們要一起去了解的事情。

「我……我得回家一趟了。」

「剩下的故事，我們明天再聊。」

她說得像是本來就知道我會回家一樣。我拿著她遞給我的傘，往我的車方向奮力奔跑。當我在發動車子的時候，我彷彿根本沒撐過傘，全身衣服都濕透了。椅墊被弄濕已經無所謂了。我開著車，在雨幕中穿梭，疾馳在凌晨的道路上，只為了回家見我的多英。抵達家中時，已經是凌晨兩點，我打開玄關，正好與走出客廳的多英四目相對。比起我對於她這麼晚的時間還沒睡，她似乎對於我全身濕透的模樣更感驚訝。

「媽媽？」

「多英啊……」

「妳去了哪裡？衣服怎麼都濕了？」

「……」

我一把將她拉進懷裡，她也沒有推開我，但是有小小抱怨「好冰」。被我抱在懷裡的多英，個子已經長得和我差不多高了。她那溫熱的體溫使我忍不住眼淚潰堤。我沒有刻意阻止流露出來的哭聲，也直接將抽泣扭曲的臉埋進了她的肩膀，她的肩膀和我的衣服一樣慢慢浸濕，她緩緩抬起手，輕拍我的背，這是自從雅英的葬禮之後，第一次在多英面前流淚。

「媽，妳還好嗎？」

「對不起……對不起，多英。」

那天晚上，多英問起了我的心情，而我卻只能勉強說出「對不起」三個字。就如同雅英最後說的話一樣，要能夠訴說自己的心底話，其實是需要很大的勇氣，而我的心早已四分五裂，所以具體確切要說什麼，我還不太清楚。但我希望，這句對不起不再是指向雅英，而是為了多英所說——是她接住了努力壓抑悲傷情緒的我。多英那天淡定地對我說，她願意接受訪談。那是和兩年前一樣，淚流滿面的一天。

心理剖檢報告書

姓名：楊雅英

年齡：實歲十六

死亡日期：二〇二一年四月八日

事件概要：自殺者（楊雅英，十七歲）自十四歲起便開始出現自殘行為，並因此而長期接受校內心理諮商。然而，因自殘行為導致與母親的關係逐漸惡化。死亡前夕，母女兩人爆發了比以往更為激烈的爭吵。次日清晨，自殺者因嚴重的自殘導致休克身亡。委託人為自殺者的母親，長期飽受「自己的言行逼死了女兒」的罪惡感所折磨，進而委託心理剖檢。

成長過程及性格傾向：自殺者在幼年時期經歷了父母離婚，但是到就讀國小階段為止，並未展現出明顯的精神疾病症狀與問題行為。自從升上國中以後，性格變得越發內向，開始出現自殘行為。雖然可以推測，應該是父母離異導致不安全感形成，但仍難以確定為是導致她自殘的關鍵因素。從自殺者邁入青春期以後才開始出現自殘行為來看，她應該是對於自己脫離兒童時期後所迎來的環境、性格變化較為敏感，為了克服內向的性格，積極活躍於社群媒體。假如考慮到自殘行為曾在某特定社群平台上掀起一股潮流，那麼，不排除自殺者或許也只是為了融入同儕、擁有共同話題而採取自殘的可能。

壓力來源：推測自殺者應該是在青少年時期遭遇到建立重要交友關係上的困

難。初入國中、高中所帶來的環境變化，加上與母親的衝突，可能都使她承受了較大的壓力。此外，自殺者也在唯一有歸屬感的社群媒體平台上遭受了網路霸凌，尤其在嘗試自殺前，曾發布過帶有自殺暗示的推文，的確遭受同儕的網路霸凌，導致心理壓力驟增。

最終結論：自殺者正值青春期，渴望從父母的掌控中獨立，並希望能融入同儕。而在這樣的過程中，網路霸凌是促使她採取自殺行動的主要原因，與此同時，她也難以向監護人尋求幫助，所以壓力不斷累積加重。初次展現自殘行為時，被監護人得知此事以後，導致她不再信任學校的心理諮商，也影響到後續的介入治療。

預防計畫：社群媒體需設定自殘及自殺相關內容規範，也需要對監護人進行教育，使青少年得以接受適當的介入治療。與此同時，應建立讓青少年能夠信任的心理諮商、同儕諮商等，從各方面進行自殺預防系統補強。

〈附件　訪談一〉、〈附件　訪談二〉、〈附件　手機通聯紀錄〉、〈附件　網路使用紀錄〉

＊

白天的心理中心充滿活力，十分熱鬧。雖然沒有看見那位和藹可親的相佑，但那位名叫志勳的男子，也還算友善地向我問好。也許是因為今天要聽雅英的心理剖檢報告，那種不太在乎的表現反而讓我感到舒適自在。她帶我走進了諮商室，和之前把我叫去公共電話亭的氛圍不太相同。

「多虧多英的採訪，我們才能蒐集到充分的資料，並且向您做說明。」

她說這句話似乎是希望我可以幫忙代為向多英轉達。多英接受訪談那天，我只有帶她到心理中心，實際訪談時，我刻意離席，去附近的咖啡廳等她。儘管我不清楚多英究竟都說了什麼，但是當她訪談結束後回來時，臉上的神情明顯輕鬆許多。

「您和多英最近相處得怎麼樣？」

「還是……有點難。」

我和多英的關係還是有些生疏，有時就算想要問問她的內心想法，也總是開不了口。即便採訪結束，想要問她都聊了哪些內容、她是如何看待姊姊等，但雅英的名字一到嘴邊，就變得難以啟齒。唯一能確定的是，我還需要更多勇氣。

「這是心理剖檢結果報告書……其實真正想給您看的是這個。」

她遞了一本剪貼簿給我，裡面都是雅英放在社群平台上的照片和文字。我仔細翻閱，炎炎夏日豔陽下的雅英、站在鏡子前微笑的雅英、對多英惡作劇的雅英、和朋友們放學後去咖啡廳的雅英……從這些照片和推文內容中，其實看不見她的憂鬱，根本不會覺得她是會自殘的孩子。

「這……真的是雅英的社群帳號？可是我聽到的是……」

「您是指多英告訴您的那些事，對吧？其實那些內容也的確存在，但畢竟您已經知道那些事了，也擔心您親眼看到會很難受，所以我們有做一點篩選。」

她拿出了另一份文件，裡面雖然沒有自殘的照片，但可以窺見雅英的內心世界。

覺得自己彷彿被獨自留在這個世界上，

要是能有個人理解我的心，該有多好。好孤單。

真正喜歡的人為什麼卻討厭我呢？所以我才會討厭自己嗎？

「您看了以後覺得如何？」

「就……不曉得，這兩份文件都是她的社群帳號內容嗎？」

「兩個是不同社群平台裡的內容，但都是雅英的帳號，是她親自發布的推文。」

看起來無比幸福的雅英，以及彷彿被獨自遺留在這世界的雅英；這和我所知道的雅英簡直大相逕庭。這孩子的真正面貌，究竟是哪一個呢？畢竟她最終選擇離開了人世，所以自然會認為那些憂鬱的內容是她的真心，但是照片裡面帶燦爛笑容的她，也的確是感到幸福時會露出的微笑，和小時候一模一樣。

「我們之所以讓您看這些……是想對您說，其實這些樣貌，全部都是雅英。」我們往往會以為，憂鬱症患者一定總是陷在情緒的低潮裡，整天鬱鬱寡歡，但實際上並非如此，有時也會感到開心、幸福。當然，雅英所承受的痛苦絕對是事實，但並不表示刊登自己幸福瞬間的她就是假的。說不定她也曾想過，把這一切坦白告訴您，包括她想活下去的心情與想要尋死的心情，但是……」

「……？」

「她應該就像許多人一樣，覺得您不會理解她吧。因為她自己也心知肚明，天下父母心，自然是都希望孩子能好好活著、只展現好的一面。所以可能也是因為這樣，她才會在社群平台上尋找與自己相似的人，尋求共鳴。然後她想要靠自己努力去解決的部分，則很可能延伸成了自殘行為。」

聽完這些話以後，我想起了小時候的雅英，她不喜歡我為她操心，所以總是把「我來弄！」掛在嘴邊，想辦法自己解決，成熟又懂事的雅英。我原以為，會自殘的雅英已經不是我認識的那個雅英了，所以認為一定要改變她、希望她可以回心轉意，然而，原來就連自殘這件事其實也是我心愛的寶貝本來就有的面貌，我卻沒有辦法接納她，明明她一點也沒變……

「我只是想相信，相信一直讓我擔心的雅英遲早有一天會好起來，我認為她應該只是暫時做那樣的事情，然而，我沒想到，原來這種心態會使她那麼痛苦……」

「也許我們身為大人，要看到更多層面才行，不只是一面，而是兩面，甚至是多面。我想，雅英一定還有其他面向是沒有全部放在社群平台上的，無論是展現給您看的樣子，還是在學校裡的樣子，那些統統都是雅英，可能也是我們要面對的生活。」

她說的這番話彷彿在輕輕推著我的背，我們要面對的生活——可以對話的勇氣、誠實分享內心想法的決心。直到走出心理中心的最後一刻為止，我一直告訴自己：「不要再逃避了。」「好好鼓起勇氣。」「去相信先為我鼓起勇氣的女兒——多英。」

*

「多英啊，要和媽媽約個會嗎？」

當我對著放學回家的多英脫口而出這句話，她的眼睛瞬間睜大。

「現在？那補習班呢？」

「蹺掉一天無所謂吧。」

多英瞇著眼睛，彷彿是在保持警戒似的，查看著我的臉色，一副試圖要弄清楚我說的話究竟是真心還是別有目的的樣子。雖然我知道這樣的對話在她看來會是刻意安排的舉動，但她還是半信半疑地自願「上當」，因為她決定和我一起出發，踏上這趟開車兜風之旅。

當車子駛離首爾，便在馬路上暢行無阻。我們的目的地是楊平，也是當初和前夫約會常去的地點，距離首爾不遠，還能悠閒散步，是個不錯的景點。儘管離婚後，這裡變成了我再也不想踏足的地方，可是坦白說，也的確沒有其他地方比這裡更好了，畢竟是我們一家人的起始點。

平日下午，楊平兩水頭[3]沒什麼人。我和多英沿著江邊走了一會兒，再走進了一間樓中樓的咖啡廳，整間店散發著小木屋的溫馨氣息，甚至還備有輕薄毛毯，宛如置身山間小屋。我和多英坐在窗邊的位子，凝視著涓涓江水，喝了一口飲料。多英點了熱可可，我則是點了菊花茶。漂亮的茶杯裡漂著朵朵菊花，隨著茶香漸漸瀰漫開來，花朵也在杯中越漸綻放。當我靜靜品味那一刻，內心也變得沉靜平穩。儘管如此，多英似乎還是感到有些尷尬，一直將視線固定在窗外。

「這裡就是妳爸當初向我求婚的地方，是不是很沒情調？」

多英的目光依舊停留在其他地方，不願意看我一眼。我總是在飾演溫柔的母親

❸ 地名，位於南韓楊平郡的觀光景點。

角色，用溫和語調關心她的瑣事，卻一直迴避和她單獨約會或者兩人一起去哪裡走走散心，因為只要感覺我們是兩個人，就會覺得雅英的位子已經從此消失。因此，那天對我們來說，是個格外不同的日子，我決定向多英訴說那些過去一直未曾說過的故事。

「妳可能已經不記得了……但在妳們出生的時候，妳爸是真的很高興。媽和爸分開後其實也很痛苦，離婚這種事，我原以為是別人的事，不會發生在我身上。不過，每當聽到妳們喊我媽媽的時候，我又會暗自慶幸，畢竟我依然是妳們的媽媽。」

「……」

「多英啊，如果有什麼想要問我的，妳就直接問吧，我今天都會回答妳。」

言語與言語之間的空白，被咖啡廳裡的咖啡研磨機聲音填補，如果是平日，這聲音或許會有點惱人，但現在反而比較像安撫人心的白噪音。多英抿了抿嘴唇，似乎是在斟酌自己的發言。如果是這樣的等待，我想，無論多久都願意繼續等下去，就算不是等到今天，要等到幾年後也願意。

「爸是個怎樣的人？」

「溫柔的人，雖然也稱不上是非常溫柔，但對我們還不錯，對妳們也是，就是個腳踏實地的人。我們是工作上認識的，我總覺得他是個正直可靠的人，所以才會愛上他。他也很疼妳們，以前就是因為這樣，我才會更無法原諒他……現在的話，反而也是因為這些理由，變得能原諒他了，至少和我們在一起時，他的確對我們很好。」

「那……分開的時候呢？」

「他說他愛上了別人。當時我真的非常、非常心痛，因為我從沒想過會發生這種事，一直以為我們一家四口會永遠在一起。不過，即便我和他離婚，他也持續金援我們，好讓妳們姊妹倆衣食無缺。妳是第一次聽到這些故事吧？」

「……」

多英輕輕地點點頭。要是雅英也坐在這裡，她會問我什麼呢？我猜應該也和多英的問題差不多吧。我一邊回答多英的提問，一邊暗自希望這些話也能傳至雅英那裡，因為我想到有人曾說，一旦誕生的聲音，就不會消失，會永遠飄蕩在這個世界上。

「姊姊……我說了姊姊的事情。」

「……」

「媽，妳之前提到的那個訪談，我在訪談中向他們說了姊姊的事情，告訴他們姊姊是怎樣的人、對我來說是什麼意義，他們也問我，和姊姊相處得怎麼樣？那是自從姊姊不在之後，第一次有人這樣問我……」

我想起她和多英兩人在諮商室裡面對而坐的樣子，多英的表情顯得尷尬怕生，而她則是溫柔靠近，一點一滴融化多英的心房。慢慢開口的多英，以及默默聆聽的她。

「多英，妳受訪時的心情如何？」

這下我才終於能問出這句話，問多英的感受。明明是如此簡單的一句話，卻要先一點一點地打破那些難以啟齒的心結，才有辦法做出這樣的提問。我想，所謂勇氣，應該就是這樣的東西——打破無法翻越的高牆。而高牆不一定要一個人去打破，是可以一起努力達成的事情。

「剛開始還有點不自在，但是說出來以後，感覺心裡沉重的東西放下了一些。我告訴他們姊姊小時候總愛對我惡作劇的事情，比如，她會突然把我叫過去幫她跑腿，諸如此類的小故事。但是當我跟他們分享這些故事時，我才意識到原來我也曾經有個姊姊，那個讓我覺得好煩、好無聊的姊姊……原來一直都和我玩在一起……我很想她，不想忘記她。」

「媽媽是……」

「……」

「媽媽是感到害怕，害怕對妳說雅英的事情，也擔心妳會不會很痛苦，然後也覺得是我害雅英離世的……這些事情都讓我感到很痛心，所以才會隻字不提她。其實妳應該都是知道的，包括姊姊的離開、我的痛苦等……所以我對妳也感到很抱歉，一直都沒有主動關心妳過得怎麼樣、心裡感受如何等等……」

說這些話的期間，我好幾次哽咽鼻酸，然而，這次我不想再被情緒吞噬，最後又在一片沉默中結束。我不想讓這個瞬間就這樣白白流逝，所以努力打開那壓抑的心扉，穩住身體，把翻騰的悲傷拚了命地壓下去，只為了說出這段話。

「媽媽一直都不敢問妳這些問題……謝謝妳，多英啊，謝謝妳先問媽媽『還好嗎？』媽媽一直愛妳如雅英一樣，到現在都是……現在也依然很珍惜妳，絕對再也不想失去妳。」

「……」

多英緩緩把目光從窗外收回，看向了我。我的視線因淚水而模糊，看不清她的臉龐。我為了更清楚地看到她，眨了眨眼。豆大的淚珠掉落後，眼前看到的景象宛如一面鏡子，因為那個長得和我很像的孩子，正在和我一起流淚。多英就像是在把壓抑已久的悲傷徹底宣洩似地，她哭了好一會兒，那是我第一次看到她哭。送走雅英的那天，我被困在自己的悲傷中，沒能看見這個孩子。這樣的她，到如今才終於哭了出來，只為了向我坦露心聲。

「雖然我也會嫉妒妳眼裡只有姊姊，甚至想過要是姊姊不在就好了，但我從未真心希望她死掉，就只是希望妳可以多看我一眼。所以……我也對姊姊感到很抱歉，但諮商師對我說，叫我試著把抱歉的心情轉換成感謝……」

為什麼我會認為多英什麼也不懂呢？我從不曉得原來孩子也有罪惡感，還以為她頂多只會因為姊姊離世感到悲傷而已，的確如她所言，多英其實也有許多面貌，不輕易坦露內心的女兒、接納姊姊惡作劇的妹妹、家人選擇自殺離世的人，我接下來要看的是眼前這名十七歲女孩，不再只是我的孩子，而是一個與我不同的獨立個體。

「我想說對不起，但我決定還是改說謝謝，對姊姊、對妳，還有對聽我說話的諮商師都是，謝謝妳們。」

「媽媽也謝謝妳。」

我向多英表達了感謝，就像她對多英說的那番話一樣，也像多英對我說的那番話一樣，只為了將抱歉變成感謝。為了幫助和姊姊遭遇到類似困擾的人而接受訪談的多英、即便知道一切卻仍選擇默默等待的多英、能夠坦率地表達自己內心的多英，這些統統都是我從未見過的多英。

說出這些心底話的那天，我和多英不發一語地走了許久，彷彿是在整理各自的心緒似地。

＊

我們很快就回歸到日常生活。隔天，多英和往常一樣出門去上學，她不僅沒有變得和我更加親密，甚至是尷尬地打了個招呼，就匆匆出了家門。然而，同一時間，同樣的腳步聲出現，她回到了家中，並喊了一聲：「我回來了～」而我也同樣沒有太大的變化，照常準備晚餐，吃飯時也沒有特別多說什麼，謝謝妳、愛妳等等……這些肉麻的話語並非一夕間就能說得出口。儘管如此，我也依然為她今日平安歸來感到心安、感恩。

在這多英一如往常返家的日子、一如往常對所有事情都感謝的日子，我一如往常地問道：

「多英啊，今天過得如何？」

多英並沒有講述發生的一切，但我也不再對於她選擇性的透露感到失落，反之，偶爾坐在沙發上滑手機時，她會把我叫過去，然後把手機螢幕裡的社群平台貼文拿給我看，並說道：

「她是慧靜，前陣子剛交了一個男朋友，我和她一起去咖啡廳讀書，結果她一直都在跟男朋友傳訊息聊天，很誇張吧？」

「那妳應該感覺很差吧。」

「還好，反而覺得看著有點討厭。」

我聽她說話直爽，忍不住笑了出來，還試探性地問了她有沒有比較要好的男性友人。也不曉得多英是性格比較淡定還是比較容易害羞，她只說了一句沒有，便結束了這個話題。我看著她拿給我看的社群平台貼文，想起了雅英，那個一直在尋找懂她的人的雅英，想要嘗試獨自解決內心痛苦的雅英。我對多英說：

「不管發生什麼事，媽媽永遠都站在妳這邊。」

多英皺起了表情，像是在表達好噁心，但嘴角上還是帶著一絲笑意。我由衷地感謝，此時此刻這一瞬間。

第4章

＊

或許，比真相更重要的是

「哥，以你這幾天觀察下來，你覺得在這份工作中，最重要的是什麼？」

「嗯……讓留下來的人心裡舒服一些。」

自殺者（李華娟，六十五歲）於二〇二〇年六月二十八日上午七時左右，被丈夫於上午六時四十六分左右緊急通報的救難人員發現，在小房間的門把上上吊自盡。推測死亡時間為凌晨二時三十分左右，驗屍結果判定死因為懸吊窒息死亡。案發當天，自殺者表示要提早入睡，於前一日（二十七日）晚間十時左右躺在主臥房內睡著，爾後，深夜十一時三十分左右，丈夫同樣在主臥就寢入眠，然而，次日早晨六時四十分左右起床時，發現自殺者不在身旁，便走出臥室至客廳。此時，他發現小房間的門把上吊著自殺者，並於六時四十六分左右報警。根據委託人（金南振，三十五歲）自殺者的兒子陳述，母親在自殺前幾個月就開始食慾不振，活動量銳減，丈夫也表示，自殺者在自殺前，經常提及到「即便我不在了」之類的話語。由於平時自殺者與丈夫的關係融洽，透過這些陳述，整起事件最終判定為自殺。之後，委託人因母親的自殺而倍感痛苦，開始參加遺屬互助團體，透過這樣的聚會活動，輾轉得知有「心理剖檢中心」，並向本機構申請心理剖檢委託。從自殺者生前表現的憂鬱症行為模式來看，可以推測應該是患有急性憂鬱症，但觸發壓力的因素究竟為何，仍需進行我傳了一封訊息給芝安，告訴她找不到停車位，但會準時抵達，為了避免好像是自己時間管理不當，還特意加了一句今天有提早出發。正巧，前方有一輛車準備要離開，我就只好原地等待，等前面那輛車離開後，我便立刻停了進去，這下才注意到時間，已經是上午九點二十三分。我趕緊跳下車，往心理中心方向奔去。

四樓　心理剖檢中心

「偏偏又是四樓……」

我一邊爬上樓，一邊在心裡嘟囔著。竟然是沒有電梯的四樓，我住的五層樓公寓都設有電梯。過去在位於三樓的會計師事務所上班時，也都是搭電梯上下樓，但現在居然要一步一步爬上四樓。多虧姜芝安，每次出門上班都有一種彷彿在運動的感覺。

當我抵達辦公室的時候，相佑和芝安兩人已經抵達。芝安對著遲到約莫三分鐘的我，直接叨唸：

「我們的工作講求準時，因為是約定好的。上班遲到就算了，見死者家屬的時候可不准遲到。」

「別說了，芝安，再說大哥就要辭職了。」

相佑出面緩頰，他的眼睛總是笑彎彎的，表情溫柔又帶有一絲調皮的氣息，今天他似乎不用去醫院，一早就來到中心協助處理我和芝安的事務。我坐在原本屬於相佑的位子，如今，這已經變成了我的位子。

「抱歉，因為車位實在不好找。」

「沒關係，芝安也很常因為停車的問題頭痛呢。所以我自從在這裡上班以後，過沒多久就把車賣了，現在多虧有大哥您，我偶爾還能開您的車外出公差。」

他是那種我說一句話他可以接十句的人，實在不敢相信這樣的人居然過去一直和芝安共事。難道芝安喜歡這種人？我尷尬地笑著，望向了芝安。芝安彷彿不是很在意我的目光，只有拿起需要的資料，走到了我面前。

「上個月的培訓都完成了吧？下次的培訓課程會由相佑通知你。今天的話，他會陪你一起進行，但你還是要記得永遠都要仔細確認……」

「芝安，我已經在和大哥交接工作了，人家現在也是正職了，別擔心啦。」

「……」

「芝安就是太容易擔心！擔心東，擔心西！」

芝安聽聞相佑這麼一說，噗哧一笑。芝安的表情看起來比和我兩個人單獨在一起時更為舒適自在。相宇很有技巧地緩解了芝安的焦慮緊張，並走到我身旁彷彿要說悄悄話似地低聲說道：

「芝安只是有點緊張而已，看她見死者家屬的時候，又會完全變另外一個人，大哥您也知道的，對吧？」

他似乎察覺到我在偷偷觀察芝安的臉色。我沒有多說什麼，只是淺淺一笑。這裡的工作大部分都不算困難，無非是簡單的記錄與重複性的工作，和我過去做過的辦公室庶務有許多相似之處，除了要去見自殺者遺屬這件事以外。

＊

子。

約莫是半年前左右吧，芝安主動聯絡我，那是一如往常在家裡專注打電動的日子。

砰砰砰砰！砰砰砰砰砰！

電腦螢幕裡的槍口不停對著角色人物掃射。每當我按下一個按鈕時，就會有人物一一倒下，但我沒有任何想法，難道連這也習慣了嗎？當我思緒飄向其他地方，專注力就下降，結果有人虎視眈眈逮到這個機會，在我身後發出「砰！」一聲，出現了「遊戲結束」的字幕。儘管感到有點煩躁，但也不是什麼需要生氣的事情，畢竟打電動本來就很常遇到這種情形。

叮鈴，叮鈴鈴鈴，叮鈴鈴鈴。

「啊……什麼啦～」

正當我準備加入下一場遊戲時，我的手機鈴聲響起，是芝安打來。我回想最後一次和她聯絡是什麼時候，應該是我買PlayStation5時，對她說可以把原來用的PlayStation3送給她。但她當時拒絕了，說自己對打電動沒什麼興趣之類的，於是我就把那台PS3賣掉了。難道是打來要我重新給她那台PS3？我為了告訴她已賣掉而接起了電話。

「喂？」

「哥，最近還好嗎？」

「我就……普普通通吧。」

「方便講一下電話嗎？」

我看她沒有提到PS的事情，不禁猜想她打這通電話的目的究竟為何。難道今天是和我相差三歲的妹妹芝安生日？可是我的生日也不是今天。儘管我不曉得她想說什麼，但有察覺到她似乎是在繞圈圈，一直不進入正題，畢竟她向來如此。

「什麼事？」

意思是叫她有話快說。我還要忙著加入下一局遊戲，角色人物一直在等著我。

芝安支支吾吾地開口說道：

「你身邊有沒有適合做行政庶務的人？我們中心現在有一個職缺，正在徵人，其實工作不難，大部分都是處理文書資料……你也大概知道我在做什麼，要見自殺者的遺屬，和他們聊聊，把相關內容整理成文件。雖然大部分都會由我來進行，但還是希望有人可以幫我分擔一些工作。」

「所以具體要做什麼？」

「就是整體上的文書工作，比方說，要寫會計、政府補助相關文件，還要幫忙整理心理剖檢所需的同意書和報告書等等……會有人進行工作交接，但還滿急需要人手的。」

芝安說原本負責這份工作的人，因母親健康狀況惡化，所以很難再繼續工作。心理中心的工作量其實不算大，但是看她連我都找上了，可見是真的急需人手。不難猜想，原本那位員工應該是情況不太好。

「還是我來做？」

「嗯？」

芝安反問我的時候，我關掉了電動遊戲。恰巧最近天天窩在家裡打電動也有點膩了，所以想找一份工作來做。我和先前任職的公司已經合約到期，失業補助金的領取效期也剩不久了，在這個節骨眼剛好出現一份職缺，而且還是不太繁忙的公家機構，自然是沒有理由拒絕。

「哥，那你原本的工作怎麼辦？不是在會計師事務所工作嗎？」

「其實那份工作的合約效期已經結束了，所以已經有一段時間是靠失業補助金在生活，也有在找工作。」

「你真的能做這份工作嗎？和我一起……？」

「和妳一起工作怎麼了？反正都是工作，會計和文書處理工作也已經很熟練了。」

芝安似乎沒料到我的回答，不停確認我是否真的沒問題。仔細回想，我和芝安從二十歲左右開始就沒怎麼相處了，除了生日或家庭聚會時才會聯絡，所以算起來已經有超過十年的時間都是各自過各自的生活。然而，如果妹妹就是公司負責人，對我來說不是更輕鬆嗎？在如今就業環境這麼差的情況下，有什麼好猶豫的？我語帶輕鬆毫不猶豫地說：

「妳不是急著找人嗎？那就讓我做啊。」

「可是，這份工作比想像中辛苦喔～還要一直見自殺者的遺屬，聽他們說故事……你沒問題嗎？」

「就只是工作嘛，沒問題。」

「……」

芝安一時沒有回答，以我的工作經歷來看，絕對是能勝認這份工作的，所以站在芝安的立場，自然也不是什麼不好的選擇。只是我也能感覺到芝安到底在猶豫什麼，畢竟我也想像不到兩個人每天在辦公室裡獨處的畫面。我決定再表達一次意願，但要是她想找其他人，我就果斷放棄。然而，這次換她做出了令人意想不到的回應。

「好吧，那你什麼時候可以開始上班？」

我原本想著假如又被拒絕的話就要放棄了，但也不曉得是時間點不對，還是時間點恰巧有對上，我一邊將PS遊戲機整理收拾好，一邊回答：

「明天就能去上班。」

「那你明天早上十點半前抵達，好嗎？地址我再傳訊息給你。工作相關教育訓練也等明天見面後再進行吧。」

「好。四大保險都有含在內吧？」

「當然。你還真把我們當徵信社啊？」

芝安像在抱怨似地說著。這讓我突然想起她先前提過，有人稱她經營的那間心理中心為「徵信社」的事情，感覺整天只會叫炸醬麵來吃的那種地方。由於我從未去過芝安的辦公室，所以腦海裡忍不住浮現典型的辦公室景象。

「明天見。」

芝安掛斷了電話，似乎是想說的話都已經說完了。通話時間為三分三十二秒，我不禁心想，這也許是和芝安講最久的一次電話。

＊

春天一到，心理中心變得十分安靜，不禁令我好奇，這裡本來就這麼安靜嗎？於是我問相佑，他表示春天通常自殺率會上升，而這樣的現象也稱之為「春季高峰」（Spring Peak），這個時期自殺案件較多，委託心理剖檢的案件較少，因為心理剖檢要在死後三個月才能進行，所以夏天和秋天反而才是他們的旺季。

「不過，其實還是鮮少有人知道可以申請心理剖檢，所以委託案也不多。」

相佑說這句話時露出了苦笑的表情。我本來想繼續追問，案件變多是好事嗎？但擔心這個話題會無限延伸變得冗長，便選擇作罷。我回想著他的苦笑，大概是無奈於無論是否有人申請心理剖檢，都有人自殺吧，畢竟就是一直會有人登出這個世界。

叮鈴鈴鈴，叮鈴鈴鈴～

電話鈴聲就是最直接的證明。那不是手機，是辦公室電話機響起。芝安一聽見鈴聲，便馬上確認時間，然後拉著我迅速交代。

「哥，如果有委託人或訪客在，我們就要用敬語說話喔！接起電話後的介紹順序是先介紹中心，再自我介紹，然後詢問對方來電目的，最重要的是務必溫柔親切，親切！」

「對方要掛電話了啦。」

「然後接電話前要先在心裡默數一、二、三，才能接起來，這是讓自己先做好心理準備。」

「妳到底要說幾遍……」

這次輪到我負責接辦公室裡的電話，因為前不久已經完成了面對遺屬的諮商教育訓練，相佑也在一旁看著，所以芝安決定讓我嘗試面對死者家屬，觀察我的應對方式。芝安說完這些話，便朝電話使了個眼色，示意要我接起。儘管我已經看過芝安接電話許多次，可輪到自己還是會有點緊張。我按照她說的，在心裡默唸：

「一、二、三。」

「您好，這裡是心理剖檢中心，敝姓姜，姜志勳。請問有什麼需要我們協助的部分嗎？」

「那個……我是因為母親的事情，想要委託心理剖檢。」

我努力用最溫柔的口吻說話，沒想到竟換來令人難以承受的回答。三年前，委託人的母親自殺身亡。雖然確切原因不明，但的確自殺前幾個月開始就變得食慾不振、活動量下降。委託人身為死者的兒子，當時只是覺得母親應該年事已高，所以才會出現這樣的症狀，但過沒幾個月母親便在家中上吊自殺，被父親發現後報警處理。儘管兒子不停追問究竟發生了什麼事，父親始終沉默不語，並獨自一人居住在母親離世後的空屋裡。委託人表示，自己實在不曉得母親為什麼會選擇自殺，這讓他痛苦不堪，所以一年前開始加入了自殺遺屬的團體，然後得知原來有這間心理剖檢中心，這是他之所以會聯絡我們單位的來龍去脈。

「原來……」

接踵而來的故事與隨時都有可能崩潰的情緒，讓我頓時語塞。當我不由自主地把目光投向相佑，他朝我比了一個加油的手勢。當我心想，原來每天面對這些人是這種感覺時，芝安連忙用手機打字，然後遞到我面前。

「問他，希望我們過去，還是他來這裡？」

「啊，那請問您希望我們登門拜訪呢？還是您方便親自來一趟心理中心？」

我看著芝安打的文字，機械式地問對方。委託人似乎在猶豫，沉默了一會兒才回答。短暫的靜默反而使我感到心安許多，因為每當他在說話時，都能感受到一股沉悶的重量，但無論如何，還是得聽到對方回答。

「您覺得哪一種方式比較好呢？」

「我帶我太太一起過去吧。只要是關於母親的事，我們什麼都願意嘗試。」

「好的，那我等一下透過簡訊把時間和地址傳送至這支手機電話號碼，我們到時候見。」

一、二、三。嘟。

電話掛斷的瞬間，我非常想要長嘆一口氣，將委託人沉重的心情一併呼出。於是我抬頭看向芝安，她不動聲色地在整理剛才委託人於電話中所說的故事內容。相佑則是拍了拍我的背，鼓勵我剛才表現得很好。所幸剛才那通電話全程開擴音，大家都有聽到談話內容，無須再另外轉述。芝安看我站在電話機前發呆，對我說：

「幹嘛站在那裡？快來安排行程準備文件啊。」

「嗯？喔。」

相佑聽到芝安這麼一說，便輕嘆了一口氣，隨即喊道：「開始工作吧！」這讓我感到有點不太真實，畢竟剛剛才有人向我們吐露自己的家人自殺。我一邊安排委託人的來訪行程、整理文件，一邊請相佑幫忙確認，這時，芝安又突然對我拋出一句：

「別被影響。」

難道我看起來明顯有受到影響嗎？雖然相佑努力讓氣氛變得輕鬆一些，還刻意開玩笑，但我始終笑不出來，因為總覺得「旁觀」與「面對」是截然不同的世界。相佑對我說，會直接與死者家屬對話的情況只有兩種，一種是電話應對，另一種是請對方簽署文件，所以叫我不要太擔心。我只能慶幸沒有叫我去執行訪談。

*

「文件都準備好了嗎？」

距離委託人前來的時間剩沒多久，芝安便向我確認是否已備妥文件。相佑現在每個月只會來辦公室一兩次，所以大部分時間都只有我和芝安兩個人。隨著與委託人碰面的時間越來越近，空氣中的緊張感也越明顯。不過是接了通電話，竟然也會緊張成這樣，難道這就是之前在接受諮商教育訓練時，所謂有無建立「融洽」（Rapport）的差異嗎？到之前為止，我都還認為只是單純的文書處理工作，但是隨著增加電話接聽的工作以後，有一種彷彿成了諮商師的感覺。

「他們來了。」

玻璃門外傳來了腳步聲，芝安似乎光從腳步聲就聽得出來是委託人抵達。她連忙噴了一下棉花味的芳香劑，把拖鞋也換成了皮鞋。辦公桌底下藏著一支鞋拔，方便她隨時穿換不同鞋子。

玻璃門一推開，一對男女走了進來，男子身材瘦高，卻顯得沉穩內斂，女子則是短髮齊肩，身高略高於一般女性。男子身穿襯衫、棉褲、藏青色長大衣，女子則是身穿端莊優雅的連身裙，給人時尚的感覺。芝安自然而然地靠近他們，微笑問好並遞出名片。

「您好，我是心理剖檢中心負責人，姜芝安；這位是與您在電話中接洽的姜志勳。來這裡的路上都還順利嗎？」

「啊……都還好，只是停車有點麻煩。」

「這區的確不好停車。麻煩兩位先坐。」

芝安的言行如流水般自然。恰如其分地冷靜，恰如其分地認真，為了緩解對方的緊張，也會保持溫柔的口吻。我站在芝安身後，觀察她的一舉一動。兩人一坐下來，芝安便稍微看了我一眼。

啊，對了，要向委託人進行適當的寒暄……

我盡可能保持親切又穩重的表情，走到他們面前。畢竟也在職場打滾超過十年，一氣呵成的禮儀自然是不容小覷的。

「您好，我是之前與您通話的姜志勳，請問要來一杯熱茶或咖啡嗎？」

「好的……」

他們彷彿隱藏著某種嚴重的事情，沉重地回答。我盡量不去在意他們的情緒，緩緩泡茶。泡茶的方法也是從相佑那邊學來的，是工作交接內容之一。一杓茶葉親自裝進茶包袋裡，再算準時間取出。為了控制好適合飲用的溫度，要特意把茶壺舉高倒茶入杯。

芝安開始確認委託內容，並向委託人解說文件進行相關同意事項。泡茶期間，我順便聽芝安如何解說，畢竟等我完成下一階段的教育訓練，文件同意事項的部分就很有可能會由我親自進行。所幸委託人並沒有提出當初相佑提醒過我的問題，諸如「為什麼要簽這些東西？」等質疑。相佑告訴我，如果遇到這樣的質疑，只要回答「這是為了逝者，也是為了委託人您，能擁有一場健康的哀悼」大部分就能順利過關。

「再麻煩幫我掃描一下這些文件。」

芝安拿到了所有文件的簽名，並將那疊文件遞給了我。無論是電話應對還是簽署文件同意，其實都不是多麼困難的事情，但只要一想到當時的通話內容，便無法完全放鬆下來。芝安依然保持鎮定地面對這些事，我看著她認真工作的樣子，不禁感到有些微妙，忍不住心想，難道我也越來越習慣這一切？

「再麻煩兩位和我一起移動到諮商室，這邊請。」

「好……」

芝安帶著他們往心理中心角落的諮商室走了進去，這下我才終於覺得可以喘口氣，畢竟看不見他們，比較能安心投入工作。我開始掃描文件、按照事件分類整理、檢查有無遺漏等，接著再將已簽署的文件提交出去，等待接收醫療紀錄等資訊即可。

諮商室裡究竟在聊些什麼幾乎聽不見，雖然是用玻璃隔間，但是因為有一半是用不透明的貼紙貼住，所以看不見裡面的人表情，頂多只會看見他們的身體微微晃動。由於實際談話其實都有錄音，所以在事後整理成文件資料時，我也會聽見他們的諮商內容，但那是一個為了提供心理安定的空間。而之所以會選擇棉花味的芳香劑、盡可能保持親切溫柔地說話、沙發也適當地有一些坐痕，這些都是為了讓來訪者能稍微安心舒服的細節，所以不禁有一種彷彿自己成了遊戲裡NPC的感覺，專為玩家而存在的角色人物。

約莫兩小時後，諮商室門打開了，女子臉上還帶著淚痕，男子則是滿臉悲傷。不同於平日，我對於這組委託人究竟聊了什麼深感好奇。芝安維持著恰如其分的悲傷表情，但看不出來是否為真心。當我從位子上站起身，芝安朝我使了個眼色，示意我不用過去，隨後便送他們到心理中心的玻璃門口。

「如果還有其他想說的，請隨時聯絡我們。我們也會在調查完畢後主動聯絡您。」

「謝謝。」

芝安一直保持肅然的態度送他們離開，直到他們的腳步聲完全消失，她的表情才終於放鬆許多。那不是開朗，也不是喜悅的表情，更像是沾染過悲傷的表情。芝安緊接著馬上把錄有諮商室談話內容的錄音機SD卡遞給我，然後全身無力地對我說：

「把錄音內容整理成文件給我，然後一週內整理好紀錄查閱，我要先出去一趟。」

「好。」

芝安拎著一只和自己身形不成比例的超大公事包走了出去，我沒有特別想問她去哪裡，而是直接將SD卡插進了電腦，坦白說我更好奇他們在諮商室裡究竟都聊了什麼內容。電話中未能說完的故事到底是什麼呢？也許我是帶著相對輕鬆的心情點開那段錄音檔的。

芝安和那對夫妻的聲音從耳機裡傳了出來。

「兩位其實長滿像的。」

「啊，的確很常聽別人這樣說。」

由平淡無奇話題開啟的這場對話，是走進悲傷的入口。我將聽到的內容逐一記錄下來，但中間不得不停止敲打鍵盤。

李華娟訪談全文　關係：兒子（委託人）／媳婦（妻子）

諮商師：麻煩兩位分別做個簡單的自我介紹。

兒子：我叫金南振，今年三十五歲，這位是我的妻子楊荷娜。我目前是○○新創公司的代表，雖然掛名公司負責人，但實際員工人數不多，也花了不少時間在市場上站穩腳步。啊，我的妻子三十二歲，我們當初是在大學認識交往的，四年前左右，我們有了孩子，於是步入婚姻，當時真的一團亂，忙著準備迎接新生命、準備創業。妻子本來是銀行員，但懷孕後就辭去了工作，而我也剛好在做創業的準備，所以那段時期其實真的很辛苦。直到現在才生活得比較有餘裕……妻子偶爾也會幫我處理一些工作。

諮商師：請問母親大概是在什麼時候過世的呢？

兒子：就是在我們正好最混亂的時候，母親過世三個月後，我們的孩子就出生了，我到現在都還是很難理解，明明她也知道過沒多久就能抱小孫女了……怎麼能做出那樣的選擇！我父親也一樣，對於母親隻字不提，還堅持非得要一個人住在那間沒有母親的空房子裡，跟他老人家真的是很難溝通。

諮商師：平時父母親的關係如何？麻煩您從童年時期開始分享。

兒子：小時候我們的家境還算不錯，父親是公務員，母親是家庭主婦。印象中父親每天下班回家的路上都會打電話給母親，告訴她「我要下班了、要回去了」，明明馬上就會見到面，他還是會堅持打電話，說想她。由此可見是如此疼愛妻子的父親，也幾乎沒有見過兩人爭吵。父親對我來說雖然是個沉默寡言、難以親近的對象，但是對於母親來說是很好的丈夫。每天晚餐飯後，洗碗就永遠是父親的工作，後來我上大學搬出去住，只剩下他們兩個人相處，但看起來感情依舊很好。父親退休後，他們經常一起去旅行、散步，可如今的父親是連「母親」兩個字都不願意提起，一提就大發脾氣，甚至連母親忌日也堅持要自己一個人準備祭祀。雖然對他來說是妻子，但對我來說也是母親啊！真不曉得到底在堅持什麼……

諮商師：那從媳婦的角度來看，婆婆是個怎樣的人呢？

妻子：婆婆是可愛又溫暖的人，談戀愛的時候，只要和他見面，婆婆就會帶我們出去吃好料，請我們吃飯，也會把我們邀請到家裡，親手煮飯給我們吃。每次見面都會聊丈夫小時候的事，還會一起看電視連續劇，真的很像自己的母親，所以我很喜歡她。我其實很小的時候母親就過世了，所以反而覺得能和他結婚很棒。在我發現懷孕時，坦白說還覺得有點茫然，但當時母親抓著我的手，對我說「從此以後我們就真的是一家人了，謝謝妳成為我們的家人」，還告訴我以後和她就真的是母女了，那時候我哭了很久，因為感到既安心又高興……但沒想到她竟然連看都沒能看到智有一眼……

諮商師：母親過世前，兩位有察覺到發生什麼特殊事件嗎？

兒子：正如我剛才所說的，那段時間我們真的很忙亂，老實說，當時我也才剛創業不久，很多事情都一竅不通就開始了，所以走了許多冤枉路，經濟條件上也有遇到困難。婚後孩子也出生，我們需要錢，所以第一次向父母開口借錢。其實也因為這件事，可能使我現在如此痛苦，因為我後來會一直思考，是不是當時向他們借錢，給他們帶來了負擔？會不會其實他們有遇到一些困難，我卻疏忽掉了、沒能幫得上忙……

諮商師：在遺屬團體聚會上，大家怎麼說？

兒子：他們說我不清楚母親的死因，會更覺得痛苦。要是知道死因，至少還能嘗試理解，但是我根本無從理解，所以使我更難受，於是他們就推薦我來你們這裡。我也曾經嘗試和父親多溝通，但是能怎麼辦呢？他什麼都不願意說，像一顆望夫石一樣，獨自守在母親離世的房子裡。

諮商師：能否說服父親呢？

兒子：應該很難。像現在這樣來委託貴單位處理事情，我也沒有對他說，他老人家要是知道這件事，應該會生很大的氣，一定會責罵我「幹嘛做這種事，你媽都已經離開人世了……」。

諮商師：我最後想問您一個問題，當初要是怎麼做，說不定就能救回母親一命呢？

兒子：假如我們有更關注留意，或者至少像現在一樣已經在市場上站穩一些腳步的話，我想，說不定結局就不會是現在這個樣子了。不，坦白說我不知道，究竟問題是什麼、她為什麼事情所苦……我只是對於這樣的自己感到非常無力。

*

「其實您現在光是願意來到我們中心，這件事情本身就已經是在拯救某人了。」

錄音檔的最後這句話，是芝安的聲音。聽她這麼一說，不禁讓我想起相佑也曾說過，是為了逝者，為了家屬能擁有一場健康的哀悼，這個過程不僅能拯救某人，也能讓他們好好活下去。儘管我把所有對話內容都打成了逐字稿，內心仍充滿疑問，是進行這份工作期間經常浮現的疑問——究竟要怎麼做，才能讓他們決心想要好好活下去？光靠這樣的對話嗎？當我將逐字稿整理成符合檔案格式時，芝安也回到了心理中心，然後脫口而出：

「明天有出差行程，十點前要到辦公室，我們先在這裡會合，再一起出發吧。鞋子要記得穿休閒舒適的。」

「要去哪裡？」

「李華娟的住處，也就是她丈夫現在獨自居住的地方。」

「為什麼要去那裡？」

「因為有一些需要確認的事情，明天見。」

芝安拿起車鑰匙，又匆匆走了出去，留下我獨自一人在空蕩蕩的心理中心。這人還真冷漠。我一邊整理剩下的文件，逐漸明白為什麼芝安的身邊需要相佑，畢竟平時如此冷漠，所以才會需要像相佑那樣親切隨和的人吧。當我一想到，該不會要我頂替他那親切隨和的角色時，腦海中的思緒變得紊亂，總覺得比起擔任這樣的角色，寧願處理堆積如山的文件還比較簡單，所以更希望乾脆工作變忙碌，喔，我是指心理剖檢委託案變多，不是希望自殺者變多。

*

那是個堅硬土地變濕軟、空氣品質不佳的一天。雖然不算陰天，但是因懸浮微粒過多，宛如瀰漫著一層白霧，給人一種用未擦拭乾淨的鏡片看風景的感覺。從心理中心出發到抵達仁川的住宅區為止，我什麼也沒問芝安，車內只有流瀉著輕鬆的爵士音樂。

雖然我有按照芝安的提醒穿著得體，但還是穿了一雙運動鞋。芝安同樣也是身穿一件牛仔褲配雪紡衫，整體打扮看起來比平時休閒。聽說自殺者的丈夫——金漢武就住在這條老舊巷弄裡的多戶住宅一樓，芝安左手提著比較小型的公事包，右手則是拿著文件夾，她正在注視著那棟住宅。

「接下來打算怎麼辦？」

我看著芝安向她問道。這是我終於找到的一個好時機，可以問她一直遲遲忍住沒問的問題。芝安從容不迫地回答：

「我打算偽裝成福利中心的人。」

「嗯？」

「不是說那位老人家不同意進行心理剖檢嗎？哥，你知道老年人的自殺率有多高嗎？八十歲以上的老年人，每十萬人當中就有六十七．四人自殺，而且獨居老人的自殺率也有逐年增加的趨勢。金漢武先生是自殺者的遺屬，簡單來說就是自殺高危險群，所以我們是基於確認他是否安好的意義去拜訪他，預防自殺也是我們的職責之一。」

芝安總是有能力把不合理的事情說成合理，我本來是個單純、不容易起疑的人，但是唯獨對於芝安說的話老是忍不住想要挑語病，因為這件事似乎與她平日的工作內容有些不同。

「妳還做這種事？」

「必要的時候。」

「怪不得會被說是徵信社。」

即便我不屑地哼了一聲，芝安仍然不為所動，也不曉得她是在什麼時候備好這份看起來像真正從福利中心印出來的資料。她往住宅方向走去，並且語帶堅定地說道：

「我會先去打招呼，你只要盡可能親切地點頭就好。讓我嘗試問他幾個問題，我們就離開。」

「……」

眼看芝安已經走到很前面了，我只好加緊腳步跟在她身後。當我們抵達房子前，便看見緊閉的玄關大門，那扇門堅固得彷彿永遠都不會打開。站在那扇門前的芝安顯得個子嬌小，隨後，她開始敲打那扇鐵門，發出了讓人難以忽略的巨響。

砰！砰！砰！

敲門後，屋內依舊沒有任何動靜，正當芝安準備再次敲門時，身後傳來一名男性老人低沉的說話聲。

「誰啊？」

老人彎著腰，站在樓梯一半位置向我們問道。他臉上沒有太多的細紋，但有幾條較深的皺紋，讓他顯得格外嚴肅。芝安盡量保持鎮定，親切地說道：

「我們是從居民福利中心過來的，針對獨居人口進行訪查，請問您是金漢武先生嗎？」

「是啊。」

他那生硬的語氣，實在讓人難以想像這樣的人曾經對妻子深情又溫柔，別說溫柔了，他那根本是充滿著不耐煩的語氣。他緊皺的眉頭寫滿著不滿，幾乎讓人難以直視。芝安努力讓對話持續下去，說道：

「我們方便進去找您聊一會兒嗎？」

「不用了。」

「拜託您了，老先生。」

我可以感受到委託人在錄音檔中提及到父親是個固執的人，他的態度堅決得不留任何餘地。即便芝安用溫柔的方式拉近距離，這次似乎也碰上了難關。這下我終於開口，試圖讓事情進行得更為順利。

「老先生，我們也是因公前來，如果您拒絕，我們只能再重新找時間登門拜訪，這樣對彼此來說都會很麻煩。」

「……」

「拜託您了。」

「……進來吧。」

當他打開玄關大門時，芝安露出了一絲驚訝的表情，她似乎並沒有想到我竟然能幫得上忙。而這次換我裝作毫不在意的樣子。芝安看著我的表情，微微皺眉。

屋內平凡至極，透著舊房子特有的氣味，家具看起來也都破舊不堪，壁紙斑駁泛黃，訴說著歲月的痕跡。他站著，沒有打算邀請我們入座。芝安環顧了一下屋內的情況，客廳位於中央，左側是主臥，右側是一間小房間。小房間的門緊緊關閉著。

「老先生，您一個人生活有沒有什麼不便之處？平時都有好好按時吃飯嗎？」

「就那樣吧。」

芝安用普通的生活問題開始對話。她詢問對方是否有工作、如何解決三餐，並確認是否有遭遇到經濟上的困難。但他的回答依舊簡短冰冷，從他一直不打算坐下來看，似乎早就打算盡快把我們送走。

「您一個人生活多久了呢？」

芝安拋出這個問題的瞬間，他的臉就突然垮了下來，本來就嚴肅的表情現在變得更加陰沉甚至有點兇惡，但是面對儘管如此依舊等待他回答的芝安，最後只好輕描淡寫地回答：

「三年左右吧。」

「請問是什麼原因變得您需要獨自生活？」

「她走了，我的妻子。」

那一刻，我看到了他的眼神，動搖的眼神。在那張僵硬的臉上，只有眼神動搖，因此一眼就能看出那份情感是悲傷。我不禁感到訝異，原來人的情緒竟能如此展露無遺，然而，他似乎不想被人看見自己的情緒，連忙將我們推向門外，並說道：

「可以離開了。」

「我還有一些問題……」

「出去！」

「……」

於是芝安和我就被趕了出去。芝安無可奈何地轉身朝她的車子方向走去，而我跟在她身後，開口問道：

「有收穫嗎？」

「嗯……大概可以確定他還停留在哀悼的第一階段——『否認』。」

「嗯，那他的兒子呢？」

「第三階段——『討價還價』，主要情緒是愧疚感吧。」

「嗯。」

否認－憤怒－討價還價－沮喪－接受，庫伯勒・羅絲（Kubler Ross）提出的悲傷五階段，是我開始從事這份工作時，在接受諮商教育訓練中習得的理論；從不敢置信的否認，到為什麼這種事情會發生在我身上的憤怒階段，再到懷疑是不是自己做錯了什麼、不斷來回於自責與自問的討價還價階段，然後是變得無力、空虛的沮喪階段，最後則是擺脫負面情緒、認清現實並接受死亡的接受階段。我看著眼前上演的否認階段，讓我或多或少可以理解他與兒子之間的矛盾，就好比兩人一同登入某個遊戲世界裡，卻各自走向不同道路，抵達截然不同場景的感覺。我馬上聯想到RPG遊戲，假如我的想像沒有錯，為了打破這個困局，兩人就必須再次重逢，一起走向新的道路。

*

週末過去，星期一到來。心理中心依然只有芝安和我兩個人。我和她相似的地方在於，我們都認為對話是不必要的。芝安只會問我必要的問題，而我亦是。

「紀錄都拿到了嗎？」

當芝安問起關於李華娟的案件，我馬上將收到的紀錄列印出來遞給她，但我還沒確認過內容，畢竟大部分文件即便我看了也不見得能完全理解。芝安接過文件，開始認真翻閱，然後又開口提問：

「這是李華娟女士的資料，沒有錯吧？」

「是啊。」

我重看電腦螢幕，紀錄上清楚寫著「李華娟」三個字，我在之前的職場工作時，也幾乎沒有在文件上出過差錯。芝安聽完我的回答，反而表情變得有些嚴肅，我好奇是不是出了什麼錯，於是問道：

「有發現什麼問題嗎？」

「沒有……我只是看見她自殺前六個月被醫生診斷出癌症，卵巢癌第三期。醫生建議她動手術，但治癒的可能性並不明朗。這件事，難道委託人並不知情……？」

「這我就不知道了。」

「你可以聯絡委託人，請他有空的時候與我們聯絡嗎？我這邊先去聯絡一下醫療機構。」

芝安連忙撥打電話，似乎是在聯絡提供相關資料的醫療機構。的確當初在和委託人諮商時，完全沒有提及死者的病史，難道真的不知情？我撥了一通電話給委託人，並傳了一封簡訊，請對方隨時聯繫我們。芝安則是站在辦公室一隅講電話中。

「那還有其他精神科或其他科的看診紀錄嗎？嗯嗯……好的。」

芝安神情嚴肅地通著電話，她似乎是在確認核對一些事情，但具體內容是什麼，無從得知。儘管我不太關心這些事，但自殺者隱藏的病史依然勾起了我的好奇心，既然都已經被診斷出罹患癌症，那又何必選擇自殺？我同樣對此感到不能理解。芝安的通話時間不長，很快就掛上了電話。我馬上追問：

「對方說什麼？」

「初診時，她因腹痛而前往大醫院檢查，結果的確被診斷為癌症，卵巢癌第三期。當時她是和丈夫一起去的，院方認為死亡率高、治癒率低，然後丈夫是拒絕手術的，只有向醫生要了止痛藥。對了，你有聯絡委託人了嗎？」

「我有留簡訊給他，應該會回電。」

叮鈴鈴，叮鈴鈴。

「說人人到。」

我看著即時響起的手機說道。芝安似乎是覺得一點也不好笑，直接沒搭理我就接起電話。有別於平時對我說話的口吻，她瞬間轉換成溫柔又沉穩的語調。

「您好，我是心理剖檢中心負責人姜芝安。請問現在方便通話嗎？」

「啊，是。」

「我們在調查過程中發現了一些事情想要向您確認，所以聯絡您。」

由於辦公室內十分安靜，所以隱約聽得見委託人在電話另一頭的說話聲。我豎起耳朵，偷聽著對方究竟在說什麼。

「我們透過您簽署的同意書，查詢了您母親生前的醫療紀錄，結果發現李華娟女士在自殺前六個月，被醫生判定為卵巢癌第三期，想詢問一下您之前是否知道此事？」

「癌症……？」

「是的，當時您的父親作為監護人陪同母親前往醫院的，院方有提出完全治癒的可能性並不大，雖然醫生有建議動手術，但被父親婉拒了。」

電話那頭沒有傳來任何聲音。難道是驚訝到說不出話嗎？隨著時間過去也聽不見任何回應，芝安還以為電話是不是被掛斷，試探性地問道：

「喂？」

「我……我不知道……」

好不容易傳來的說話聲響，可以感受到帶著顫抖，他要是說得再小聲一點，我可能就聽不見了。我盡可能屏住呼吸，聆聽通話。芝安彷彿早已計算過這種情況該怎麼做，像個經驗豐富的專家一樣，不疾不徐地繼續說道：

「我在想，母親之所以會做出那樣的選擇，或許與診斷出癌症有關，基於這一點，我們這邊會希望正式向您父親提出訪談請求，因為我們目前已經確認，他對於母親的癌症病情是知曉的。為了了解李華娟女士過世前的心境，我們需要與您的父親進行一段訪談，請問您願意協助嗎？」

「啊？這……」

「假如您不方便親自向他提這件事，由我們來聯絡父親也可以。請問您認為哪一種方法比較好呢？您要親自向他說明？還是由我們這邊來聯繫？」

「啊……那個……」

我和芝安都能充分感受到委託人的驚慌失措。芝安像平時突然對我拋出一句話那樣，堅定地再次開口說道：

「那就由我們這邊聯絡您的父親好了，您同意嗎？」

「好的……」

「感謝您，我們會再聯絡您，也希望這段期間您能好好調整心情。」

「好。」

我看著掛完電話後的芝安。原以為她只是個妹妹，沒想到接受完諮商培訓結束後再重新看她，其實有著堅毅剛強的一面，相較於一通電話就使我緊張兮兮的樣子，她彷彿是另一個世界裡的人。為了緩解氣氛，我選了一句要是相佑在這裡的話應該會說的句子：

「說吧，要我做什麼？」

芝安聽聞這句話，看了我一眼，只有用嘴巴擠出微笑，那笑容和相佑展現過的苦笑有些相似，難道要繼續在這裡工作就必須學會那種苦澀的笑容嗎？正當我又開始胡思亂想的時候，芝安已經完全投入工作，專注地說道：

「幫我用金漢武的名字調查一下他的醫療紀錄。」

「可是我們沒有取得他的敏感資料同意書簽名。」

「現在就要去請他簽名了，準備好文件，我們走吧。」

芝安連忙起身準備，我不禁心想，原來她是這麼橫衝直撞的人，也難怪會被別人誤以為這裡是徵信社之類的機構。我迅速製作了一份以金漢武名字呈現的敏感資料同意書，然後緊跟在芝安的身後，並重新前往金漢武老先生位於仁川的住所。

透過右側車窗觀看掠過的景色並不會感到無聊，反而是坐在芝安駕駛的車內比較奇怪又有趣。芝安就像是在卡丁車比賽中想要爭奪第一名的人一樣，熟稔地穿梭在車流之間。我在一旁看著她專注於某件事情毫不在乎我的樣子，彷彿是另一個人，雖然我不曉得此刻的她腦海中在想些什麼，但可以感覺到她正在處理重要的事情。

當我們抵達仁川時，太陽已經快要落下。我趁芝安在開車的期間，嘗試聯絡金漢武老先生多次，卻都無人接聽電話，而芝安只有表示，既然都已經取得委託人的同意就沒問題。

「一、二、三。」

當我和芝安一起站在金漢武老先生的家門前時，芝安就像準備接起電話時那樣，數著一二三。她的包包裡裝著敏感資料同意書、訪談時所需的錄音設備、筆記型電腦等物品。我們敲了敲門，傳來厚重的敲打聲響，然後又敲門再敲門，才終於感受到門後方有人的動靜。

「誰啊？」

冷漠的聲音撞擊牆壁後再變成沉重的聲音傳回，芝安加重語氣，好讓自己的說話聲能穿透鐵門。

「我是上次來訪的諮商師，姜芝安！您方便開一下門嗎？」

我突然納悶，上次來訪時芝安有說自己是諮商師嗎？但老先生似乎並不在意芝安的姓名、職業，而是記得她的聲音，於是在短暫的沉默過後，微微打開了鐵門。從門縫間看見的那雙眼睛，蒙著一層近似於敵意的情緒。

「方便進去找您聊聊嗎？」

「就在這裡說吧。」

「是很重要的事情。」

芝安的語氣格外嚴肅，這使得他小心翼翼地將大門再敞開一些，讓出了一條狹窄的通道。芝安微微低頭示意，踏進玄關，走到了鞋櫃處，然而，他像是在暗示不能再走進去似地，阻擋了我們的去路。

「妳可以說了。」

「金南振先生是您的兒子，對吧？」

「嗯……」

當他聽聞兒子的名字，露出了稍顯驚訝的表情。但他的態度也沒有因此而變得溫柔或解除警戒，依舊畫著無形的界線，阻擋著我和芝安不能再向前一步。芝安迅速地解釋了情況一番。

「您的兒子有委託我們進行心理剖檢，心理剖檢主要是在調查自殺者的自殺原因，讓家屬擁有一場健康的哀悼，並且設定自殺預防計畫。我是心理中心負責人姜芝安，上次前來拜訪您，也是心理剖檢的過程之一，然後今天我們有正式向您的兒子取得允許，要來與您進行簡單的訪談。」

「什麼？」

「您的兒子正透過健康的哀悼過程努力克服李華娟女士的過世事實，為此，需要您的小小幫助，時間只需要一至兩小時，根據我們的提問做回答即可，拜託您了。」

「所以是要我對你們說妻子的事情……？」

他的眼神逐漸變得憤怒，彷彿親眼看著他從否認階段跳至憤怒階段的感覺。他的聲音變得激昂，語尾甚至破音，從他彎腰駝背、骨瘦如柴的四肢來看，雖然不具體型上的威脅，但聲音和眼神簡直就像一頭獅子。

芝安毫不畏懼地與他對視，因為她清楚知道，只要迴避眼神，就再也不可能聽到關於李華娟女士的故事。更重要的是，委託人與現在眼前這位名叫金漢武的老先生，兩人的悲傷時間會拖太長，這就是芝安擔心的事情，因為終究還是要好好面對母親的死亡，才有辦法繼續向前走。她深信，這位老人家也絕對需要面對。

「假如現在不方便回答，您也可以隨時聯絡我。」

芝安維持著直視對方眼睛的狀態，遞了一張名片給老先生。他連看都沒看一眼，也沒有伸手接過名片。芝安同樣沒有收回雙手，繼續保持遞交名片的姿勢，就這樣維持了一段時間，空氣也彷彿凝固，寂靜與緊張感在兩人之間蔓延開來。我站在後方一步之遙，彷彿成了旁觀者的感覺，但是置身在這份緊張感之中，反而讓我莫名覺得有些刺激。

「麻煩將文件給我。」

「啊？喔，好的。」

我嚇了一跳，連忙翻找文件。我迅速將習慣性脫口而出的半語切換成敬語，並從公事包裡取出同意書，遞給了芝安。這下我才意識到，自己並不是個旁觀者的事實。芝安從大衣外套的口袋裡掏出一支筆，將同意書一併遞給了老先生，並說道：

「這是進行心理剖檢所需要的文件，我們需要您簽名同意。即便訪談可以留到下次再進行，但至少今天希望您先簽一下同意書，麻煩了。」

「我為什麼要簽……？」

「這是為了家人，也是為了已故的妻子。」

我心想，原來當初相佑傳授我的技巧，就是用在這種時候。儘管不曉得芝安究竟有什麼力量，但任何聽到她聲音的人，絕對都能感受得到她是真心且真誠的。老先生站在原地一動也不動，只有默默凝視著芝安遞給他的文件。與其說是在確認文件內容，不如說是將視線停留在文件上，沉思著關於「家人」的意涵。在一片沉默中，我聽見他口乾舌燥強嚥口水的聲音，然後拿起筆來，用年長者特有的草寫字體簽下了自己的名字。

「以後別再來了。」

芝安將一直手拿著的名片放在了鞋櫃上，然後說道：

「我們會再來拜訪您。」

說完這句話，芝安便轉身離開。我也無力地跟在她身後。當我走出玄關約莫二十步路的時候，聽見背後傳來「砰」一聲關門巨響。也不曉得這是通過一道遊戲關卡的聲音，還是宣告遊戲結束的聲音。

＊

「但他還是簽名了。」

芝安像是陷入沉思般，靜靜地盯著虛空中發呆，站著不動。當她聽聞我這麼一說，她也回了一句：

「畢竟每個人都有各自重視的。」

這句話聽起來像是她早就知道只要搬出妻子的事情，老先生就自然會願意簽名。她彷彿早已看破老先生的內心，我猜說不定她也早已略知我的內心想法，這不禁讓我感到背脊發涼，妹妹怎麼會變成如此可怕的人物……我嘆了一口氣，然後看了看掃描的文件，向芝安開口問道：

「不過話說回來，為什麼偏偏是敏感資料同意書？」

芝安取得簽名的文件，是敏感資料同意書，也就是需要調閱醫療紀錄等敏感資料時所需要的同意書，這是當初相佑告訴我的。而剛才芝安對老先生說，諮商可以延後再進行，但這份文件請他一定要簽名，所以不禁讓我感到好奇，她究竟用意為何？

「李華娟女士是透過服用過量安眠藥並且上吊自殺的，通常如果是在不高的地方上吊自盡，服用過量安眠藥後，會在吊著脖子的狀態下昏睡，然後隨著身體逐漸失去力氣，體重就會使繩索收緊，從而導致死亡。但是從李華娟女士的醫療紀錄上，並未看見精神科或內科醫師有開安眠藥處方的紀錄。也就是說，很可能是有人代替行動不便的她拿了藥。」

聽聞芝安如此熟悉自殺方式，不禁讓我心想，她到底見過多少起自殺案件，才會這麼瞭若指掌。我看著她流暢地推理，果然被說是徵信社也並非空穴來風。我對於她尚未說完的部分感到好奇，於是試探性地問道：

「所以是她丈夫幫她去領的藥？」

「畢竟也只有丈夫知道她罹癌。假如是以自殺為目的收集安眠藥，那麼老先生就會變成是教唆自殺。如果是在短時間內從多處得到安眠藥處方，就能懷疑有自殺意圖，我想確認的就是這一點，可是……」

「可是……？」

芝安話說到一半突然停住了，她目不轉睛地盯著我的電腦螢幕看，螢幕上顯示的是老先生的醫療紀錄明細，芝安仔細閱覽完這些資料以後，才把剛才沒說完的話接著說完。

「李華娟女士自殺前兩個月起，金漢武先生就以自己的名義，先後在精神科和內科請醫生開安眠藥處方，所以可能是自殺教唆或協助死者做自殺準備……」

「什麼？」

「我明天去一趟仁川。」

「妳自己？」

「這是我必須做的事。」

我看向站在一旁的芝安的肩膀，瘦小的體型和肩膀上，似乎擔負著無數人的死亡與悲傷，但她彷彿早已習慣，所以並不自知。我下意識地輕拍她的肩膀，像是要幫她拍掉些什麼的感覺，然而，儘管如此，死亡與悲傷依然緊緊纏繞，無法輕易擺脫。

「這次的案子……太難了。」

我忽然想起芝安在介紹這份工作時，曾經對我說過的話。她說這份工作並不容易，還是有它辛苦之處，儘管我像個旁觀者一樣將那些事情與自己分離，但芝安似乎並非如此。

*

星期五凌晨三點，即將迎來不必擔心上班的週末，我躺在床上玩手機遊戲，竟不知不覺玩了兩個多小時。這款遊戲的規則很簡單，只要殺光所有對手，堅持活到最後，就能贏得第一名。也是因為這種機制，總會讓人產生「再玩最後一局」的心理，是一款很容易成癮的遊戲。「既然上一局都驚險拿下第三名了，這次應該能拿第一吧？」這樣的期待讓我無法輕易關掉遊戲。然而，就在這時，我的手機發出震動，並於遊戲畫面上顯示來電者姓名。

妹妹—姜芝安　中心負責人

是芝安。都這麼晚了還特地打電話來，看來是有急事，但眼前的遊戲畫面裡只剩下差不多十個倖存者，正當我想著「明天再通話吧」的時候，來電通知直接擋住了我的遊戲畫面，害我沒能即時看見前方的敵人，最終直接被殺死，遊戲結束，我的角色人物發出「呃！」一聲，不支倒地。我索性接起了電話：

「幹嘛？」

我的語氣明顯不耐，於是芝安小心翼翼地詢問我是不是在睡覺，我沒好氣地回答：「沒有。但因為妳，我遊戲輸了。」並催她有話快說，有屁快放。

「我今天見了金漢武先生。」

「喔……所以？」

我不明白她為什麼要在大半夜凌晨時間特意提起此事，光是到白天為止，她就有說下班後會去找金漢武先生，但現在都已經凌晨三點了，總不可能和對方聊到現在吧？難道是她一個人思緒太混亂，睡不著？我等著她回答，她卻突然拋出了一個對我來說很陌生的問題。

「哥，你覺得在這份工作中，最重要的是什麼？」

「這麼突然？」

「就是以你這幾天觀察下來。」

「呃……」

我一時之間難以回答。儘管相佑之前對我說過這份工作的意義，理論上我也明白，但就是沒有辦法切身體會。什麼叫為了死者？自殺預防到底意味著什麼？這些問題對我來說都沒有太大的感觸和體會。然而，我突然想起芝安為了體恤委託人所做的那些細微舉動，我看著她的舉動感受到了一些事情，於是，我把那些感受說了出來。

「讓留下來的人心裡舒服一些。」

「……」

芝安沉默了片刻。正當我心想，是不是我說得太輕率的時候，芝安回答：

「是呢……謝謝。」

電話伴隨著這句話掛斷了。智慧型手機螢幕上顯示著待機中的遊戲畫面。也許是被打斷了節奏，掛斷電話後，原本想著「再玩一局就好」的念頭也隨之消失。因為是遊戲，所以即便死了也可以重來，也能輕鬆自在地玩。然而，當我意識到芝安身處的地方是不會再有人復活時，我大概能明白她為什麼討厭玩遊戲了；因為她比誰都清楚知道，哪裡才是我們活著的地方、必須活下去的地方。

心理剖檢報告書

姓名：李華娟

年齡：實歲六十五

死亡日期：二〇二〇年六月二十八日

事件概要：二〇二〇年六月二十八日，在家中趁丈夫熟睡之際，服用過量安眠藥後，在小房間內利用門把上吊自盡。丈夫於當天早晨六時四十分左右發現，並於六時四十六分左右報警。救護人員抵達現場時，她已無生命跡象，推測死亡時間為凌晨二時三十分左右。

成長過程及性格傾向：自殺者（李華娟，六十五歲）平時與家人之間的關係良好，尤其與丈夫感情融洽。她在三男四女中排行家中老三，國中畢業後便進入工廠裡工作，二十歲時透過介紹認識了丈夫，並於二十一歲結婚。除此之外，童年時期無特殊經歷，雙親均因年邁而過世。丈夫是公職人員，自殺者則是家庭主婦，夫妻關係和睦，幾乎沒有衝突。丈夫退休後，兩人靠著國民年金在仁川的自宅裡生活。根據推測，死者自殺時，並無足夠的經濟能力可以支援委託人的兒子（金南振，三十五歲）結婚生子及創業。

壓力來源：自殺六個月前，她在大學醫院診斷出卵巢癌第三期，並被告知能痊癒的機會渺茫。爾後，這項事實僅丈夫知曉，並未告知委託人。自殺三個月前，死者食量明顯減少，活動量下滑等，開始出現憂鬱症狀。曾因承受身體的劇烈疼痛而痛苦哀號。由於該疾病的特性生存率低，推測她是因此而罹患急性憂鬱症，並且因經濟問題選擇拒絕接受治療。平日她經常向丈夫提及「孩子們就拜託你了」等，帶有自殺暗示的話語；對家人懷有深厚的情感，自幼便表現出對家庭的犧牲奉獻態度。由此推測，她應該是難以向子女坦白自身病情，也難以開口提出需要經濟支援的性格。

最終結論：推測是在自殺六個月前，被診斷為卵巢癌第三期以後，便對難以痊癒這件事感到悲觀。在經濟條件難以支撐治療的情況下，身體、精神上的痛苦帶來了極大壓力。此外，會對家人造成困擾麻煩的那份愧疚感，同樣成了壓力來源，最終走向自殺。

預防計畫：為預防高齡人口自殺，須正視老人自殺的問題點，尤其本案屬於需要積極的醫療介入，包括精神科引介及醫療費支援等相關政策，提供必要的幫助。

〈附件　訪談一〉、〈附件　訪談二〉、〈附件　醫療紀錄〉、〈附件　驗屍報告〉

＊

隨著風向轉變，迎來了沒有霧霾的晴朗天空。委託人為了聽取心理剖檢結果，來到了心理中心。芝安同樣光憑腳步聲，就聽出了是委託人，連忙噴了一下空氣芳香劑，然後整理了一下衣服。委託人金南振坐在大廳的沙發上，直到芝安端上茶水招待後，才正式開始交談。

「好久沒有這麼好的天氣了。」

「是啊……」

「這段時間心情如何？」

芝安才剛問完這句話，委託人便潸然淚下。成年人在別人面前流淚的情況其實十分罕見，但在這裡，卻是常有之事。我待在角落，靜靜地聆聽他與芝安的對話。

「我太驚訝了，沒想到竟然有這些事……就只是……有些……混亂吧。」

「這份是心理剖檢報告。」

芝安將自己親手寫的心理剖檢結果遞給了他。相佑說過，心理剖檢報告是屬於芝安的工作內容，儘管如此，列印時忍不住看了內容也是人之常情，畢竟芝安到最後都沒有與我分享她與金漢武老先生見面的事情，所以自然會好奇這份報告結果。

「母親……母親她……」

委託人雙手拿著報告書，努力壓抑著哭泣，但豆大的淚珠還是一滴滴掉落在紙上，我從遠處都能看見報告書在逐漸被浸濕。芝安面露出能夠同理的憐惜表情，有別於面對我時的那種冷酷表情，甚至溫柔地說道：

「您的母親應該是覺得病痛太折磨人了，她只是不想要成為家人的負擔。」

「媽……」

委託人淚流不止。失去家人，是如此令人悲痛欲絕的事情嗎？我曾經也經歷過家人離世，但是早已徹底忘記當時的悲傷，或許當時的我是驚訝多過於悲傷也不一定，然而，芝安似乎清楚記得那天，因為她此時此刻就是在用那天的眼神與委託人一同悲傷。在瀰漫著無限憂傷的空氣中，又傳來了另一人的腳步聲。

喀啦。

隨著大門被打開，感覺空氣在室內繞了一圈。正當我轉頭想要確認是誰來訪時，看見了金漢武老先生的臉龐。我對於他突如其來的到訪感到驚訝不已，而看見他的委託人表情更是驚訝得說不出話來。

「……！」

芝安彷彿早已知道這件事似地，走上前攙扶老先生，並將他帶到委託人身旁坐下。儘管老先生坐在自己兒子旁邊，他那僵硬的表情依舊毫無變化。他為什麼會來這裡？怎麼來的？正當我和委託人都愣住想要確認情況時，芝安開口做了說明。

「是我請老先生來的，總覺得兩位要是能好好聊聊應該會滿好。」

老先生是連兒子的臉都沒看一眼，委託人似乎也不希望自己痛哭流涕的樣子被父親看見。我對於芝安究竟是如何將老先生帶來這裡感到訝異，並繼續默默地觀看他們。

「現在，我們要來進行最後一場心理剖檢訪談。」

「不是已經結束了嗎？」

委託人稍微驚訝地反問。而這也是我負責的第一起案件，所以實在摸不透芝安究竟是以什麼心情說這種話。芝安面帶微笑回答：

「放心，接下來的談話我們全程不會錄音，也會做到絕對保密。我們要來談談關於李華娟女士的事情，和您的父親一起，老先生，沒問題吧？」

委託人僵硬地轉頭看向父親，老先生微微點頭。也許是固執的父親突然流露出較為溫順的一面，兩人有些尷尬，稍微背對著彼此。芝安彷彿連這樣的畫面也早已預料到，態度自然地用訪談的口吻向兩人提問：

「李華娟女士生前是一個怎麼樣的人呢？」

「……」

「她是個好妻子，她做的大醬湯最好喝，因為是自己手工釀製的大醬，特別香，她不會特別放什麼進去，但一定會放小蝦米。她知道我愛吃她煮的大醬湯，所以每年生日都會用這鍋湯來代替海帶湯，就算生病也堅持下廚。她剛嫁來時，廚藝不太好，可能對此感到挫折吧，就開始到處學做菜。我很喜歡她認真努力的樣子，所以每天下班就會打電話給她，問她今天晚餐煮什麼……」

「爸……」

委託人怔怔地望著他，滿臉錯愕。或許是因為他不習慣看到父親如此溫柔地談及母親，也不曉得過去這些日子他究竟經歷了什麼，和芝安見面的那天又發生了什麼事，但他絕對有所改變，這點是連我也都能感受到的。

「南振先生，也麻煩您回答吧。」

委託人猶豫了一會兒，父子倆依舊微微背對著彼此，他的表情也顯沉重。然而，過不久，委託人還是開了口：

「母親……我媽……她是……其實我也很喜歡她煮的大醬湯，滿喜歡的，很喜歡，可是因為經常煮……我生日的時候，其實想喝別的湯，但每次都還是只煮大醬湯，所以我一直不明白為什麼……原來是因為父親。」

儘管委託人淚流不止，還是露出了淺淺微笑。老先生偷看了兒子一眼，然後緩緩移動布滿皺紋的手，小心翼翼地輕放在兒子的手上，彷彿不需要再多說什麼似地，只剩無聲的淚水不停地低落在手背上。

「請問讓您印象最深刻的回憶是什麼？」

「嗚……嗚嗚……小時候和爸爸三個人一起去露營時……父親生火，母親帶我去溪邊玩水，當時的水太冷了，我冷得直打哆嗦，然後又跑去火堆旁取暖，暖和了再跑回去玩……。母親……我媽，她當時看起來真的很幸福……」

「……」

「那老先生，讓您印象最深刻的回憶是什麼呢？」

「我第一次見到她時，她漂亮極了。年輕、充滿活力，笑起來眼睛會彎彎的，回到家還是會難忘她那張笑臉，我心想，真希望能一輩子看她那張笑臉……」

「沒錯，媽媽笑起來眼睛就像彎彎的月亮。」

芝安靜靜地坐在位子上聆聽，她沒有打算繼續提問，而是想要靜靜看著他們父子兩人。我也屏住呼吸，默默注視著他們的一舉一動。空氣中瀰漫著一陣尷尬的寂靜，然而，再過一段時間，他們兩人開始緩緩展開對話。

「媽不是有個習慣嗎……哈哈笑的時候都會拍打周圍的人……所以您每次都在

她旁邊挨打。」

「是啊。」

「即便挨打，您也還是喜歡嗎？」

「是啊。」

這下我才終於明白，為什麼芝安要找老先生來了。對他們父子來說，重要的不是她用什麼方法死亡，而是好好回顧她究竟過了怎麼樣的一生。所謂哀悼，是接納死者的人生，並且消化的過程。他們需要的是好好坐下來聊聊她生前的生活，並藉此談心，這便是接受的階段，芝安早就知道這是必經的過程。

父子倆聊了好長一段時間，老先生的一隻手依舊放在兒子的一隻手上，直到對話快要結束時，委託人小心翼翼地移動了另一隻手，輕放在父親的手背上，然後低頭再次痛哭許久。

「以後……以後不要再去那麼遠了，就算繼續住在那個房子裡，也要經常和我們碰面。」

「好。」

兩人心中交雜纏繞的線似乎終於解開了，彼此交換著承諾，而看著這一幕的芝安臉上浮現出一種堅定的信任——透過他們的對話模樣，相信他們可以用自己的方式解開他們往後的心結——只要有這份信任就足夠的表情。

「回去路上小心。」

芝安起身送他們離開，進來時，是她攙扶著老先生，但出去時，是委託人攙扶著老先生離開。我默默坐在原地，目送他們離去。等他們的身影漸漸遠去，我才轉頭望向窗外，看見萬里無雲的藍天下，一名老人被兒子攙扶著，緩緩前行的畫面。他們的肩膀上也和芝安一樣背負著死亡與悲傷。我突然問芝安：

「心理剖檢本來就是做這些事情嗎？」

「這的確不是常見的案例，但從根本上來說，就像你之前說的，我們的工作不就是要讓留下來的人心裡舒服一些嗎？幫他們找出死者的自殺原因、制訂預防自殺計畫也都是為了這個目的。怎麼了？現在才有真正在工作的感覺嗎？」

「也不是……」

「但至少，他們能這樣解開矛盾，已經很幸運了。」

芝安伸了個懶腰，表情依舊淡然。我反而心情變得更加沉重了，原以為只是行政庶務的工作，沒想到竟隱藏著一份重擔，而這份重擔原來一直都是芝安獨自一肩扛著，這讓我產生了不同於平日的情感，雖然不明確，但彷彿有什麼東西壓在心口上的感覺。

芝安是不是一直在面對我不願去用心觀看的世界呢？而那個世界，究竟又是什麼樣的世界？

*

我找到那份文件約莫是在一個月後，那天芝安因為出差而沒有在位子上，我正在處理錄音檔案，將其整理成逐字稿。正當我專注聆聽時，辦公室突然「啪！」一聲斷電了，當電腦重新啟動時，我辛辛苦苦整理的逐字稿也早已消失無蹤。

「啊……」

我快速動腦思考，要重打逐字稿還是想辦法把檔案救回來？比起老老實實地重來，我更擅長投機取巧，所以決定想盡辦法也要把遺失的檔案找回來，於是開始仔細翻找所有雲端暫存資料夾，過去在職場上學到的修復遺失文件能力多少派上了用場，最終，在堆滿錄音紀錄與錄音檔的備份資料夾裡，發現了一個只有用數字標示沒有標記事件名稱的檔案。

2023.05.13.01:48

這裡的所有檔案一直以來都是以案件名稱來標示，這是芝安嚴格制訂的規則，可是竟然還會有這種沒有名稱只有數字的檔案，數字應該是代表日期和時間，五月十三日……五月十三日，我努力回想是什麼日子，啊，電話，我立刻翻找手機通話紀錄，原來是那天凌晨，芝安突然打電話給我，說她已經與金漢武老先生進行了訪談，並且要自行整理諮商紀錄，沒有要我幫忙處理。難道是她的失誤？我為了將這份檔案重新按照事件名稱做分類，於是將其恢復，然後點選播放，雖然錄音品質不佳，但至少還是能聽得出老先生和芝安的說話聲。

「我想要和您聊聊關於李華娟女士的事情。」

「沒什麼好說的。」

「您難道不想聽聽看她最後留下的話嗎……？」

他們沉默了一段時間，我屏氣傾聽，接下來聽見的是芝安的說話聲。

「根據我們的調查結果顯示，李華娟女士的名字沒有申請過任何安眠藥處方，但是您的名字有申請大量的安眠藥處方，而驗屍結果報告是說，李華娟女士自殺當時體內有驗出大量的安眠藥……。」

「……」

「我們不是要來追究誰對誰錯，也不是要責怪任何人，我們只希望能了解真相，幫助您度過一場健康的哀悼過程，會幫您保密的。老先生，但麻煩您也幫我保守個秘密，我有個方法，可以讓您聽見李華娟女士的最後心聲。」

「妳說什麼？」

「根據我們的調查結果發現，李華娟女士留有一封遺書，您和我親自去一趟就能閱讀。」

爾後，錄音檔裡傳來了窸窸窣窣的聲音，接著是一陣汽車引擎聲響，芝安似乎是帶著老先生前往某處，接下來同樣是一陣雜音，兩人應該是有交談，但聲音不清楚，所以不確定在談什麼內容，直到比較能分辨出確切的聲音時，才聽見一名陌生女子的說話聲，那不像是在同一個空間裡的說話聲，更像是提前錄好的聲音，時而尖銳又時而低沉的音質。

南振爸爸……雖然我沒什麼能留給孩子的……但……謝謝你能理解我的心情……我真的很幸福。你總是牽著我的手，每次和我一起吃晚餐，都會讓我感到無比安心……我們只有一個兒子……但還是……很可靠……卻也很害怕，怕只剩下你一個人，但……你還是得陪著他，連我的部分也一起……我先走了……你慢慢……慢點再來牽我吧。

聲音變得只能聽見一半左右，難道是芝安背著我自己找到了她生前錄的最後一段話？還是將她生前使用的手機修復好，發現了這個錄音檔？這段話又是什麼意思？雖然我內心充滿疑問，但是又不能對著錄音檔提問。後來檔案中傳來的是芝安的聲音。

「這是李華娟女士生前的最後心聲，希望您能了解的心聲。她是為家人做了選擇，所以也麻煩您，為了家人，告訴我吧。說不定李華娟女士真正希望的，並非您現在這個樣子也不一定。」

明明只是錄音檔，卻充斥著緊張感。芝安也像是在漫漫等待對方回答的樣子。直到過了約莫五分鐘後，老先生才用顫抖的聲音把當時發生的事情一一說了出來。窸窸窣窣的聲音減少了，說話聲則變得更清楚了。

「兒子結婚了，孫女也即將出生，結果妻子被診斷出了癌症，不可能痊癒的癌症。我勸她動手術，每天勸，跟她說也許能活得下來，說不定可以痊癒，但是她說，我們都已經活得夠久了，難道要為了活下去而搞砸孩子正準備起步的人生嗎？因為手術費用真的非常可觀。結果妻子身體越來越差，變得越來越瘦，整晚都飽受痛苦折磨，捂著肚子哀號，光是在一旁看她那個樣子都很難受，甚至希望自己可以代替她痛，但是又束手無策。最終，我只好提議和她一起死，我也一起死，把這房子給孩子，我們兩個一起死掉算了！」

「……」

「可是……可是她哭著說，孫女出生總得有個爺爺，就算沒有奶奶，也要有爺爺才可以，總得有個人能告訴孫女，奶奶是個怎樣的人、妳爸小時候怎樣怎樣的，所以叫我要代替她好好活著……說這是她死前的最後心願，拜託我讓她放心離開，叫我好好活著……」

「所以那天的事情是……」

「我看也沒有隱瞞的意義了，我就坦白對妳說吧。」

我屏住呼吸，等待下一句話。

「是我殺了她……」

「什麼……？」

「是我殺了她……」

「……」

「那天凌晨，妻子把我收集的安眠藥吞了下去，然後凌晨時分，在她最熟睡的時候，我綁好繩索，把妻子拖了過去……那是她的請託，她說她希望可以在熟睡中離開……妳可知道，親眼看著自己的妻子逐漸失去心跳的心情？」

「所以，您不願意與兒子談及妻子的事情，也是因為……？」

「我是殺死他母親的人，還有什麼臉和兒子談她。我感到害怕也擔心，每次只要兒子提到她，我就被罪惡感搞得快要窒息，因為會老是想起妻子死去的畫面，簡直快要瘋掉。我是個連當爸爸資格都沒有的人。」

「您希望我怎麼做？」

「妳請便吧，我已經放棄一切了。」

聽完這段對話，我發現的確自己不知道這些事還比較好，芝安那天凌晨打電話問我，或許也是因為不曉得該如何處理這個真相，儘管如此，她還是在心理剖檢結果報告上做出了「因急性憂鬱症導致自殺」的結論，我試著揣摩她這麼做的用意，其實她做了選擇，究竟什麼才是真正為他們父子兩人好的事情。

芝安出差結束回來時，我有許多問題想問她。關於那天說的話、那天的真相，但因為什麼都問不出口，最後只問了她一個問題。

「李華娟女士的自殺案件，當時妳是怎麼說服金漢武老先生來我們中心的啊？」

芝安回想當時，再次面露苦笑。她似乎並沒有發現我已經找到了錄音檔，把後來的事情說給我聽。

「我當時拜託他，請他和兒子說說話，告訴他我想要幫助留下來的人可以好好活下去。你當時不是也說，我們的工作就是讓留下來的人心裡舒服一些嗎？」

「是啊。」

雖然我還有滿腹疑問，但對於芝安來說，當時那件事是不能存在的，比起芝安究竟是用什麼方法傳遞死者的最後心聲，更重要的是相信芝安，相信她的選擇——知道活著的人的心聲更為重要。我將復原的錄音檔徹底刪除，從此以後不會再有任何人發現。然後當我再次看芝安的臉時，竟自然地流露出與她相似的苦笑。

當我準備確認檔案是否已經徹底刪除時，我看見了一通未接來電顯示。

老媽

這也是不能對芝安說的事情之一。

第5章

徹底崩潰時

「芝安，妳也試著重新堆疊吧，
就算推倒一切、墜入深淵，也試著重新來過吧。
因為『現在』才是我們應該身處的地方啊。
像現在這樣互相問候、回答、對話，
現在這裡才是我們該生活的地方啊。」
「原來……你知道。」

> 二〇〇八年十二月十四日，下午六時四十六分左右，接到附近居民的報警後，緊急出動救援。抵達現場時，有人正站在八層樓建築的頂樓陽台護欄上，報案人為路人，向警方表示有人似乎有跳樓的意圖。隨後增派的救援人員到場，與意圖輕生者對峙約莫三十分鐘後，終於成功說服對方打消跳樓念頭。隨後對其進行了保護措施，並送往鄰近醫院。因意圖輕生者不願透露監護人相關資料，故按照相關程序進行了緊急住院處理，並請求當地精神健康福利中心進行後續對接、同步當事人相關資訊。經確認，無其他額外報案紀錄，卻也未查獲當事人的紀錄及監護人資料。〔〇〇派出所出動警察紀錄〕

是不是無論多麼精心維護建築，終究仍敵不過歲月的侵蝕？原本白皙光滑的窗框，如今已經變得斑駁泛黃。紗窗的各個角落布滿了灰塵，灰塵多到讓人猶豫該不該敞開窗戶的程度。不過，在這間四人安寧病房裡，所幸母親的床位剛好是位於靠窗的位子，與其說是為了母親，不如說是為了在這裡陪伴她的我。

咻咻——母親的支氣管彷彿也被歲月侵蝕，呼吸聲變得不太順暢，鼻下輕輕架著的氧氣管也使人顯得更加虛弱。雖然我每次都是以照顧母親的名義來這裡，但其實已經幾乎沒有我能做的事了，因為母親再也無法開口說話。現在，我在這裡的理由，彷彿只剩下陪伴那不順暢的呼吸聲，直到它停止為止。如果這不是一種錯覺，而是事實的話，我將再也無法離開這張狹小的看護床了吧。

母親被醫生宣判來日不多至今也已經半年多了。本來應該要對於這樣的結果感到意外才對，但坦白說我並沒有特別意外，因為我早已看過父親過世前的模樣。父親死於心肌梗塞，那天，他喝得醉醺醺，突然說自己頭暈，後來就突然倒下，從此永別。當時，我看見了死亡的氣息，看見緩緩籠罩著死亡的人，渾身散發著什麼樣的氣息。當母親開口說要去醫院檢查時，我再次感受到父親過世那天的氣息，也許在檢查結果出爐前，我就已經預見了死亡。

「大概只剩下三個月的時間了。就算現在看起來沒事，也會突然急轉直下。」

醫生說完，就直接推薦母親入住安寧病房了。這聽在我耳裡比較像是叫我們不要以痊癒為目標了。我別無選擇，醫生說的話彷彿成了全世界，守護母親的最後一程也說得像是子女的責任一樣，所以我連心理中心的工作都放下了。自從母親住院後，我的人生彷彿成了她的人生，明明我們又不是多麼親密的母子關係。

「妳已經很棒了。」

我輕輕把手放在母親的額頭上，低聲說道。母親的體溫比我低一些，照理說，生病的人身體會發燒才對，可是母親的身體卻在一點一點冷卻的感覺。母親似乎是在表示，醫生說的話並非絕對，所以硬撐了六個月，而非短短三個月。然而，時間不停流逝，最終也走到了盡頭。

＊

「最近過得如何？」

面對這個人也已經幾乎快要十年了吧，準確來說，應該是七年多一點點。原本每週都會見一次面的她，如今變成了一個月才會見一次面聊聊天的關係。溫和的表情和深邃的眼神，無論聽到我說什麼都不會輕易動搖的那種堅毅，每當我看到她這些特質的時候，都會覺得她果然非常適合從事心理諮商師這份職業。儘管我對她有諸多不了解，但她幾乎知道我大部分的事情，當然，僅限於我與她分享的範圍內。

「一如往常，大部分都在陪伴母親，偶爾去心理中心幫幫忙。」
「母親的狀況如何呢？」
「應該時日無多了吧。」
「相佑，那你呢？你自己的心情如何？」
她熟稔地轉往我的內心挖掘。這一直是她一貫的諮商風格，先問候近況，再不經意地探詢內心狀況。我微微一笑，回答：
「沒事的，這次和當時不同，至少有足夠的時間做心理準備。」
「但我還是有些擔心，畢竟在發生那起事件前不久，你的父親就過世了。雖然你一直說不影響，但我始終認為，你的潛意識裡或多或少還是有受到父親離世的影響，當然，雖然已經過了好長一段時間。」
「真的沒事，當時怎麼說呢……因為那時候還年輕吧，現在的話，我會希望他們兩位都舒服就好，不管是在這裡，還是去到另一個世界都是。」
她的眉毛微微垂落，神情更顯擔憂。我心想，她真的是一個非常溫暖的人，光是和我見面都能流露出如此真誠的表情，也不愧是優秀的諮商師，她再次關心起我的心理狀態。

「如今回想，父親的離世對你來說是什麼樣的意義呢？」

「與其說是悲傷，不如說是震驚與錯愕吧。就是在那一刻……我真正明白，原來我們每個人都會死，包括我自己也是，總有一天都會離開人世。」

「你有對此感到焦慮不安嗎？」

「諮商師。」

我默默注視著她。儘管我不確定自己是用什麼樣的眼神在盯著她看，但她似乎是將不知所措的部分藏了起來，繼續故作鎮定地看著我的眼睛。我緩緩放鬆表情，一派輕鬆地說道：

「畢竟都已經過了那麼久時間，很多事情也都變了。」

「的確，可能是我擔心太多了。」

她似乎有些尷尬，露出了一絲微笑，便不再繼續追問下去。由於我也有學過心理諮商技巧，所以清楚知道面對過去的必要性，而身經百戰的她，似乎也深諳有時候是需要等待的。我們簡單聊了幾句今天將進行哪些事，然後在諮商時間快要結束時，她再次直擊了我的內心深處。

「陪伴母親的這些日子裡，你最常在想什麼呢？」

「窗外的天空。」

「……」

她沒有追問背後的意涵，或許是出於對我的體諒，也或許是因為我們認識的時間夠長，所以已經無須多言。

＊

雖然我買了一輛中古車，主要用於往返住家和醫院，但是每次來這裡，我都還是會盡量選擇搭乘大眾交通工具，與其說是因為停車不便，不如說是因為過去三年間，我都是搭大眾交通工具來這裡，所以早已習慣了。雖然既麻煩又費時，但在公車轉搭地鐵的路上，會讓我感覺自己依然有在做點事情，讓我知道母親並非我的全部，我還有很多事情可以做。而這種心態對我來說至關重要，所以有時甚至還會希望地鐵永遠不要到站。

「氣氛怎麼又變成這樣？唉，果然不能沒有我。」

一推開心理中心大門，我馬上就能感覺到，在我抵達這裡前是什麼樣的氛圍。

沉悶感瀰漫在空氣中，看來芝安和志勳哥依舊沒有打算關係變得要好，因為都沒有人主動開口搭話或寒暄。

「相宇，你來了啊？」

芝安一見到我，表情就瞬間和緩放鬆許多，臉上也浮現歡迎的樣子，但不曉得是因為見到我，還是因為有人打破了這份沉悶，抑或是兩者皆是的緣故。志勳哥也嘴角上揚，向我打招呼。起初我還認為他是個不擅長表達情感的人，但相處久了以後發現，他其實是個情緒起伏不大且坦率的人。

「這次的案子處理得怎麼樣呢？」

「多虧相佑你的幫忙，這次也有順利度過。」

「是大哥你很能幹。芝安，妳要多認可大哥的表現啊。」

我豪爽地笑了，芝安見狀也噗哧一笑，看向志勳哥。當兩人對到彼此的視線時，迅速移開了目光，志勳哥看向電腦螢幕，芝安則是看向我，我不禁心想，看來最後需要交接的事項大概只剩如何與同事好好相處了。畢竟精通財務會計的志勳哥，在工作處理上幾乎沒有需要補充的地方，而年初那些堆積如山的支援計畫書也都已經順利完成。

「哥，你的培訓課程應該快結束了吧？」

「嗯，只剩最後一項了。」

「看來只差最後請家屬簽同意書的環節了，能做到這件事就完全是這裡的一員了，大哥，你要填賣身契了啦！」

「那我會替你留個位子的。」

芝安突然插話，表示現在所有案子都已經進入尾聲，還要留什麼位子給我。但我知道她說這話的意思，叫我不要去太遠、離開太久的意思。

我突然察覺到，他們該不會都把我當成了需要擔心的對象，於是我露出了一派輕鬆的笑容。

必須在晚餐時間前趕回醫院的我，確認了志勳哥撰寫的事業計畫書與報告格式，然後將必要的部分做了修改調整。坦白說其實也沒有什麼需要修改的，但既然都來上班了，就帶著還是得做點事情的心態，盡量把一些需要多加留意的事項做了提點說明。大哥沒有面露任何不悅，只有不停點頭。他只是比較寡言，但並不是個難相處或冷漠的人。從這點來看，會覺得不愧是和芝安流有相同血脈的手足。

工作接近尾聲時，我回到自己的座位上，做最後的確認。書桌是雙臂張開的寬度，上面擺著一台電腦和螢幕，我本來整理保管好的文件，也早已搬移至志勳哥的位子上。我輕輕將手放在桌面上，可以感受到無生命物體的冰涼感。我抬起頭，轉頭望向窗邊，映入眼簾的是乾淨無瑕的窗框。儘管這棟建築已經老舊，但是在重新裝潢時每一扇窗戶也都有一併更換過。我想起當初和芝安一起重新裝潢這裡的時候，我們一一挑選辦公設備與裝潢配色，還一起布置茶水間，挑選適合這個空間的香氛等。假如當初沒有更換窗戶，那些回憶應該也會變得遙遠、模糊。想到這裡，我突然感到有些慶幸。

「那我就先回去嘍！兩位試著再要好一點吧！」

「所以需要相佑在這裡啊！」

「芝安！妳打算依賴我到什麼時候？」

「拜託你啦。」

芝安用輕鬆的表情說道。我很喜歡芝安說這句話，儘管是我該做的事情，無論是多麼小的事情，芝安總是不會忘記對我說一句「拜託你啦」，這可能是基於對我的禮貌，也可能是她本來就有的習慣。但無論如何，每當她這麼說的時候，我都會感到舒服自在，因為我從很久以前，就一直想要有一個屬於我的容身之處。

「那我先走了喔～」

「下次見。」

志勳哥也順勢向我道別。下次見，不知為何，這句話帶著確信還會有下次的感覺，不禁讓我感到有些難過不捨，明明只是剎那間的感傷，卻在我走下樓梯時，聽見了跟在身後的腳步聲。是芝安。

「相佑！」

「嗯？我有忘記帶什麼東西嗎？」

「不是……」

芝安靠近我，壓低音量詢問。當她靠近我時，我才意識到原來她比我想像中還要矮小。

「伯母還好嗎？」

「啊，沒事的，謝謝關心。」

「那你呢？」

「……」

我看著她的表情，彷彿心裡的瘀青緩緩擴散，隱隱作痛。怎麼今天大家都在問我好不好，我明明沒事啊。她的表情太過真誠，讓我實在無法對她說謊。我好不容易在真心與不完全真心之間，選了一句模稜兩可的話回答。

「不完全只有悲傷，因為她……已經承受了足夠多的痛苦。」

「我希望這句話是真心的。」

芝安說道。她希望是真心的，我不能說這不是真心，但如果是真心，那我的心裡就不應該有別的情緒才對。所以瞬間，我突然懷疑，這句話也很可能並非真心。明明我已經對自己、對周遭人說過這句話很多次了。

*

「媽，現在還痛嗎……？」

晚上九點，在熄燈的病房裡，我悄悄地問母親。連眼睛都睜不開的母親，現在是在作夢嗎？她能聽見我說話嗎？假如她聽得見這句話，那在夢裡，年幼的我會不會正在問她「媽媽，痛嗎？」她看著夢裡的我，會不會感到難過呢？我感到擔心，所以沒有再說話，只是默默望向窗外。夜晚的天空比熄燈後的病房還要明亮，大樓燈火間的藍灰色天空，被紗窗遮住看不清是否積有的雲朵，儘管是如此模糊不清的窗外，有些時候卻成了我最大的安慰，因為我住院時看出去的窗戶也是如此模糊不清，而在這層模糊不清之外，不停變化的世界和天空在告訴我——時間，終究會流逝。

*

我不知道自己為什麼想死，腦海中不停浮現的是死亡的模樣。難道是父親倒地不起的那一刻，渾身散發的死亡氣息纏上了我？自那天起，我不斷想像著自己的死亡。不只是我，所有人的死亡畫面也老是在腦海裡揮之不去。有時我會害怕，有時我會不安，但我也並不是因為承受不住父親離世的悲傷而想死。究竟為什麼想死，這個問題我也問過自己數百次。

當思緒終於安靜下來時，我已站在頂樓陽台的護欄上。我俯瞰下方，確認究竟有多高，柏油路上寫著的人行道標示可以讓我目測高度，因為平常行走時不會去特別注意的文字此刻都變小了。於是我緩緩抬起頭，藍天正緩緩退去，開始泛著黃昏的色彩。真美啊……原來是個美麗的世界。

站在護欄上的我，全身僵硬，身體的感覺彷彿與思緒一起消失，無法按照自己的意志動彈。就如同在游泳池準備跳板一樣，只要邁步向前走，彷彿下樓梯一樣，稍微挪動一下身體就可以了。然而，無論我多麼努力，身體還是像扎了根的石頭一樣，一動也不動。儘管我不曉得在那裡站了多久，但從遠處還是傳來了警笛聲，有人報了警。

我原本打算跳下去的地方正在安裝防護設備，而另一隊人馬則是為了說服我不要跳下去，正急急忙忙地趕來頂樓。救難人員與警察彷彿組成了一支隊伍，大約有三人站在了我的身後。這時，唯一能移動的只剩下我的脖子。我低頭俯看了腳下一眼，再次抬頭望向天空，然後緩緩回頭看，從救難隊員的神情中可以看見籠罩著一股緊張氣息。

「同學，你能先下來好好聊聊嗎？」

身穿救難人員制服的人，小心翼翼地與我保持著距離，聲音微微顫抖地對我說道。我不明白究竟是什麼讓他們變得那麼緊張。難道是怕我跳下去？怕我死掉？可是這和他們又有什麼關係呢？然而，他們卻拚了命地保持冷靜，不惜用一切話語來試圖勸阻我、說服我。

「你還能動吧？只要往後退一步就好，你先從那邊下來，下來後不管你說什麼我們都願意聽。」

他們眼看我不發一語，只有盯著他們看，於是又繼續說道：

「還是你現在身體動不了？需不需要幫忙？」

「不用。」

「你先……先從那裡下來，我們好好聊。」

「不用。」

我們重複說著一樣的台詞。他們一遍遍地說著「你先下來」，而我則是一遍遍地回答「不用」。就在這段僵持不下的期間，我原本打算掉落的地方早已安裝完所有防護設備。於是我心想，看來要再往前一步才行。然而，我的身體反而是往後退一步的。

當我走下欄杆時，他們一群人迅速地蜂擁而上將我包圍，一年的最後一個月，也不曉得是不是因為天氣冷的關係，他們竟然用毛毯將我裹住。當我的身體被薄薄的毛毯包裹住的時候，意想不到的溫暖突然竄升上來，這下我才意識到，原來自己的身體正在不停顫抖。

「你為什麼會爬上去那裡？」

所有人都在問我，用毛毯裹住我的救難人員、詢問我名字和電話的警察、移送至醫院時見到的醫生、被強迫住院時負責處理我的醫療人員、住院後前來找我的母親，所有人都在問我這個問題，為什麼要爬上去？他們每個人都以為，我有個想要尋死的理由，但其實我的理由很簡單。

「因為想法太多了，我什麼事情都不想做。」

每個人都不相信我的回答。醫生不斷地詢問我幼年時期的經驗，包括學生時期的校園生活如何？書讀得如何？和父母的關係如何？等等……然而，我並沒有什麼特別的，就只有在想法變多前的兩個月父親剛好過世，當我說出這件事情時，大家彷彿終於找到理由似地，開始追問起關於父親的事情。不過，我無話可說，因為和經常出差的父親一點也不熟，面對他的死亡也沒有特別憂傷。

沒理由。

他們都不相信，不相信我只是純粹老是想到死亡而已，就只是想要拋開腦海裡的所有想法而已，就只是想要死掉而已。不相信這些理由的人告訴我，我需要住院。自那天起，他們便決定將我送進精神病房，藉此取代對我採取保護措施，然後那些不相信我的醫療人員也不允許我出院。就這樣，從十九歲到二十歲的新年第一天，我都是在醫院裡度過的。

朋友們現在應該都在瘋狂喝酒吧。

二十歲前夕，病房熄燈後，我久久無法入睡，只能躺在病床上。在沒有一張布簾的精神病房裡，我的一舉一動都能被所有人看到，所以只能裝睡。唯一能做的事情只有微微睜開眼睛望著窗外。位於高樓層的病房窗戶還裝了鐵欄杆，防止有人跳下去，門也只能開到手掌大小的縫隙。這是一間老舊的大學附設醫院，牆壁到處皆已泛黃，窗戶也不是很乾淨。然而，當我凝視天空時，偶爾會產生一種錯覺，彷彿眼裡只有天空，那些鐵欄杆、污漬、灰塵全都消失不見一般。可是只要眼睛稍微一放鬆，布滿灰塵的鐵欄杆就又會遮住天空。我所在的地方是精神病房，不僅不能在院內自由走動，就連醫院外都出不去。與其說是無法出去，這句話的意義更貼近於會有好長一段時間看不見清楚乾淨的天空。

二十歲……

超過深夜十二點鐘的時候，我暗自心想，這是二十歲的第一天，醫院裡不會有人給我祝福。外面一片漆黑，病房裡還稍亮一些，因為小夜燈總是開著，如果太暗會難以確認病房內部的緣故。我反而希望病房內是全暗的，這樣還能讓夜空顯得相對明亮。

三個月後，在我出院的那天，母親遞了一束花給我。她的眼神混合著堅定與不安，她確信我再也不會回到這個地方，卻又擔心萬一有一天再次回到這裡。久違穿上的便服已經夠彆扭了，手裡還捧著花，簡直加倍尷尬。母親說道：

「畢業快樂，兒子。」

那天，已經是畢業典禮結束後一週，因為住院，導致無法參加學校舉辦的畢業典禮。朋友們找過我，我卻以急性闌尾炎住院為由，隱瞞了自殺未遂而被強迫住院的事實。我的智慧型手機只有在特定時間才能使用，所以當我打開手機時，朋友們已經傳來無數張畢業照。看著那些照片，我有一種彷彿獨自被困在另一個世界的感覺。

我身穿便服、捧著母親送我的花，尷尬地走出醫院，這成了我獨自一人的畢業典禮。邁開步伐走出原本出不去的病房、搭乘電梯走出醫院抬頭仰望、看著一望無際毫無東西阻擋視野的完整天空，這些，都成了我永生難忘的畢業典禮。

*

「你真的打算雙主修嗎？」

我系上的同學問我。考上經濟系以後，我決定雙主修心理系，這並不是因為我想幫助他人，而是純粹想要了解我自己的內心。明明能和人們開朗相處，另一方面卻又每天在腦海中浮現死亡的念頭。酒局結束後，獨自回家的路上，我總是會被傾盆而下的複雜情緒搞得自己狼狽不堪。當時，我明明隨時可見晴朗無瑕的天空，我的內心卻像是透過布滿灰塵和污漬的窗戶在看天空的感覺。

我的大學生活忙碌而充實，無關乎我的內心感受，充滿著需要聆聽的課程與需要完成的作業。心理學課程雖然有趣，但無法提供我解決對策，況且，我也沒有多認真學習，有空就和朋友們鬼混、喝酒，宿舍的門禁時間也常常被我拋諸腦後，徹夜喝酒的日子接連不斷。

我想要徹底忘記，忘掉母親的眼神，也忘記那三個月的住院生活，還有爬上頂樓陽台欄杆俯瞰的那條柏油路。所以畢業後，我以找工作的名義選擇前往首爾。雖然心裡也會掛念母親，把她一個人留在家裡總是不太放心，但我也別無選擇。母親沒有多說什麼。

「別擔心，我可以的。」

「……」

「相信我，拜託妳相信我。」

我把母親的信任當作武器，逃離了那個地方，去到一個無人知曉我過去的地方，充滿新面孔的地方。我並沒有什麼雄心壯志想要展開所謂的新人生，只是想在一個全新的環境裡，告訴別人自己也是二十歲喝酒、畢業典禮有收到花束，而其他人也不疑有他的全盤相信了我說的話，畢竟也沒有任何可疑之處。

結果到首爾的目的——找工作，整個被我拋諸腦後，每晚我都流連於不同餐酒館，不是獨自一人，而是和一群人一起。我對任何人都很親切，相處融洽，笑得也很自然，無論任何場合，我都能輕鬆融入，那種被接納的感覺成了我的慰藉。我開始相信，自己是有歸屬感的，自己可以融入任何團體、任何地方。然後那份渴望又慢慢變成了我自己，希望能讓人覺得我是個隨和、容易親近的人。

「相佑這傢伙，真的是去到哪裡都不能少了他欸！」

「哎呀，所以這是誇獎，對吧？」

「欸！有你在真的很好！」

我身邊的人雖然沒有認識我很久，但他們總是能輕易說出我想聽的話。雖然我都會當玩笑話輕鬆帶過，但還是會用心傾聽，默默牢記在心，好讓這些話不要消失不見，被我遺忘。我相信，當新的記憶堆疊累積，那天的記憶也會逐漸模糊。首爾的日子就是記住、酒醉、遺忘的連續。

＊

和芝安的相識，也是從整天泡在酒局裡的我開始的。大學時期，我在心理系的課堂上認識了圭浩，他某天聯絡我，對我說自己剛完成一項專案，想找個時間聚一聚。他只有專攻心理系，後來聽說考上了首爾某所大學的研究所，除此之外，並不知道太多關於他的消息。雖然我和他不算熟，但因為參加太多酒局，所以在他的印象裡，似乎覺得和我走得滿近。

「你要來嗎？我們專案結束，在慶功宴聚餐。」

「現在？是我方便去的場合嗎？」

「你不也是專攻心理學的嗎？來吧，輕鬆加入就好。」

「那我真的去喔？」

聚餐的地點距離我居住的套房不遠，只要能順利攔到計程車，三十分鐘內便能抵達。於是，我馬上準備出門，因為比起一個人待在小套房裡盯著天花板看，去酒局和大家飲酒作樂絕對更有趣。圭浩向大家大方地介紹：

「這位是畢業於心理系的朋友，人超好，所以我特地把他叫來。」

「大家好，我是○○大學○九學年的林相佑！」

「喂！怎麼搞得像來參加大學迎新會啊，別太正式，一起輕鬆玩就好。」

於是，我就混進了這場十多人的酒局裡，我沒有安安靜靜地坐在一個角落默默喝酒，而是四處走動，與不同人聊天喝酒。「最喜歡的心理學家是誰」「有沒有臨床經驗」等話題來回不斷期間，我注意到了一個人，那就是芝安。

芝安之所以吸引我的目光，是因為她那冷靜沉穩的氣質，當大家都喝得盡興，嗓門越來越大時，唯獨只有芝安始終保持鎮定，沒有扯高嗓門。她的酒量似乎也不錯，別人給她的酒都毫不猶豫地接過去喝下，沒有露出絲毫不願意，而且也不是給人內向的感覺，都會看著對方的眼睛有說有笑，對話也都不會中斷。如果真要形容，她給人的感覺就像一位優雅的教授。我手拿一個空杯，走到芝安旁邊的位子坐下，主動向她攀談。先和她交換了名字，然後確認了彼此的年齡。

「我二十五歲。」

「喔？好久沒遇到同年齡的人了欸！我也是二十五。」

「啊……原來。」

我本來想提議既然同歲就輕鬆一點用半語就好，但她仍然選擇用敬語回答我。我擔心自己主動去搭話說不定就已經讓她感到有負擔了，要是再提議不用敬語說話，可能會讓她更有壓力，所以我也繼續用敬語與她交談。和她聊天時感受到的氛圍有些微妙，明明她不怕生，卻總給人一種保持距離的感覺，明明很會保持微笑，卻不是笑開懷的那種。也許是臨床心理諮商的經驗豐富所致，她渾身散發著習慣聆聽別人說話的諮商師氛圍。

「今晚的天空有點模糊。」

酒局散場，大家一起三三兩兩走出店門，其他人思考著要如何回家，開始紛紛攔計程車，她卻是站在我旁邊，和我一起抬頭仰望夜空。而她說的夜空彷彿與我記憶中的天空重疊，我感覺到心口彷彿突然被銳利的刀子刺了一刀，我對於她說的這句話感到好奇，會察覺到夜空模糊不清的人，究竟懷著什麼樣的內心世界。

*

在首爾生活的一年裡，我除了做一些與專業相關的助理工作，大部分時間都花在與人社交上，其中也包含芝安。雖然主動與她聯絡並不容易，但她是屬於無論多晚都一定會回覆的那種人，有時也會主動聯絡我，而到這時我才終於覺得好像和她變得比較熟悉。

我一度以為，只要這樣繼續下去，就能忘掉過去的一切，徹底變成一個全新的人，在全新的環境，從事新的工作，然而，那股死亡氣息依舊盤據在我心中，每當我獨自一人躺在房間裡時，腦海中都會浮現就這樣死去的樣子——睡著後就再也醒不過來的自己、死掉的自己。每當這種念頭浮現，就連空氣都會變得沉重，身體就會癱軟在地板上，彷彿黏住一樣動彈不得，甚至就連動一根手指都變得困難，胸口好像被什麼壓迫似地，呼吸也感到困難。要是感覺再重一點，我的眼淚就會流出來。我很想大聲地向死亡吶喊，到底還要我做什麼？

吱——吱——

這時，手機震動聲劃破了屋內寂靜的空氣，我努力去意識那一陣又一陣的震動，好不容易坐起身。是芝安打來的電話。

「喂？相佑？」

儘管我們已經認識了一年多，她依舊沒有要用半語和我說話的意思。她突然打了電話給我，回想起來，她好像從來沒有主動打電話給我。我有些驚訝地接起了電話。

「芝安？怎麼了？這麼晚有什麼事要找我嗎？」

「一定要有事才能打電話給你嗎？」

從她在電話中的語氣，我隱約可以感受到她那淺淺的微笑。她似乎完全不覺得打這通電話給我會有任何尷尬，難道已經覺得和我很熟了？她繼續說道：

「我剛下班回家，但因為天氣有點陰，就想說打個電話給你。」

「陰天所以打給我？」

「我只是想到每次你主動聯絡我的時候好像都是陰天，但今天你沒聯絡我，所以我就乾脆打電話給你。」

「要喝一杯嗎？」

「現在？」

芝安彷彿沒想到要喝酒，所以反問我。但從她的聲音聽起來，隱約帶著開朗，似乎並不排斥我的邀約。我同樣擔心這麼晚的時間約她喝酒，會不會被當成是在追她的手段，但因為即便在晚餐時間碰面，我們也總是少不了酒精，所以覺得她應該不至於會多想。

「那妳要為撥打這通電話負責喔～我可是特地從床上爬起來的。」

「嗯……那我先去你那邊吧，我剛好在開車。」

「等會見。」

我移動身體，勉強去洗了一把臉，與其說是想要讓自己顯得帥氣，不如說只是不想讓自己看起來太過狼狽。「她的公司離我家不遠，所以才會打電話給我吧。」儘管我這樣想，卻還是想起了她說的話，只要是陰天就會聯絡她，彷彿她也有透過模糊不清的窗戶看天空的經驗。

「老闆，這裡要一份魚板湯和一瓶燒酒、一瓶啤酒。」

「妳打算混成燒啤來喝？芝安，其實妳也滿會喝的嘛……」

我看著她的笑容暗自心想，原來她比我想像中還要豪邁。不過，我對於她主動打電話給我還是感到不太習慣，於是故意誇張地說：

「都這麼晚了妳還打電話來……以為我很閒嗎？」

「這倒不是，但總覺得你會答應。而且，提議喝酒的人可是你喔，所以是你自己告訴我很閒的吧？」

「不要在這時候給我搞心理分析喔！」

「我有嗎？看來是習慣了。」

雖然她不懂幽默，一本正經地回答，但我隱約可以體會到那也許已經是她的幽默回應。沁涼的燒酒和啤酒倒入玻璃杯中，她倒了一杯給我，俐落的動作和她那纖細的手顯得有些違和。

「不過，話說回來，為什麼每次只要陰天你就會聯絡我？所以像今天這種陰天，我就覺得你一定會找我啊。」

「我有嗎？」

「你不知道嗎？我每次只要心想『啊，今天天氣陰陰的』你就一定會傳訊息給我。」

她一口喝下半杯燒啤後，繼續說道：

「所以我還猜想，該不會是討厭陰天的關係吧，畢竟如果是這樣的話，陰天時就會更討厭獨自一人。」

「通常應該會認為是喜歡才聯絡吧？」

「不曉得欸，可能是因為平時找我的人都討厭獨自一人吧。」

「……」

「我其實討厭陰天，所以今天換我先主動聯絡你。」

儘管她說話的口吻平淡冷靜，聽起來像在面對客戶，但我依舊對於她願意訴說自己的心情感到有些意外，畢竟一直以來，她幾乎從不表達自己的感受或情緒，大部分都只有與我分享諮商相關案例，或者閱讀過的論文，僅此而已。於是，我試探性地問她：

「為什麼討厭陰天？」

「因為很像我，不晴朗，也不爽快地下一場雨，這也不是，那也不是。想到那些前來諮商的人，就不可能總是開心，但也不可能在那些人面前哭泣。」

正當我心想，芝安的腦海裡一定充滿工作時，我聽見了她的聲音。

「那你為什麼討厭陰天呢？」

腦中的一幕彷彿直接在眼前上演，看不清楚的天空，透過老舊、滿是灰塵的窗戶才能看見的天空。如果是她，她會願意聽我說這段故事嗎？她會如何接納我的故事呢？我明明是為了忘掉當時才努力跑到這裡的，為什麼我又想死呢？聽到她這麼一問，我就瞬間崩潰了。然後我看見了自己的樣子，好不容易堆疊起來的自己，逐漸一點一點剝落，然後慢慢崩潰。

「相佑？」

她有點嚴肅地觀察我的表情，我卻不知道該回答什麼。該坦白告訴她嗎？還是要像一直以來的互動方式，開玩笑帶過？會不會就是因為這樣，我才逐漸崩潰？要是我說謊，她會察覺嗎？我總覺得，要是我說謊，她一定會知道，她一定能分辨得出來，什麼是謊言，什麼是真心話。

「其實……」

我露出了尷尬笑容，這似乎是因為不想要講得太嚴肅而出現的笑容，就連聲音都在微微顫抖。我嚥了一口口水，接著說道：

「我曾經想過自殺，於是站在頂樓陽台的欄杆上，其實我也不曉得為什麼想死，但就是想這麼做。然後有人報了警，我就被送進了精神病房。成為二十歲的時候、我的畢業典禮，全部都是在那間病房裡度過的。在那裡，什麼都做不了，也什麼都不想做，所以每天只有望著窗外，但是可能因為那棟大樓實在太老舊，所以即使是大晴天，透過窗戶看出去的天空也總是霧濛濛的。這就是為什麼，每次只要遇到陰天，就會讓我想起當時。是不是聽起來有點可笑？我並不討厭那段時期，但就是會自動想起。」

「……」

「大家都問我當時為什麼要爬上去，但我自己也不清楚，到現在都還找不到答案。我也納悶，真的需要有理由嗎？就只是……一直會浮現那樣的念頭。」

「我是……」

我不敢看她的眼睛，只好盯著手中的啤酒杯，玻璃杯上凝結的水珠一點一點滑落，我告訴自己，無論她接下來要說什麼，都不要放在心上。不管她是不是又問我「為什麼」，或者嘗試給予安慰、同理我的感受，我都不要聽進心裡。然而，沒想到她接下來說的話都不屬於這些範疇。

「我是小的時候在我家附近迷路過，當時才剛搬家不久，我本來就是個路痴，沒什麼方向感，所以當時就迷路了。但是後來我爸找到了我，還教我找到回家那條路的方法，一、二、三，一、二、三，所以到現在我都會在開始諮商前先數數字，因為要回到我家就一定要數一、二、三。」

「……」

「看來我們各自都有難忘的事情。」

她把剩餘的酒喝完，再將正在滾煮魚板湯的瓦斯爐轉成小火，然後一邊攪拌，一邊將魚板和湯汁往我的小碗裡面盛裝。直到她自己也盛了一碗，我依舊不發一語。後來，她終於說話了。

「今天就喝到這裡吧，我竟然忘了明天上午還有工作。」

「好。」

我想要趕快結束這頓飯局，於是迅速地將杯中剩餘的酒一飲而盡，魚板湯連一半都沒吃完，酒就已經先見底了。她也沒有再說什麼，只是按照自己的節奏繼續喝酒。我暗自回想，可曾與某人相處在一起卻如此寂靜？我不確定這份尷尬是來自於寂靜，還是因為我說出了隱藏的往事。我趁她暫時離開座位時，把這頓飯的帳單結掉了，因為想要趕快離開，逃離這個瞬間。

「回去路上小心。」

在她等代駕的時候，我與她匆忙道別，連確認她是否有安全上車都沒看，就直接轉身離去，我不知道她會不會在意我這麼做，但她也沒有挽留我。不知為何這樣的事實讓我倍感心寒，直到那時，我才意識到自己的內心，其實一直都在等著有人能挽留我，原來我留不住自己，我希望有人可以抓住我、留住我。

我無比厭惡這樣的自己。原來至今為止，我以為自己是在努力的種種行為，最終不過是在等待有人能挽留我。我經過家門口，繼續向前走，假如這個世界真有盡頭，我可能會一直走到那裡。然而，這條路彷彿沒有終點，無止境地向前延伸，彷彿一直都有路可走，而這樣的事實又讓我感到無比沉重，沉重到想要放棄走下去。我的腳步停在西江大橋的中央。

一直低頭走的我，停下腳步後抬起頭，看到一邊是奔馳在凌晨街道上的車輛，另一邊是比夜空更加漆黑的漢江。這正是我一直渴望的那種黑暗，反而能讓夜空顯得明亮的黑暗。我想要碰觸那片比天空更深的漆黑。我不禁心想，原來不管我怎麼努力，最終抵達的地方竟然是這裡。原來我一直都在同一個地方徘徊。

我原以為，那天之後，我會變得不一樣，可是最終，我還是繞回到原點。如今，我連母親的那雙眼睛都想遺忘，那雙告訴我無論如何都要活下去的眼睛，我想要逃避，因為總覺得自己是因為那雙眼睛掙扎至今，讓我無法放棄自己。

我的身體又像那天一樣突然僵硬，我的腦海又浮現了「一步」的念頭，不是向後一步，而是向前一步，就像翻越欄杆時那樣移動身體即可，像前滾翻那樣滑下去即可。

啪！

我握住了欄杆，手部越來越用力，我試圖讓僵硬的身體動起來。這時，再次傳來了搖晃空氣的震動聲響。

吱——吱——

芝安……？

是她。她打電話給我。難道是要問我有沒有平安到家？該接嗎？還是不接？正當我猶豫不決的時候，震動聲響繼續傳來。我帶著搖擺不定的心接起電話，彷彿此刻也還是希望有人能抓住我一樣。

「喂……？」

「相佑，我有一件事情一定要問你。」

「啊……？」

「你現在，還有浮現那樣的念頭嗎？」

「……」

「需要……需要幫忙嗎？」

她的聲音帶著焦急，這與她平時的冷靜沉穩性格並不相符，也顯示著她並不是隨口問問而已。江面上的寒風漸漸融化了我僵硬的身體，當我的喉嚨終於能發出聲音時，我才勉強擠出了幾個字。

「嗯……幫我。」

「我現在就過去，告訴我你在哪裡就好。」

她往我所在的位置前來。她沒有掛斷電話，而是一直和我說話。她沒有追問我的心情，也沒有問我為什麼，就只是讓我聽她述說自己小時候的故事。我聽著聽著，偶爾發出一點聲音當作回應。當她終於發現我時，我看她是腳踩低跟皮鞋飛奔而來，然後用小巧的手一把抓住我的手腕。

爾後，她介紹了心理諮商中心給我，安排預約時、初次到訪時，她都全程陪著我。她是第一個，無須任何理由依然承認我想死的人。那天晚上，我們聊了非常多。

日子。

從未站上建築物護欄的母親，離世了。也是在某個透過紗窗和灰塵映出陰天的

＊

〔訃告〕

林相佑先生之母，於二〇二三年六月二十日凌晨五時逝世。

謹祈逝者安息。

亡者：姜雯善

靈堂：〇〇殯儀館三〇一號廳

出殯：二〇二三年七月二日星期日上午十一時

按照禮儀公司的指導，我將訃告訊息發了出去。舉辦父親的葬禮時，母親還在，但母親的葬禮上，父親已經不在了，正確來說，應該是他已經無法在場了。我在心中暗自對父親說，再給我三天，我只會將母親留在身邊三天，接下來就會把她送去您的身邊，只要再等我三天就好。

第一天，親戚們陸續前來弔唁。大阿姨和二阿姨比我還要悲慟，看她們泣不成聲的樣子反而顯得我像個冷血之人，但我並非不悲傷，只是無法像她們哭成那樣而已。也或許是因為如此，我對於她們的悲傷感到頗有負擔。

第二天晚上，芝安和志勳哥來到了母親的靈堂，當時正值晚上與深夜之間的尷尬時間點，心理中心的工作一般來說不會拖到這麼晚才下班，所以看來是刻意挑選這個弔唁者較少的時間前來。芝安身穿黑襯衫、黑西裝褲、黑襪，她這一身黑的模樣顯得有些陌生，反倒是穿著同樣一身黑的志勳哥更像相識已久的人，相對熟悉。

「相佑……」

芝安輕輕默哀，她沒有多說什麼，比起悲傷，她的眼裡反而充滿著擔心。那個眼神，讓我的心情變得更為複雜，因為與其說是在為我的母親哀痛，更像是在為我感到悲傷。那雙毫無保留、純粹落在我身上的眼睛，反而刺痛了我的心。我只能將湧上喉嚨的情緒強迫自己吞下。

「你一定……心裡很哀痛吧。」

一盤涼掉的豬頭肉、煎餅和一碗辣牛肉湯被盛在免洗碗盤裡，擺成了一桌簡單的餐點。當芝安因心理中心的工作暫時離開時，志勳哥大概是出於禮貌想要對我說點什麼，結果脫口而出了「哀痛」這個單字。我淡定地回應：

「其實也沒有多麼悲傷，母親應該也很累了，她只是從我身邊去到了父親身邊而已，坦白說我也不是多麼貼心的孩子，該怎麼說呢……就是個一直在外面四處遊蕩的孩子。真正和她相處最久的時期，反而只有在她住院的時候……」

「這還真是意外呢。我以為……你和母親應該關係很不錯。」

「的確也沒有不好，只是有時候會覺得她的心意讓我太有負擔，所以我不太想面對她，就是所謂父母的期待之類的東西。」

「原來如此。」

志勳哥沒有再多問，也不曉得他是不再好奇了，還是基於禮貌不再多問，然而，他刻意不再問我問題的樣子，反而讓我覺得是一種體貼的表現。閉口不問，純粹聆聽對方說話，保持適當的距離，幫對方分擔一些顧慮，這些是和芝安徹底相反的關心方法。

「芝安回去好久。」

她似乎還在用電話談公事。靈堂裡幾乎沒有人，只剩下我和志勳哥兩人坐在桌子旁邊，時間也變得格外漫長。我想了想，發現幾乎沒有和志勳哥兩人單獨聊天的機會，所以不免有些尷尬，但他似乎一點也不在意，吃著晚餐說道：

「不過話說回來，相佑，你怎麼會和芝安一起工作啊？」

「嗯？」

「沒事，就只是感到有點意外，畢竟芝安那樣的性格……你能和她處得來，還滿意外的。」

「因為我想要知道。」

「……？」

「想要知道活著的人的心情，也就是那些人活下去的理由。他們究竟是如何在經歷了那麼大的悲傷以後，還有辦法繼續活下去？為了什麼而活下去？假如換作是我，我恐怕會想要放棄，因為那樣的悲傷……我一點也不想承受。」

志勳哥抬頭看了我一眼，便沒有再多問什麼。我總覺得無論我說什麼，他應該都不會再追問，因此，我像是自言自語似地繼續對他說：

「我想要了解人生，也許正是這一點和芝安相像，才會和她一起工作吧。」

這時，我感覺到有人的動靜，是芝安回來了。我趁著她走回來位子的期間，假裝若無其事地低聲對志勳哥說：

「麻煩多照顧芝安，崩潰過的人總是能認出彼此，其實這才是真正和她工作的理由。」

當我說完這句話的時候，芝安剛好走到我的身後。站到我身旁的芝安面帶滿滿歉意說道：

「抱歉，剛才突然接到一個關於危機管理的案子……我可能得去一趟心理中心，哥，你呢？」

「那我也跟妳一起回去吧。」

「相佑，你沒問題嗎？」

芝安的手搭在了我的肩膀上，彷彿是在安撫我，但我不能依靠她那雙小巧的手。於是，我面帶從容微笑回答：

「當然沒問題。明天上午就要出殯了，時間也不早了，兩位趕快回去吧。」

「很抱歉不能再多陪你一會兒。」

「妳明知道我又會說沒問題，還硬要說這種話，對吧？」

我輕輕一笑，芝安才用安心的眼神擠出了一抹苦笑。芝安到最後都沒有掩飾內心的歉意，志勳哥則是注重禮儀勝過於情緒，所以保持一貫彬彬有禮的態度到最後。兩人離開後，靈堂變得鴉雀無聲。收拾完最後的祭品以後，我請助手阿姨也趕快回家休息了。

靈堂上，只剩下我和母親的最後一晚，我面對著母親的離別，回想起各種記憶。

*

出院後，母親聽聞我說要住進大學的宿舍裡，她沒有多說什麼。彷彿早已忘記我曾經住過院、爬到頂樓陽台的護欄上等……連一點擔憂的神情都沒有。明明我還清楚記得，從頂樓俯瞰的柏油路上的油漆字變得多麼渺小，她卻只是平靜地對我說：

「假如你住宿舍心裡會比較舒服的話，那就去住吧。」

難道她不相信我真的可以尋死、我原本也打算尋死？過去三個月的住院期，難道對她而言就只是短暫的叛逆？我並不是對於這樣的她感到失望，因為現在回想，我甚至會認為那是她當時能做的最佳回應。

每到週末，我都會回到有母親在的家裡，無論作業再多、酒局再頻繁，每週至少都會回去一天。這既是對獨自一人生活的母親應盡的基本禮貌，也是出於害怕擔心她會像父親那樣突然離開人間，畢竟每次打開家門的瞬間，我都會想像倒臥在門口的母親。由此可見，死亡於我而言是非常靠近的，是任何人隨時都有可能發生的事情。然而，所幸我的想像從未真實發生，她身穿布滿花紋的洋裝，前來開門迎接我。

「畢業後有什麼打算？」

「我想要去首爾找找看工作。」

母親準備的一桌飯很簡單，大醬湯配辣拌芝麻葉，旁邊放著只需要烤熟即可食用的鴨肉和黃色芥末醬。每次餐桌上都一定會有的蒜苗和泡菜，幾乎可以說是我整個青春期都在吃的小菜。母親並沒有因為只有一個兒子就對我嬌生慣養，也從不把我摟進懷裡。從父親在世的時候，她就一直有上班，所以根本無暇煮飯。她對我稍顯冷淡，但這種態度源自於她的堅強，這是在父親過世後我才發現的。

「人只要活著，什麼事情都能辦得到，所以不要擔心。」

快要吃完飯時，母親突然說道。我從未對未來感到擔憂，但她卻這樣對我說。人只要活著，什麼事情都能辦得到，不要擔心。我一遍又一遍地咀嚼她說的這番話，這番話聽在我耳裡比較像在說「好好活著」「做什麼事都可以」，於是，我什麼話都無法回答。

來到首爾以後，母親依舊不常與我聯絡，而我也同樣只有在逢年過節和父親的忌日時才回去探望她。回去的時候，飯桌上也必備著蒜苗和泡菜。每次只要把辛辣的蒜苗放在白飯上一口吃下，就會想起任何一段與父母的過往回憶，因為一直都是這兩道小菜。當時我可以體會，為什麼母親要一直做相同的小菜，因為她其實也在思念父親。

回首爾時，母親並不會幫我準備太多的小菜，因為要先步行到巴士轉運站，再搭乘長途巴士到首爾，然後還要轉乘地鐵才會回到家，所以行李可不能太重。每當我說要回首爾，母親都是這樣問我：

「你想要什麼小菜？」

「只要泡菜就好，不需要太多，一點點就夠了。」

母親把泡菜裝在小巧的容器裡，還先用食物塑膠袋包好才放進容器，最後再用塑膠提袋裝好用力打個結，以免泡菜的湯汁灑出來。雖然她都會再問一句，「還需要其他小菜嗎？」但我從不提蒜苗或其他小菜，因為我一點也不願意再想起青春期的任何一天，只要一想到所有人終究都會離開，我就會什麼事情都做不了。

＊

「早知道那時候就多拿一些小菜了。」

儘管夜已深，我仍無法入眠，也許是因為和母親共度的最後一晚，比起睡著，我更想要慢慢感受時間的流逝。要是當時我拿一些母親做的蒜苗，現在冰箱裡是不是就會還剩一些沒吃完的？但我也很少在家裡吃飯，它應該會在冰箱裡慢慢腐爛吧。不對，都放在冰箱裡了，應該不至於爛掉。當時的我其實心知肚明，再也回不到過去那個時候了，正因為我知道這個事實，所以並不想念母親，因為不想在所有人都離去時，我又獨自一人疼痛不已。

也幸虧這樣，我才能在這場葬禮上一次也沒有放聲哭泣，因為我早已準備好送走身邊的每一個人，從父親的死亡纏上我的那一刻起，到母親離世的這一瞬間。

「從今以後……是不是不再需要我存在了？」

偶爾會回去的那個地方——母親的老家，如今也已不復存在。稱呼我是「孩子」的家人也全都離開人間了。每天出門上班坐著的那個位子和辦公桌，也成了別人的座位。很快地，再過幾個小時天亮後，就連此刻我該待著的這個靈堂也會落幕，換作他人使用。明明結束生命的人是我母親，為什麼我該待的位置卻全都不見了。

「媽……」

照片中，母親身體還健康時的模樣映入了我的眼簾，不帶一絲死亡的氣息，充滿朝氣活力。我清楚記得她這個模樣，無論我多麼逃，她都是我該停留的歸處；無論我有沒有準備好悲傷，都無所謂，母親過世的此時此刻，至今一直掛在嘴邊的「沒問題」，其實全是自欺欺人的謊言。其實，我很珍惜她，我想要記住她，不想送走她。母親住在病房裡的那段期間，我也早就預料到，總有一天，我會想念此時此刻。

腦海裡突然浮現那天的畫面——當時那片柏油路，上面寫著「人行道」三個小小的字，還有像指節般渺小的人頭，混雜著雲朵的天空，以及我那幾乎已經越過護欄的腳尖。當時，我也在害怕，怕有人再次離開我。

「相佑！」

突如其來的叫聲使我猛然驚醒，我朝發出聲音的入口處望去，看見芝安站在那裡。凌晨五點，在一個不會有人來找我的時間點居然有人來找，而且那個人還是芝安，這讓我驚訝連連。

「芝安，妳怎麼會在這個時間……」

「相佑！需要……需要幫忙嗎？」

「什麼？」

「現在，我問你現在需不需要幫忙？」

芝安似乎是一路跑過來的，她一邊喘氣一邊說道。凌晨大半夜的突然跑來問我需不需要幫忙……我毫無頭緒，也摸不清楚芝安的心思，儘管如此，我還是無法輕易就這樣把她送走。無法再對她說，我沒問題。

「你現在和我去一個地方。」

「什麼……？」

「兩小時，不，只要一小時就好。」

究竟是要我離開殯儀館去哪裡？芝安話說一半，就抓住我的手腕，拉著我跑了出去。她的力氣不大，但我還是被她拖著一起奔跑。她一直抓著我不停奔跑，低跟皮鞋在街道上踩踏出清脆聲響，最後，我們來到了熟悉的小巷，是位於心理剖檢中心那棟建築後方的小巷。

「我覺得……這樣跑過來應該會比開車快，所以，這裡，等一下……現在幾點了？」

芝安喘著氣，好不容易把話說完。距離殯儀館不遠的心理中心，從巷弄間穿梭奔跑只需要十分鐘左右。難道是連叫計程車時間都沒有的急事？我同樣喘著氣回答：

「五點……五點了。」

「你母親……過世的確切時間，是幾點？」

「五點零五分……」

由於兩人都很喘，所以只能進行簡短的交談。直到剛才，我明明還在靈堂上回想著站在護欄上俯瞰的柏油路，結果現在居然跑得滿身大汗，在調節呼吸。芝安似乎已經調整好呼吸節奏，緩緩向我開口說道：

「還好沒有遲到。相佑，我不完全了解你的心思，但是……但是之前你站上漢江大橋的那天，我回家的路上一直擔心著你。我很難形容……但就是覺得一定要聯絡你，當時那種感覺，在今天見到你的時候又有同樣感覺到，所以我才會跑來找你，總覺得不能就這樣錯過，不然我一定會後悔。」

「……」

「所以我一直想問你，你需不需要幫忙？」

我站在原地，突然想起之前對志勳哥說過的那句話——崩潰過的人總是能認出彼此，難道芝安現在也和我一樣，一蹶不振嗎？所以才會又再次察覺到我的心思嗎？我不發一語地站在原地，芝安推了我的背一把，我的面前是一座老舊的公共電話亭。

「五點五分，打通電話給你的母親吧。」

「什麼意思……」

「你就姑且相信我一次，打打看她的電話吧。」

她用充滿信心的眼神看向我。我基於無論如何、什麼事情都想要相信的心態，不帶任何懷疑地按照她說的，拿起了黑色的電話聽筒，然後按下冰冷、鐵製的公共電話按鈕。母親的電話號碼，那個從小就非常熟悉按鈕位置的號碼。沒想到在這具根本沒有投幣的公共電話裡，竟傳來了通話連結的嘟嚕嚕聲響。但因為母親的手機號碼尚未停用，所以我並沒有覺得奇怪，然而，電話那頭卻傳來了有人接起電話的聲音，是母親的說話聲。

相佑啊，在我躺下的最後一刻，我本想至少留一封信給你，卻什麼也沒能留下，實在好難過。早知如此，就應該趁自己還健康的時候寫點什麼留給你，或者留個東西給你。其實在你住院的那段期間，媽媽很害怕，怕自己會失去所有深愛的人。但現在，我總覺得換你承擔了那份害怕，所以感到很抱歉。儘管如此，我還是沒有對你說太多，是因為除了相信你以外，我也不能做任何事。當初我接到警察的電話，甚至你被送進醫院時，我也一直都告訴自己一定要相信你，就如同你相信我一樣，你相信我會一直在你身邊一樣。雖然我沒有辦法陪你度過更多的時間，但是很感謝你一直都陪在我身邊，直到最後一刻。愛你，直到最後我都會和爸爸一起相信你。

母親生病前，她的聲音總是堅定的，她那果斷的語氣和渾厚的嗓音，都與她的耿直的性格非常相似。然而，自從住進醫院以後，隨著肌肉量減少，聲帶似乎也變得無力，聲音變得越來越細，後來甚至需要插管，幾乎聽不見她的說話聲。可是從電話聽筒裡傳出的聲音竟然是健康清楚的，那是我記憶中的聲音。

「母親的最後心聲，你聽見了嗎？」

「最後……心聲……」

她說這是母親的最後心聲，母親的最後心聲，母親的，最後，心聲。

母親從未忘記過，沒有忘記父親，也沒有忘記爬上頂樓陽台護欄的我。她認為只能選擇相信我，她其實也很害怕失去所有深愛的人，就如同我親眼目睹父親離世時的心情一樣，她也害怕過。儘管如此，她依然活了下來，而我則是一直想把自己推到死亡面前，想放棄一切。

芝安就像第一次跑來找我的那天一樣，守在我旁邊，緩緩說起自己的故事。

「我以前總是在這裡等我爸。如果他很晚還沒回來，我就會在這裡打電話給他。但是某天，無論我等到多晚，他都還是沒有出現。我打了好多次電話，電話一直無法接通，然後時間也越來越晚。直到十二點多的時候，電話才終於接通，然後另一頭傳來的內容……宛如遺書，不管我怎麼問，他都沒有回答，只有不斷傳出他想要留給我的最後一段話。」

我輕輕轉頭，看向她的臉。她似乎從頭到腳都在顫抖，用發抖的聲音繼續說：

「我後來重新又打了好幾次電話，還是無法接通。就這樣整晚一直打，一直打。後來……有人來了，不是我爸，是其他人，告訴我爸爸已經去世了，發生了意外。在我撥打電話時，也就是最後一次接通電話時，那時候意外已經發生……」

「……」

「那時我才明白，原來這裡有個秘密，可以聽到死者最後的心聲。這是集結了家屬懇切的心，所產生的奇蹟……」

她身後逐漸轉亮的天色，映照在我眼中。天空由靛藍色逐漸褪去黑暗，剩下紫色與藍色交織，我因為感受繁多而難以開口。其中有一種情感，是對她的憐憫，因為我可以清楚感受到她在緊緊抓住隨時崩潰的心，就和我一樣。

「我不知道你是什麼心情，也不了解你為什麼痛苦、痛到什麼程度，但是我不想要等到失去你之後才去了解，更不希望是透過這具公共電話了解你的心聲。我想要聽到會變化的語言，能聽到你回應的那種。所以，請你告訴我，你最真實的心聲是什麼？」

「……」

「你現在還會浮現死亡的念頭嗎？」

那一刻，依然歷歷在目。至今還難以忘記的那個瞬間，站在欄杆邊的那一瞬間，站在漢江大橋中間的那一瞬間。我需要說出我最真實的想法，因為我……

「我想要活著，不想死。但我不知道該怎麼辦，我現在連家人都沒有，沒有人會為我感到悲傷，也沒有人需要我負責，我不曉得接下來該如何活下去……所以我感到迷惘，我怕再也無法好好活下去，怕所有人都離開，只剩下我一個人。總覺得我沒有屬於自己的地方，所以不想再感到悲傷了……」

「我會為你悲傷，我會幫助你，就像一直以來我們的相處互動一樣。你回來心理中心吧，我們一起。」

她向前邁出了一步。如果說，我跨出的一步是走向結束，那麼，她跨出的一步則是走向開始。我將身體徹底轉向了她。破曉時分，天色漸亮，雲朵緩緩流動。當一團雲穿過半片天空時，被遮擋的太陽終於露了出來。陰霾散去，迎來晴朗的天空。昨日已逝，今日到來。

芝安陪著我到母親出殯完成，母親則是回到了父親的懷抱。

*

「今天就是最後一次諮商了。」

坐在對面的諮商師露出了惋惜的表情說道。但她嘴角微微上揚，透露著一絲笑意，給人調皮的感覺。儘管她也有擔心我突然面對母親逝世的問題，但她似乎還是選擇相信我的決定，並告訴我，她的職責就是相信我。

「過去這段期間，真的非常感謝您。」

「希望我們以後不要再見了，當然，我是指正面意義上的不要再見了。」

她爽朗地笑著，畢竟要見心理諮商師的情況往往都不是什麼好情況，所以我聽得出來這只是一句玩笑話。她擔心我會有任何誤會，所以又補充了一句「但是如果覺得撐不下去，一定要再來找我喔～」我開玩笑地向她反映，這兩句話會不會差太多，結果她用微笑做了回應。

「多保重。」

以七年的相處來看，這句道別顯得過於平淡。然而，我也想不到比這更好的道別。

「我會的。」

說完，我從柔軟的沙發起身，那是一張被保養得很好的沙發，和心理中心的沙發一樣，起身時幾乎不會發出聲音且整潔舒適的沙發。這讓我想起當初幫忙處理心理中心的室內裝潢時，之所以會選擇那張沙發，就是因為坐在上面會使內心感到平靜。

「啊，林相佑先生。」

正當我起身準備離開時，她叫住了我，然後溫柔地說：

「你今天對我說的那些話，也請記得一定要告訴對方，我相信會有幫助的。」

「我會的。」

我微微笑了。和她眼神示意道別以後，便走出了諮商室。隨著最後一次諮商結束，我想起了過去的七年。芝安跑來找我的那天、漫無目的的對話、她介紹我來這裡接受心理諮商、對我說「你可以活下去」。我注意到位在走廊牆壁上的一扇大窗戶，那扇窗被擦拭得一塵不染，彷彿沒有玻璃，透明無瑕。

*

雖然是平日，但機場裡依舊人潮擁擠。我只要一想到所有人都在為了前往各自的目的地而聚集於此，就會切身體會到許多人在「離別」，不，與其說是「離別」，不如說是前往吧。在這些人當中，有多少人是和我前往同樣的地方呢？那些人是誰？我無法預測，一個月、一週，甚至是明天的事情都難以預測。這無論是過去還是現在都一樣。

嘟嚕嚕嚕，嘟嚕嚕嚕。

我將登機證夾在護照裡，按下了手機通話鍵，主要是為了向芝安道別。芝安在第三次的通話連線聲響起時，接起了電話。難道又在心裡默數一、二、三才接的嗎？我想到她那個樣子，嘴角不禁微微上揚。

「相佑！」

電話那頭傳來她熱情的聲音。那天凌晨，她邀請我重回心理中心工作，但在母親出殯後，我告訴她想要有一段時間思考。然後不到一個月，我對她說，我打算為自己安排一趟旅行，不知道會去多久，也不曉得要去哪裡。起初，她語帶擔憂地問我：

「一定要去嗎？在這裡好好生活其實應該也不錯。」

「我想要體驗看看截然不同的生活，過去也因為照顧臥病在床的母親，一直住在醫院裡。」

儘管她一次又一次地勸我回到心理中心，但我還是堅定地告訴她，我想要每天都迎接全新的日子，讓自己每天練習重新體會「活著」這件事，而且是為了練習這件事而「前往」。她拗不過我的堅持，只好說：

「相佑，你隨時回來，這裡永遠會留個位子給你。」

然後今天，也就是旅行的第一天，我在機場打了一通電話給她。

「我馬上就要出國了，接下來可能很難經常聯絡，所以打這通電話給妳。」

「你真的要走了喔？有點捨不得呢。」

「我會記得這是妳唯一一次讓我喔～畢竟妳的固執可是出了名的嘛。」

她不好意思地笑了。隨後，電話兩端陷入了短暫的沉默，我們兩個感覺都有話要說，卻都在猶豫。最終，還是芝安先開口說道：

「你現在的心情如何？」

芝安彷彿把這通電話當成最後一通，小心翼翼地問道。但其實就算我人在國外還是有網路，所以依然可以保持聯絡。我藉著這「最後」的氣氛，把心底話說了出來。

「回頭想想那些想要尋死的日子，其實都是徹底崩潰的日子，當時我真心覺得一切都結束了。直到妳問我之前，不，還包含妳問完我的每一天。但我現在認為，正因為自己徹底崩潰過，才有辦法重新開始，嘗試重新活下去。」

「你現在……也還在崩潰中嗎？」

「應該說，現在是處於可以做任何事的狀態。所以，芝安妳也……」

「……？」

「妳也試著重新堆疊吧，就算推倒一切、墜入深淵，也試著重新來過吧。因為『現在』才是我們應該身處的地方啊。像現在這樣互相問候、回答、對話，現在這裡才是我們該生活的地方啊。」

「原來……你知道。」

她簡短回答。越心痛，語調就會越單調，這是芝安一直以來的習慣。自從那天在公共電話亭打電話給母親以後，我回去了幾次，只為了再次聽見母親的說話聲，直到我最後離開前，心裡還在猜想，芝安該不會到現在都還一直來這座公共電話亭吧？然而，從她的說話語氣聽起來，應該是有被我預料到。

「我會多保重的，無論如何都會向前走，所以芝安妳也可以擺脫那裡了。」

「相佑……」

「不過，如果有什麼事，記得打電話給我，有什麼好奇的我都會回答妳。既然妳都沒去過國外，就容許我多炫耀一下吧。到我們下次聯絡為止，也記得多和大哥拉近關係，好好相處，畢竟也沒有人能幫妳調節氣氛了。」

「唉……相佑，明明你也是第一次出國，還說我。」

我明知道她的心情，卻仍然刻意用輕鬆的口吻說道。而她也輕鬆地接住了我說的話。我決定相信將來的她，只要是她，我相信就算推倒一切她也能重新堆疊築起；不惜推倒一切也能夠活出嶄新的生活。她一定也會這樣相信我，我們相信彼此。

「保持聯絡。」

掛斷電話後，我傳了一封訊息給志勳哥。我拜託他好好照顧芝安，還特意加上了五個驚嘆號。接近出發時間的時候，我搭上了飛機，繫上看起來不可靠卻只能選擇信任的安全帶，把身體坐到貼緊座椅。廉價航空的座位狹窄，椅背堅硬，但它並沒有奪走我對旅行的期待。

當飛機完全離開地面時，我看見了驚人的天空，那是雲朵上方的世界。

第 6 章

✳

最後的心聲
在訴說的是

「妳的媽媽為什麼要……？」

「這種問題有點奇怪，我也不知道。

告別式上很多人問過我，媽媽為什麼要自殺，

但我難過的不是因為她自殺，而是因為她死了。

妳應該也是吧……就只是純粹難過。」

我獨自留在空無一人的心理中心，沒有委託人、相佑、志勳哥的空間。只有一盞燈亮著，勉強照亮我的座位。桌上的時鐘指向深夜十一點三十分。我習慣性地依序關上電腦和螢幕，整個空間頓時變得寂靜無聲。隨著時間點逼近，我越來越不知道該前往何處，身、心，分別往不同方向拉扯，變得緊繃。

「所以芝安，妳也可以擺脫那裡了。」

相佑留下的那句話拴住了我的腳踝，使我裹足不前。平時我總是會前往的那條後巷，小時候等待父親無數次的那個地方，我想再次聽見父親的聲音，哪怕聲音、內容依然沒變也沒關係，哪怕只是一段不會關心我近況的內容也好。即將到來的午夜時分，我把心理中心剩下的燈關掉，鎖上了門，然後小聲地沿著建築物繞了過去，走在那條通往坡道上的公共電話亭的小路。每走一步路，尚未擺脫的心情沿著肌肉緊緊拴住了我的心臟。

「反正相佑現在也還在飛機上，今天就好，今天真的是最後一次了。」

當我走進公共電話亭，狹小空間特有的窒悶感馬上迎面而來。小時候覺得無比寬敞的空間，如今則成了剛剛好塞得下一個成人的空間。在「那個時間點」到來前，我一一閱讀著張貼在公共電話亭上的廣告貼紙。搬運、搬家、協助尋人、代收款項……就連這些廣告貼紙也沾染著歲月的痕跡，早已褪色泛黃，邊角剝落。

011-XXXX-XXXX

我熟稔地按下電話號碼——早已按過數千次的號碼，也是我第一個記住的號碼、最想要長久珍藏的號碼。電話依舊有撥通，聽筒裡也吐露著與昨日相同的聲音和內容。

拜託至少讓我可以看到芝安畢業吧，她是我唯一一個女兒，至少讓我看看她的畢業典禮，不，讓我陪她到明年吧，拜託讓她不要自己一個人。她一直在等我回家，只要能讓我活下去，我什麼都願意信。芝安，我的芝安，妳不是一個人，妳有志勳，也有爸爸。儘管我們不能再一起同桌吃飯，就算妳不再等我了，我也永遠都和妳一起。對不起。在妳需要我的時候沒辦法陪在妳身邊，真的很抱歉。拜託老天爺，就算我死了，請讓我的孩子們都能好好活下去。

那是一段渴望活下去的聲音。初次聽見爸爸的聲音時，我曾想過去找神質問，問那個未曾垂憐父親祈禱的神，怎麼可以這樣？明明爸爸是如此懇切地希望自己可以活下去，明明說得如此真誠。當他最後直接在對我喊話的時候，我感到生氣，因為聽起來就像是爸爸已經在接納死亡的感覺。幹嘛要放棄？為什麼不再嘗試努力活下去？要是有這麼做，說不定就能活下來了。然而，如今已經事隔十餘年，我之所以還是一次又一次撥打這通電話，是為了聽到這句話：

妳不是一個人。

我早已心知肚明父親已故的事實，也知道他再也無法與我同在，然而，妳不是一個人這句話，一直是爸爸離開後我最需要的一句話。

＊

從殯儀館回來之後，為了處理心理中心的公事而回到這裡的那天，因為工作進度緩慢而內心變得焦躁。

「都處理好了嗎？好，好的。謝謝。那我們這邊就先將過去進行的部分作為未結案來處理。」

凌晨三點，我的聲音在心理中心辦公室內迴盪。我接獲聯絡通知，說申請心理剖檢的家屬嘗試自殺，最終搶救不治身亡。警方也因此要求我們提供訪談資料，表示會展開調查。儘管這不是心理中心的責任，但不舒服的心情始終揮之不去，不斷浮現「要是當時能主動問一次就好了」的念頭，令我感到後悔莫及。

以「未結案」結束的這起案件，沉重地壓在我心上。身為諮商師未能察覺的懊悔感，未能再多問一次的罪惡感，以及讓這種悲傷又再重複了一次的無力感。儘管我已經將所有情緒整理成文件檔案一樣歸類好，但實際上的我，其實恨不得捶打胸膛奔向某處逃離這一切。雖然過去也經歷過委託人或來談者自殺的情形，但並沒有因為有經驗而變得無感，反而每次都是以同樣大小、同樣重量壓在我心上。

「爸。」

在即將迎來漫長又可怕的夜晚前，焦躁與不安讓我的身體熱得發紅，這是飽受壓力時常有的反應，身體各處起紅疹，彷彿隨時都能分碎成好幾塊。我腦海中浮現手臂和手脫離、身體和腿脫離，四散各地的情景。破碎的身體似乎還會被分拆成更小塊，再更小塊，最終徹底消失無蹤。我拖著即將粉碎解體的身軀，往公共電話亭方向走去。然而，凌晨四點鐘，已經超過爸爸當初的死亡時間，儘管站在公共電話前，也撥打不通。

「您撥的電話號碼是空號……」

投入幾枚硬幣嘗試撥打的電話，抱著說不定有人會接聽的一線希望打出去的電話，然而，我得到的回應卻像一紙無情的死亡診斷書，告訴我珍貴的家人已離開人世。

黎明前的空氣非常潮濕，那股濕濕的重量感覺能將我的身體壓在地上。我好想要找人求助，任誰都沒關係，拜託幫幫我。頓時間，我的腦海裡浮現曾經請我幫忙的那些來談者臉龐，然後想起了相佑，那個曾經需要我幫助的人，能互相放心傾訴的人。然而，比起我的心情，他的悲傷更為清晰，那個失去母親、孤身留在靈堂前的相佑，那個男兒有淚不輕彈的相佑，那個一遍遍說著「沒關係」的相佑。我查看了訃聞訊息，他母親的死亡時間大約在凌晨五點，於是，我不顧一切地奔向相佑所在的地方，然後氣喘吁吁地問他：

「需要……幫忙嗎？」

假如他說「沒關係」，真心沒關係，我打算告訴他：「其實現在的我需要人幫忙。」

儘管最後我沒有機會說出這句話，但是看著他的樣子下定決心，無論發生什麼事，拯救他們的心都是我該做的事，不要陷在自己的情緒裡，反而忽略了周遭。

*

「芝安，這裡的人根本語言不通！我實在太想講韓文，嘴巴好癢喔～」

這是相佑出國一週以來第一次的聯絡，他說他正在非洲某個地方旅行，竟然第一次出國就選擇非洲，真是不敢相信，就連和他一起共事過都不曉得原來他有這種衝動和勇氣。他說話的聲音充滿興奮：

「昨天在旅舍裡出現了一隻這麼大，不對，大概像手臂這麼大的蟲子！芝安，妳要是親眼看見應該會放聲尖叫喔！結果更好笑的是，那裡的人當中只有我一個人尖叫，大家可能已經見怪不怪了吧，總之，害我超尷尬的。」

「怎麼樣？在那邊都還習慣嗎？」

「每天都充滿新鮮感，但是坦白說，也有點想念在心理中心工作。」

「這麼快就想了？」

我在和他的電話中咯咯笑著說道。我早已想不起來，上一次像這樣放聲笑是什麼時候了。在相佑講述的故事裡，的確充滿著出國前根本預想不到的事情，直到他分享完彷彿永遠說不完的一週故事之後，她才終於問起我的近況。

「芝安，那妳最近都還好嗎？和志勳哥相處得怎麼樣？」

「就……差不多吧，和平時一樣。」

「還沒打算釋懷嗎？」

「哪有什麼好要釋懷的……」

相佑總是這樣，喜歡說話，卻又不會忘記別人說過的話，這是他的能力。也正因如此，他才能牢記每一位來到心理中心的人所說的話，讓人對他產生信賴。如此細心的他，自然也沒有忘記我很久以前的故事。

「比方說，和母親之間啊，妳之前不是有告訴過我嗎？就是我當初在漢江失魂落魄的時候，那時妳對我說了一整晚的故事，忘了嗎？」

「哇，那都是多少年前的事情了。」

「七年前！這種事我當然記得，我可是全都記得呢。所以，妳不打算和母親和好嗎？以後妳還要和志勳哥兩個人一起工作，總得好好聊聊吧？」

「……」

「芝安，雖然有些事情會隨著時間流逝自然解決，但妳也說過，那是因為過程中有努力嘗試解決，所以說不定現在的妳也需要付出一些努力。」

那是當初心理中心剛開幕時，我在機構審查面試中說過的話。因為要藉由現在的方式預防自殺可能是有限的，需要安排更積極的介入措施，以及為遺屬量身訂製的方案才行，我是這樣請求批准試營運的。而隱藏在那段生冷僵硬內容裡的這段話，又再次被相佑記了下來。當然，這段面試時的故事也是我親口告訴他的。

「我今晚會再打給妳，今天就讓妳的爸爸好好休息一下，試著直接回家睡覺吧。」

「可是這已經是我長期以來的習慣了。」

「是啊，所以啊……長期以來妳也早已變了不少，妳早就不是當年那個充滿稚氣的芝安，現在可是一間心理中心的負責人欸！」

「我會考慮看看的。但今晚你是真的沒必要再特地打給我了。」

「我晚上會再打給妳，要接喔！」

話一說完，相佑便掛斷了電話，斷線後的電話裡什麼聲音都聽不見，我默默看著已經重新鎖上的手機螢幕畫面，那是志勳哥哥的畢業典禮合照留影，照片中有爸爸、我，以及穿著畢業服的哥哥，唯獨少了母親。不只是那張照片，在我的人生裡，也唯獨少了她。

*

我並不是對她完全沒有記憶，在人生中模糊的第一個記憶裡，是有她在的。大概是七歲那年吧，全家人一起去旅行的時候，那是我印象中第一次、也是最後一次的家庭旅遊。那時，她的臉被陽光曬得通紅，細心地幫我和哥哥塗抹防曬乳，從頭到尾都沒有放開我那連東西都握不穩的小手。她頭戴寬檐帽，整張臉隱藏在帽檐下，被影子遮擋，卻不時流露出燦爛的笑容。我看著她的笑臉，感覺到幸福，明明還不懂什麼是幸福的年紀，卻因為見她笑而跟著笑。

然而，不知從何時起，我就再也見不到她了，無論我怎麼等，她也沒有再回來。起初，我以為她只是去了一趟長時間的外出，年幼無知搞不清楚情況的我，似乎還有問過爸爸：「媽媽什麼後才回來？」爸爸溫柔地告訴我：「之後吧，再過一段時間。」可是我看著他的眼神，彷彿明白了什麼叫「鬱悶」。那就像是用一層薄紗將內心遮擋起來的感覺，內心一隅變得沉重苦悶的感覺。直到我稍微再長大一些才終於明白，她再也不會回來了。那天，我把沒能給她的禮物全部都扔掉了，包括聖誕節卡片、母親節康乃馨。

「芝安！」

自那時起，每到爸爸下班回家的時間，我都會出門去迎接他。因為我想要盡可能早一點感覺到爸爸並沒有離開、他會回來的事實。爸爸拖著疲憊的步伐回家時，看見我就會馬上露出燦爛的笑容，而我也會看著露出那種反應的他感到心安。至少爸爸會回來，他不會離開。我總是勾著他的手臂，和他一起輕鬆笑著走回家。打開玄關大門時，志勳哥則是一臉漫不經心地看向我們，隨口問一句：

「回來啦？」

然後又若無其事地將視線轉回電腦螢幕畫面，全神貫注地繼續打遊戲。我並沒有對於他那樣的態度感到失落，因為光是那一句「回來啦？」就能讓我感覺到自己還有家可回。

當時那一幕——哥哥坐在客廳電腦前打遊戲，我和爸爸脫掉鞋子正準備一起走進屋內，從微開的窗戶飄進鄰居家煮的晚餐香味，簡單的一桌飯和哥哥、我、爸爸，爭吵著換誰洗碗的我們——至今我依然認為那個畫面就是所謂的「家人」。

＊

吱——吱——

凌晨十二點，褲子口袋裡的手機響起震動，在狹小空間裡響起的手機震動聲，也許是因為深夜的寂靜，聽起來如雷鳴般響亮。眼前的公共電話和不停震動的手機，究竟該撥打電話還是接起電話？隨著那個時間點逼近，我越發苦惱。

最終，我什麼選擇都做不出來，沒能透過公共電話聽爸爸的聲音，也沒能接起相佑打來的電話，對相佑感到抱歉，也對爸爸感到抱歉，總覺得今天彷彿沒能迎接爸爸下班回來。直到手機震動聲停止，我才拿出手機觀看。一家三口的桌布照片上顯示著相佑的未接來電通知。

「爸，我該怎麼辦才好？」

我想要問爸爸，到底是希望我今後再也不要去找他，慢慢忘記他？還是希望我像以前那樣每次都出來迎接他回家？然而，我清楚知道，無論我怎麼問也不會得到答案。就算聽得見他的聲音，也只會一遍遍重複同樣的內容而已。我倚靠著公共電話亭，光靠雙腿站立似乎身體太過沉重。

＊

「為什麼還不來呢……」

不管多晚，爸爸都會在晚上九點前回來，有時候如果太晚，我打電話過去，爸爸也會叫我先回家，說天色已暗，別等了，但儘管如此，我還是會等他，因為只要一想到爸爸回來的樣子，就算等再久，也不會感到無聊或漫長。有時我會坐在附近的雜貨店台階上，有時也會繞住家附近一圈閒晃，然而，那天爸爸是連電話都沒接，導致我無法離開公共電話亭半步。

時間慢慢接近深夜十點，我已經嘗試撥打十幾通電話給爸爸，卻一直都是無人接聽。當我察覺到情況與平時有異時，腳尖開始隱隱作痛，知覺慢慢變遲鈍，一陣麻木感緩緩往上蔓延。最終，那份痛楚上升至胸口，使我感到窒息。身體各處開始出現一片片的紅腫，宛如得了皮膚病一樣，我每隔十分鐘就撥打一次電話給爸爸，但還是無人接聽，最後不得已，甚至打給了我的哥哥。

「爸爸是不是去找你了啊？」

「沒有啊，你們沒在一起嗎？」

哥哥高中畢業後為了找工作而搬去了外地，他似乎也不曉得爸爸人在哪裡。我原本以為，該不會是哥哥出了什麼事，爸爸緊急去找他所以才沒能接我的電話，但從哥哥的回應得知，連這一點微小的可能性也無情地消失了。我腦海一片空白，想到爸爸也許再也不會回來，眼淚就忍不住想要潰堤。

喀啦！

午夜剛過，電話終於接通了，在漫長的通話連接音過後，我本以為這次也會無情地斷掉，表示無人接聽，但沒想到聽筒裡竟然傳來了熟悉的聲音。我急忙喊道：

「爸爸！你到底在哪裡！」

然而，不管我怎麼問，電話那頭持續不斷地傳出爸爸的說話聲，無論我問多少次他在哪裡，也只有傳來毫無關聯的回答。當我察覺情況有異，打算仔細聆聽內容時，才發現電話那頭爸爸說的內容已經是最後一句話了。

就算我死了，請讓我的孩子們都能好好活下去。

當我聽到爸爸說的最後這句話時，我的世界頓時陷入一片漆黑茫然，不顧我的提問自顧自說的這段話聽起來宛如遺言，也像永遠無法歸來的人所留下的最後一段話。我急忙重新撥打電話，可是電話就再也沒有接通了。這時，我聽見了倉促的腳步聲。

「芝安！芝安！」

是住在公寓頂樓的房東阿姨，她身穿鬆垮的睡衣，可能是睡夢中驚醒，看起來一臉神色慌亂。我不知所措地站在原地看著阿姨，阿姨走到我面前，一把抓住我的手，把我拉向大馬路邊，然後對我說：

「妳爸出事了！妳哥一直打電話到家裡都沒有人接，所以打電話到我這裡。妳現在要趕快去醫院，妳哥也已經在趕來首爾的路上了！」

「什麼……？」

「唉呦……人都已經走了！快去吧！計程車！」

大馬路上滿是急著返家的路人，街道上行駛的車輛彷彿都是在奔向各自的住家，阿姨拉著我的手，好不容易攔下了一輛沒有去向的空計程車，在她把我推向車內的同時，也塞了幾萬韓元在我手中。

「麻煩把她載去〇〇醫院的往生室！芝安，計程車費在這裡。」

計程車在車道間疾駛，我牢牢握住手裡的紙鈔，生怕弄不見。當我把視線越過車窗，看著街道，那一天的種種彷彿都在眼前掠過。早上出門上班的爸爸，放學後按照爸爸的下班時間出門等候，打不通的電話以及好不容易接通的電話，還有爸爸說的最後一句話……當車子駛入醫院的時候，我終於意識到這一切都是真的，是事實。計程車理所當然似地開進了醫院停車場，停在了入口處。我的兩腿根本動彈不得。

「同學……到了喔。」

「喔……好的。」

這時，我才把手裡緊握的鈔票遞給了司機，也不曉得車資是多少，就直接將手裡的錢全部給了司機，於是司機默默找了一些零錢給我。我打開計程車門，雙腳使力，想盡辦法走下車。一步，一步，我行走在早已崩塌的世界裡，抵達的地方是停屍間，一切都早已結束。

＊

當時，我之所以還能勉強撐住，都要多虧志勳哥。我什麼也不懂，完全不曉得要做什麼事，但他卻像經歷過這種事情的人一樣，從葬禮的流程到聯絡各方，都冷靜地一一處理完畢。包括聯絡我的班導師，該如何跪拜、鞠躬等諸多禮數，也是他教我的。我的一些同學身穿校服，面帶不知所措的神情趕了過來，我只能模仿志勳哥的樣子，向他們鞠躬行禮，然後默默吃飯。儘管爸爸過世了還是能將食物塞進嘴裡，我對於這樣的自己感到很是奇怪，但總覺得不能繼續陷入這樣的想法之中。所有人都關心我有沒有吃飯，彷彿連飯都不吃的話，我的世界就會全部崩塌。

出殯前的那一晚，總覺得格外漫長。雖然我並不完全了解爸爸的這一生究竟過得如何，但那一夜，我明確知道，爸爸的家人只有我們，因為靈堂前只剩下二十一歲的哥哥和十八歲的我，一對子女在留守。那些所謂的親戚，一個都不見蹤影，早就先行離開。甚至看見那些流淚的親戚，還會讓我忍不住懷疑，真的是爸爸的親戚嗎？因為他們擦乾眼淚之後，便圍坐喝酒，然後頭也不回地揚長而去。

出殯在即，志勳哥不斷地在與葬儀社商討決定事情，我則是坐在靈堂前，兩眼發呆地盯著爸爸的遺照看。我記憶中的爸爸總是帶著開朗燦爛的微笑，可是這張遺照裡的爸爸，表情反而顯得有些尷尬不自然。雖然我不曉得葬儀社當初要的是爸爸的哪一種照片，但似乎是不能用我記憶中的那張臉來作為遺照。尷尬地直視前方的爸爸，彷彿沒有對焦在任何一處，儘管我就在他眼前。

酒桌撤散後的凌晨時分，再過五小時，爸爸就要出殯了。志勳哥似乎已經把事情處理得差不多，走來我身邊坐下，然後淡然地對我說：

「趁出殯前睡一會兒吧，不會再有人來了。」

「媽媽呢……？」

「……」

「媽媽為什麼不來？」

根據志勳哥的說詞，爸爸的那張遺照是結婚時拍的，因為只有這張照片是直視正前方的，所以表示這張照片的旁邊，本來應該會有那個女人，那個告別式上大家議論紛紛的拋家棄子的女人。

「可能有她的苦衷吧，妳就多體諒一下。」

「什麼苦衷？到底是有什麼苦衷，連爸爸的告別式都不來？我的同學們都來了，甚至就連從未見過面的親戚都來了，為什麼我們的媽媽卻不來？爸爸都……死了欸。」

「芝安啊……」

「我們是家人啊，曾經的一家人，不管怎樣都是我們的媽媽啊……」

說這句話時，我的喉嚨像撕裂般疼痛，可能是過去一直想說出口卻哽在喉嚨已久。明明沒有想哭，卻淚流不止，眼皮都腫了起來。鼻頭因為擦拭頻繁而導致破皮刺痛，所以連鼻涕都無法擦去，就這樣眼淚和鼻涕混雜在一起，把喪服弄得髒兮兮的。

「媽媽應該也很難來這裡……」

「為什麼！再怎麼說她也是我們的媽媽啊！就算她把孩子都拋棄了，也還是媽媽啊！至少她還活著！可是爸爸……爸爸已經不在了。」

「……」

儘管哥哥的冷靜沉著總是讓人覺得可靠，但是在我放聲吶喊的那一刻，我一樣討厭他，就像討厭媽媽那樣。我無法理解他不和我一起哭、一起難過，彷彿一切都理所當然的那個樣子。我希望剩餘的唯一一個家人，可以陪我一起哭泣，一起埋怨我們的媽媽。

最終，她還是沒有出現，出殯完以後，哥哥說要留在老家幾天整理爸爸的遺物，但最後還是離開了，去到他工作生活的地方。爸爸的死，徹底把我變成了一個人，所以每次只能去那座公共電話亭，因為實在太想聽到他說的那句，「妳不是一個人」。

＊

「要是當時我認識妳，會不會就能幫得上忙呢？」

相佑的聲音斷斷續續傳來。雖然不曉得他在哪裡，但似乎是網路訊號不太好的地方。大概是因為時差的關係，對於他來說是晚上的一通問候電話，對我來說卻已經逼近深夜。我有些不好意思地說道：

「其實現在回頭看，我並非完全隻身一人。」

「妳是說有志勳哥嗎？」

「不是，當時反而因為是家人所以更討厭他呢。我有一個同班同學，有來靈堂上香……」

「滿意外的呢，我從來沒聽妳提起過朋友的事情。」

「你還真是……」

當我低聲說道，他便打趣地說著自己只是開玩笑，不過很快地，他又馬上收起歡笑，認真問：「所以那個朋友當時是如何幫助妳的？」這是他專屬的方法，讓認真的話題不要演變成悲傷。

「其實也沒什麼，就只是告別式結束後，我重回學校上課，某天，她對我說，她的媽媽是自殺離世的，當時她對我滔滔不絕地講述自己的心路歷程，我聽完發現居然和我如出一轍，該怎麼說呢，有一種即便我什麼也沒說，她卻懂我的那種……

那時我才意識到，原來無論是自殺還是什麼原因離世，只要是失去重要的人，都一樣疼痛難過。」

「所以……妳之所以會從事心理中心的工作……」

「就是因為這個朋友，我希望自己能幫得上忙，哪怕只是一點點也好。也是因為這個朋友，我才有辦法撐到今天。」

我想起了那段和貞善一起的記憶，放學後，和我往同一個方向走回家的她，不時說著自己的故事，說到最後總是忍不住流淚，再堅強地擦去那些淚水。儘管現在早已失聯，變成音訊全無的朋友，但當時的記憶帶著我走到了這裡，就像曾經給予我力量的貞善一樣，期許自己也能夠給予像她這樣的人力量。

「妳朋友的母親會希望自己的女兒過怎樣的生活呢？」

「不曉得，無論如何應該都會希望女兒能好好活下去吧，就如同至今來找我幫忙的那些人，透過公共電話聽到的最後留言一樣。」

「那……妳的爸爸呢？」

「……」

我難以回答，因為我一直都很想問他這個問題，卻永遠得不到答案。相佑反而把我過去常對客戶說的一句話說給了我聽。

「一定也是希望妳能好好活著，而且是活得比現在更好，和那些還活著的人們一起。」

「……」

「今天只希望妳的心情可以舒服一點，韓國那邊應該很晚了吧？我就先掛了喔～」

我看了一眼時鐘，發現剛過深夜十一點。我猜，也許他是想把選擇權留給獨自在家的我，看我是否要再次去聽聽爸爸的聲音，還是選擇嘗試待在家裡準備入睡。我習慣性地在腦海中計算了一下抵達心理中心的時間，估計十二點前應該能到，儘管如此，我還是遲遲出不了門，隨著猶豫不決的時間越長，能聽見爸爸聲音的時間點也越漸逼近。

那是漫長的一夜，就算我知道自己會輾轉難眠，也還是選擇待在家睡覺。直到時間接近十二點，我又想趕快衝去公共電話亭，但我心知肚明，現在去那裡聽到的內容絕對一樣，只會得到「您撥的電話號碼是空號」。在沒有作夢的夜晚，相佑說的那番話言猶在耳。妳要好好活著，要是爸爸的最後留言中也包含這句話該有多好。如今，我早已熟記爸爸的最後留言，「請讓我的孩子們都能好好活下去」，我深知這句話意味著要和活著的人們一起好好活下去，然而，這也表示要和「她」好好相處嗎？我現在對她的心情，是無法原諒嗎？爸爸希望我這樣嗎？理性上的知道，並不能成為發自內心的想法。自認是在為別人工作的我，其實也不過是一個連自己內心都無法掌控的普通人罷了。

＊

今天是疲憊的一天。夜晚，我躺在柔軟的床上輾轉難眠，在不斷湧現的思緒之間來回穿梭。微弱的光線從遮光窗簾的縫隙間透了進來，因為天開始亮了。光線漸漸變亮，照進臥室一隅。我盯著那道光看了好一會兒，在鬧鐘響起前便起身下床，等於放棄入眠。

「怎麼啦？」

志勳哥隨口問道。連一向對別人漠不關心的哥哥，似乎都察覺到我的疲倦。我心想，幸好今天沒有客戶要來心理中心，於是不自覺地重重嘆了一口氣。隨著那口長嘆吐出，精神也變好許多。我努力轉移話題，提醒自己還在工作中的事實。

「之前的訪談內容都整理好了嗎？」

「嗯。不過，妳是真的有什麼事嗎？」

我轉過視線盯著再次追問我的哥哥看，他目不轉睛地看著我，其實平時我們幾乎不會四目相交，但今天他卻直視著我。我迅速將視線挪移至電腦螢幕，即便想要努力專注工作，也依然能感受到從隔壁辦公桌投射過來的炙熱目光。也許是他終於打消了繼續追問的念頭，我聽見他轉過身的聲響，然而，即便移開了視線，也無法徹底離開座位。

「馬上就是爸爸的忌日了，妳要去看看他嗎？」

「現在是工作時間。」

「媽說她想要一起去看看爸。」

難道他關心我今天的狀態，是為了說這件事？每到爸爸的忌日，我們都會按照各自方便的時間前往靈骨塔探望，但畢竟現在一起共事，所以分開來單獨前往也滿奇怪的，的確要問問我，再加上還有媽媽一起……當我聽見媽媽這個單字時，馬上感到一陣心痛難耐，瞬間一股情緒湧上心頭。儘管我不想做出情緒化的舉動，但脫口而出的話卻像利箭，狠狠地朝志勳哥飛射出去。

「哥，你怎麼還在跟那個人聯絡？一起去又是什麼鬼？」

「我說我現在和妳一起工作，然後她就說那想要和我們一起去看看爸。」

「別說瞎話了。」

「芝安，都已經是十年以上的事情了。」

「可是不管時間過多久……」

未能說完的話該如何收尾才好？要說不管時間過多久，還是無法忘記嗎？還是說不管時間過多久，爸爸也回不來了嗎？抑或是不管時間過多久，也無法原諒她嗎？我始終難以決定如何為這句話做結尾。這時，我的身後傳來了哥哥的聲音。

「媽說她很抱歉，也想要見妳一面，和妳當面道歉。」

「我出去一下……」

我猛地起身，朝心理中心外直直走去，即便能感覺到他在我身後的目光，我也沒有回頭。當我一步步踩著階梯走到建築物外的時候，我感受到心在絞痛。呼吸裡充滿了壓抑的氣息，使我不得不緊抓快要喘不過氣的胸膛。下意識地撓了撓手背，皮膚漸漸泛起紅疹。

「一、二、三……」

我數著數字，慢慢地調整呼吸。一、二、三，一、二、三。迎面而來的風混雜著夏末與初秋的氣息，潮濕又悶熱的落葉味。明明只是季節更迭，夏去秋來，我卻有這一生早已過完的感覺。我緩緩邁開步伐，走到後巷，那是一條穿過老舊公寓與山坡的小路，而在小路中間點的位置，有一個始終沒有任何改變的地方——公共電話亭。我走進電話亭，拿起聽筒，一如往常沉甸甸的重量，我習慣地按下了爸爸的手機號碼。

011-XXXX-XXXX

然而，就算正確按完所有號碼，得到的回應也只有「您撥的號碼是空號」。

*

「爸，我好想你，說點什麼都好，我真的什麼也不知道了。」

拜託讓她不要自己一個人。她一直在等我回家，只要能讓我活下去，我什麼都願意信。芝安，我的芝安……

那天晚上，我還是忍不住再次去了那裡，一邊聽著耳邊傳出的最後留言，一邊向他吐苦水，就只是想要找某個人傾訴。然而，當留言播放完畢，爸爸的聲音便無情地中斷了，無論打多少次，電話那頭也只會傳來「您撥的電話號碼是空號」。那些尚未說出口的話糾纏在心底，到底該如何熬過這種心情？我打開手機，翻閱通話紀錄，注意到了相佑的名字。要忍住的心情與好想抓住任何一個人的心情在相互拉扯。我用顫抖的手按下了相佑的電話。直到按下的那一瞬間，我心裡都還想著不要打給他好了。

嘟嚕嚕嚕，嘟嚕嚕嚕。

我打算等連線聲響完第三聲就掛掉，因為不想再面對聽不見對方聲音的現實。然而，才響到第二聲，相佑就接起了電話。

「芝安！什麼事？」

當我聽見相佑雀躍欣喜的聲音，反而一時之間不知道該說什麼才好，感覺他身在一無所知、無憂無慮的世界裡。然而，他看我沒反應，重新問道：

「喂？芝安？」

面對一通沒有任何回應的電話，他不禁語帶擔憂。明明在撥打電話前還有許多想說的話，但真正聽到他的聲音以後，反而不曉得該說什麼。儘管如此，我還是認為自己必須說點什麼。可是，該從何開始說起呢？從心情？還是從情況？最終，我選擇告訴他突然打這通電話的目的。

「幫幫我，相佑。」

以目的來說，這是一句太過悲哀的台詞。

「芝安……」

相佑的聲音變得低沉，他似乎是在努力尋找合適的語言，遲遲無法輕易開口。我強忍著淚水，就連自己也搞不清楚想要聽到什麼安慰。一陣沉默降臨，如同我們的距離般，是一段長長的沉默，沒有人敢率先拉近這段距離。然而，最終相佑還是開口說道：

「妳第一次跟我說那些話的時候，我真的完全不知道該怎麼辦，但是妳就在我旁邊一直說自己的事情，一開始我只是靜靜地聽著，但現在好像終於能明白妳當時的心情了。其實我們都不知道該怎麼做。」

「……」

「不過，芝安，就算我現在沒辦法立刻去妳那裡，我也能這樣陪妳說說話，如果妳想說什麼我就聽，如果連說點什麼都覺得困難，那我們就隨便閒聊，沒關係。妳有什麼想說的嗎……？」

「我……無法釋懷，就是沒辦法原諒，無論是那個人還是我哥……都無法原諒。我的大腦可以理解，但內心就是跟不上，所以老是有一種使不上力的感覺，明明到現在為止都有努力撐過來的，我以為只要這樣活著就可以了……」

言語間夾雜著啜泣，我沒想到有一天，自己會打電話給相佑邊講邊哭。我一直以為自己是個能穩住重心、引領別人的人，可現在彷彿瞬間回到了父親過世那年的那個十幾歲小女孩，回到當時那個場所、當時那個心情。

「是關於媽媽的事情嗎？」

「嗯……」

「妳想要怎麼做呢？」

就算我死了，請讓我的孩子們都能好好活下去。

我想起爸爸的最後留言，其中的最後一句話。

「不知道。」

相佑沒有要我原諒她，我自己也無法確定，原諒她是不是我真正渴望的事情。但我其實親眼見過選擇原諒的人，也建議過別人嘗試原諒，因為他們的心中總有彌補不完的傷痛，而她，在我心中或許也是彌補不完的傷痛。相佑對我說：

「不論如何，希望妳能放寬心一些，活出接下來一直都舒適的人生，而不是只有短暫的舒適。」

那天的通話持續了很久，雖然交雜著提問與獨白，但無疑地，那些都是對話，是能互相詢問、了解、理解彼此的那種對話。在這段一來一往的對話中，我想起了自己應該身處的地方。當眼淚慢慢止住、漸漸打起精神時，我轉過頭，看向那間已熄燈的心理中心。那是我該待的地方、該活下去的地方。相佑最後開玩笑地說道：

「芝安不要因為今天哭過而覺得丟臉，然後就從此不接我的電話喔～有什麼事情就打電話給我，我一定會接。」

「嗯，你也是……」

害羞與終於鬆口氣的情緒在心中交錯，我好像終於明白，自己該回去的地方究竟是哪裡。

＊

我從沒想過有一天她會來心理中心。這裡總是有各種陌生人出入，可是她的面孔，帶著一種說不上來的熟悉感，看來就算是模糊的記憶似乎也依然是記憶，我很快就一眼認出了她，雖然與記憶中的模樣相比，她早已變得豐腴一些，腰桿也挺不直了。

我與她尷尬地面對面坐在沙發上，仔細觀察著她的表情。無法交會的眼神與緊握的雙手，充滿著罪惡感的肌肉在微微顫抖，安排這個場合的人是志勳哥，他說會安排一次見面，我卻沒想到會是以這樣的方式進行。可能我本就不該對他有所期待，不該指望他會細心詢問我要如何安排。他在問完我的隔天就馬上把她叫來了心理中心，宛如事先預約要來諮詢的人一樣。

我依然坐在屬於我的位子上，那個總是主動觀察對方心情的位子，而她則是坐在對面帶著各種情緒前來的來訪者位子，我對於她坐在那個位子上感到一陣強烈的違和感。我沒有主動打招呼，這同樣是在心理中心第一次有的情形。

「要不要喝點茶？」

志勳哥禮貌地向她問道。我瞥了他一眼，他的一舉一動自然到毫不尷尬。儘管我對於他那個樣子感到排斥，但還是沒有起身離開，因為我已下定決心，假如遲早有一天都要碰面，或許今天就是那一天。

她和我之間的小茶几上，放著三杯茶。哥哥泡完茶以後，走到我身邊坐了下來。也不曉得是否該感到慶幸，至少他沒有去坐在那個女人的旁邊。她依舊不發一語，不知道究竟是無話可說，還是想說的話無法輕易說出口。於是，我先向一直摸著茶杯把手的她問道：

「為什麼說想見我？」

「因為……你們都是我的孩子啊。」

「看來當時我們不是妳的孩子。」

「芝安。」

哥哥冷靜的聲音壓住了我的情緒，因為他沒有叫我停止，而是叫了我的名字。說真的，我其實很想一吐怨氣，為什麼要拋棄我們，為什麼要離開我們，為什麼連告別式都沒有出現。隨著這樣的疑問持續不斷，我也心知肚明只會讓對話難以繼續。儘管如此，心中的埋怨依舊蓄積在嘴角，使我遲遲無法開口。

「媽媽這些年也過得很苦。」

「您親口說說看吧。」

我一邊深呼吸一邊說道。在旁人看來可能像嘆息，但那是為了控制我的情緒所能做的最大努力。她動了動布滿皺紋的嘴唇，終於一點點開口了。她的聲音和當初一模一樣，但這點也讓我內心更加痛苦。

「和妳爸離婚後……我承認，是我先提的，但並不表示就把你們忘了，一直都有把你們放在心裡過日子。甚至當作是拋下你們的罪過，每天帶著贖罪的心情撐過來的。就算好幾次想去找你們，也因為他而沒辦法去。」

「他是誰？」

「和媽媽結婚的人，繼父。」

志勳哥代替她做了回答。讓我再也無法壓抑情緒的，是那個單字，「繼父」。我不想叫一個連面都沒見過的人是爸爸，對我來說只有一個爸爸。我強忍著逐漸升高的音量說道：

「什麼爸爸，所以為什麼現在才來找我們？」

「去年，他走了。那個精力旺盛的人突然就走了，所以現在才能聯絡你們……」

「不是因為變成自己一個人了所以才來找我們嗎？」

「姜芝安。」

我的身體在發抖，從腳尖開始逐漸麻木，失去知覺。我想要直接起身離開那個場合，但志勳哥的聲音把我留了下來。就算我嘗試起身，雙腿也使不上力，只有扯高嗓門來展現反抗而已。我帶著一雙看起來很遜、快要哭出來的眼睛，一邊隱忍，一邊說道：

「所以沒來爸爸告別式也是因為那個人？因為妳再婚的那個人不喜歡妳來參加？那我們的爸爸……爸爸他……」

「對不起……」

「妳能體會失去唯一的家人是什麼感覺嗎？親眼看著所有人一個又一個的離開……」

「……」

就連志勳哥也沉默了。我的腦海中浮現他當初把我留在老家，獨自離開的背影。他說必須得回去工作，可是，回去的地方不應該是自己的家嗎？難道這個老家對哥哥來說不是家嗎？大門關上，只剩下我一個人在那空蕩蕩的房子裡，要是連我也離開，那個空間就不會再留下任何一絲溫度。哥哥可曾想過，被獨自留在那裡的我，是什麼感受。我盡可能保持理智，堅定果斷地說：

「我先走了。」

我把所有注意力都集中在雙腿上，站起身，沉重的空氣彷彿壓在我身上。我不想看見自己流淚的模樣，所以在眼淚掉下來之前就連忙擦去，宛如從未哭過的人一樣，從容自然地。當我推開心理中心的門走出去，身後傳來了清脆響亮的風鈴聲，而那個聲音讓我想起了曾經前來心理中心的那些人，送走心愛的人然後後悔不已的人們，每走下一級階梯都能想起他們說過的話，他們說希望時間可以倒回到過去；

希望已逝的親人可以重新活著回來；早知如此當初就不會那麼做了。儘管我聽過這麼多懊悔萬分的台詞，我也依然無法原諒。明明親眼看過他們後悔，也明白他們的心意，會不會其實我根本什麼也不了解。

*

那是在我進行臨床實習的時候，該名來訪者是年紀稍長的中年女性，而當時的我，還只是個正在攻讀研究所的年輕人，即將畢業。儘管我當時已經有實習經驗，但在一個年紀比我大一輪以上的人面前聽她說話著實不易，我被一種要是稍微表現出一點稚氣就會失去信任感的強迫觀念所束縛，不得不表現得盡可能成熟。我身穿端莊的服裝，腳踩不過高的跟鞋，整潔的髮型和簡約的妝容，還有簡潔平穩的說話方式，那是我所能做到的努力之一。

由於是第一次會談，所以我一點一點地詢問她，是基於什麼理由決定來接受諮商，諮商室的隔音良好，我可以清楚聽見她的回應。諮商室內部布置得很溫馨，宛如家中一隅，但其實是諮商師們共享的辦公室。為了不讓她感到不適，我特地用溫柔的語氣引導她一點一點開口。當第一次會談超過半小時的時候，我問道：

「那您的童年過得如何？」

童年時期與父母的關係往往會影響到一個人的依戀關係，也是了解一個人內在心理的重要線索之一。每個人的童年都不相同，但也因為每個人都一定有童年，所以是必不可少的問題。

「下面有個弟弟，爸媽關係處得不錯。雖然後來因為爸爸先離開人世，所以過得比較辛苦……」

她的童年記憶並沒有立刻脫口而出，展現出來的是稍微偏離重點的迴避型反應，而當時的我還年輕，臨床經驗不夠豐富，所以只能推測應該是對於中年人來說較難回憶起自己的童年。我告訴自己，不要著急，著急只會暴露出自己的經驗不足。因此，我沒有直接指出她的迴避，而是換了更能直搗她內心的核心問題。

「那您的父親是什麼時候過世的呢？」

我仔細觀察著她的表情，查看她這次會有什麼反應。就像一直以來那樣，在第一次會談中，比起聽對方訴說更多故事，更重要的是透過提問來觀察對方的心理反應。然而，面對這句提問，她的視線一下子掉了下去，她開始啃咬指甲，不停轉移視線，這些重複的小動作，打破了她那個年紀本該有的沉穩感，反而看起來像個擔心害怕的小朋友一樣。她用纖細的聲音說道：

「是在我國中快要畢業之際，那時因為年紀還小，也正值青春期，所以自然是不喜歡待在家裡，總是和朋友們混，也去市區鬼混玩耍，有一次甚至還離家出走。雖然說是離家出走，但也只不過是在朋友家睡幾晚而已……就這樣讓父母操了好多心，然後回到家，過不久，我爸就住院了。我連他得了什麼病都不曉得，靜靜在家裡待著，總覺得一切都是我的錯，是我讓他操太多心害他生病的，都是因為我……然後再過一個月，他就過世了。我媽以淚洗面，弟弟什麼都不知情，我罪惡感太深，所以連放心地哭一場都不敢。這些事，直到現在都還是我的遺憾……」

她的回憶非常清晰，宛如去年或前幾個月才剛發生的事一樣。此時此刻坐在我面前的她，彷彿不是在看著我，而是在看著自己的過去。她似乎是感到哽咽難言，用力捶打著胸口。夾雜著悲傷與自責的聲音，聽起來也像痛苦呻吟。

「到現在也是只要一聽到孩子們說要去旅行，我就會突然感到好害怕，擔心他們會不會就突然離開……雖然我知道孩子們都已經長大，想抓住他們也沒有用，但心裡還是放不下。害我操心的時候又會氣得要命……我會發現自己又在責罵他們。」

創傷，創傷後壓力症（PTSD）。說到創傷，通常會想到災難、戰爭、暴力等事件，但其實日常生活中突然面臨的衝擊，同樣會造成心理受傷，而這也算是廣義上的創傷範疇，身處創傷的人隨時都可能重新想起當時，並且回到當時那樣的感受之中。就像這位年近六十的女士在回憶起過世的父親時，至今還是會流淚、無法放心自己的小孩一樣。

我聽著當時這位中年女士的故事暗自心想，所謂創傷，是一種跨時間的心靈傷口，她和我一起面對那段過往，並寫下想起那些回憶時該如何應對的方法，協助她認知那件事情是傷口，是特殊經歷，好讓她可以繼續在日常生活中生活下去。儘管如此，她還是時不時潸然淚下，而我每次見狀都會溫柔地對她說：妳要活在當下，這裡，不是過去，是此時此刻，現在。

經常對別人說這些話的我，卻再次拿起了公用電話的聽筒。隨著父親的忌日逐漸到來，風中也瀰漫起該季節的氣息。夜風寒冷刺骨的那天，我再次撥了電話給爸爸。

一樣的內容，一樣的語調，一成不變的那番話。然後再次重新撥打時，一樣聽到那句「您撥的號碼是空號」。到頭來，我是不是一直都活在過去裡？

吱——

短促的震動聲響害我嚇了一跳，我確認手機，下意識地猜想該不會是相佑，結果發現是志勳哥傳來的訊息。

爸的忌日快到了，妳還是再嘗試聯繫看看吧，這是媽媽的電話號碼。

一段簡短的訊息，伴隨著一組陌生的電話號碼，不想知道也從未儲存過的電話號碼。我凝視著那組陌生電話，不是空號而是存在於世界上的手機號碼。我小心翼翼按下數字鍵，隨著嘟嚕嚕信號音響起，電話接通了。

「喂？」

當我聽見母親的聲音傳來，我便馬上掛斷了電話。心臟跳得厲害，不停撞擊著胸膛。而爸爸的手機號碼依然只有傳出「您撥的號碼是空號」。

＊

下班時間過不久，志勳哥似乎因為還沒整理完工作，仍留守在辦公桌前。上次那起委託人身亡案件雖然已經順利做完收尾，但有些機構也開始質疑我經營心理中心的方式。他們認為，相較於中央心理剖檢中心正在進行的心理剖檢案件，我們中心的進行方式可能會給遺屬帶來較大的心理負擔，而且隨著使用人數增加，管理上也會變得困難。儘管這些質疑不足以影響心理中心的營運，但內心感受上不太舒服也是沒辦法的事情。志勳哥可能也有感受到心理中心的氣氛，從那天以後就沒有再主動向我提起任何事情。我一邊收拾包包，一邊問他：

「不下班嗎？」

「還有一些會計工作要處理。」

「還要多久？」

「大概三十分鐘？」

「要一起吃晚餐嗎？」

我確認了一下時間說道。這是以心理中心負責人的名義關心員工，也是想為中心試圖找回一些活力。志勳哥的視線沒有移開電腦螢幕，爽快地一口答應：

「走啊。」

「要吃什麼？」

「炸醬麵，既然都加班了，順便再多點一份糖醋肉。」

「你是有聯絡過相佑嗎？」

「只有傳過訊息。」

每當氣氛變得沉悶時，相佑就會叫炸醬麵，這是他特有的玩笑方式，為了緩解氣氛而刻意營造出真正的徵信社辦公室氛圍。所以在他提供的交接清單上，似乎也有留下炸醬麵館的電話號碼。

志勳哥的視線依舊停留在電腦螢幕上，回想起來，他好像從小就很喜歡電腦，印象中總是目不轉睛地盯著電腦螢幕觀看。我撥了電話到相佑平時經常叫外送的那間中餐館，親切的老闆還問我：「今天怎麼不是之前打電話來的那位啊？」

等待外送到來的期間，我斷斷續續地聽到敲打鍵盤的聲音和街道上的汽車引擎聲。由於我沒有什麼特別要做的工作，所以就坐在沙發椅子上發呆。這麼一想，自從開始在心理中心工作以來，好像還從未像這樣子專心發呆過，因為相佑在的時候，他總是會不斷向我搭話，而志勳哥加入之後，則是工作量變多。

從遠處傳來的上樓腳步聲令人感到熟悉，那不是委託人的腳步聲，而是外送員的腳步聲。前者的腳步聲往往是輕盈的，帶著小心翼翼與些許不安的沉重心情，但腳步是輕鬆的；反之，外送員的腳步聲是毫不猶豫的，明確朝目的地前進。大門伴隨著風鈴聲被推開，然後傳來一句不帶任何情感的聲音。

「外送餐點到了喔～」

「謝謝。」

接過的塑膠袋沉甸甸的，那間老字號炸醬麵館到現在還在用鐵箱子送外賣。也不曉得性格隨和的相佑是如何找到這家的，我記得他對我說過，這間餐館是專門只做附近周遭的生意，光是提著一只鐵箱子也能做生意。我本來根本不會想這些事情的，但因為志勳哥還在忙工作，我沒事做，就不由得胡思亂想了。

我在客廳矮桌上鋪好報紙，把炸醬麵和糖醋肉擺了上去。由於餐點才剛做好，還能感受到溫熱的氣息。我小心翼翼地拆開包裝，生怕食物會濺到衣服上。志勳哥則是都不用叫他來吃飯，他就自己一屁股坐到了我對面的位子。

「哥，你吃飯的時候倒是滿自動自發的嘛。」

「是嗎？」

志勳哥自顧自地拌起了炸醬麵，然後夾起一大口麵條，塞進了嘴巴裡。儘管先提議要一起吃晚餐的人是我，但真正面對食物的時候，卻一點食慾也沒有，因為想到尷尬的氣氛和心理中心正巧面臨的複雜情況。我為了不讓食物氣味沾染到空間裡的家具和物品，連忙將窗戶敞開，然後再回到座位上。我看著雖不到狼吞虎嚥卻吃很快的哥哥，忍不住提醒了一句：

「慢慢吃，小心不要濺到沙發上。」

「妳之前已經提醒過了。」

無論我怎麼努力緩解氣氛，也還是難以讓話題延續。志勳哥的回答總是會讓話題中斷，導致我也不曉得該繼續說什麼才好。但畢竟是要在心理中心繼續一起工作的人，所以我總覺得有一種必須好好相處的責任感，肩膀也感到沉重。志勳哥似乎沒有察覺到我的心情，只是默默地夾起了一塊糖醋肉。

「那天，媽有順利回到家吧？」

「嗯？嗯……」

志勳哥用筷子夾住的糖醋肉還沒送到嘴邊，就又放了下來。他似乎是想談談關於她的事情，但因為顧及氣氛，所以遲遲沒能開口。想要打破尷尬氛圍的心情，竟讓我們不得不面對根本不願提起的話題。我不同於那天，冷靜地問他：

「所以，哥，你和媽媽……是什麼時候開始聯絡的啊？」

「從我搬出去自己住以後。也不曉得她是怎麼知道我的電話號碼的，突然就打電話給我。應該是知道我已經搬出去住，不在爸爸身邊了才聯絡我。」

「那你……為什麼要接納她？」

「因為聽她說完，覺得好像也能理解，該怎麼說呢……畢竟對我來說，她終究不是什麼壞媽媽。」

坦白說，我其實難以理解志勳哥所謂的「壞媽媽」和「好媽媽」，究竟是靠什麼來區分，拋家棄子的媽媽，難道不算是壞媽媽嗎？我相信，儘管如此，比我大三歲的他一定擁有更多關於媽媽的記憶，比我還要多與她的回憶。

志勳哥把放下的糖醋肉再次夾起送入口中，這次，他緩緩咀嚼。就算我心中有很多想問的問題，也還是試著靜下來整理了一番思緒。志勳哥似乎沒有察覺到我的心情，嚥下口中的糖醋肉以後，便自顧自地開始說起我根本沒問的事情。

「媽說她有好幾次都想聯絡我們，但是因為繼父非常堅持，完全不讓她聯絡子女，所以才一直沒能聯絡。雖然她沒有直說，但我感覺繼父似乎有一點暴力傾向，直到後來聽說我已經搬出去自己住了，她才透過別人輾轉打聽到我的聯絡方式。她

第一次打電話給我的時候，就有告訴我她不能用這支號碼接電話，然後問我能否偶爾打給我，我說可以，後來我們就一直有保持聯繫。」

「那爸爸的告別式呢……？」

「我只有傳簡訊讓她知道，然後收了她給的奠儀，可想而知她一定也不方便來……畢竟是和那樣的人生活在一起。」

「那你當初為什麼沒有告訴我？」

「我只是覺得可能需要一點時間。」

我很想問他到底需要什麼時間，難道在處理爸爸的告別式時，獨當一面、任何事情都能包辦的他，也需要時間嗎？當時表面上看起來毫無波瀾的他，內心又是什麼狀態呢？志勳哥眼看我什麼話也問不出口，便繼續用他一貫的淡定語氣說了下去。

「我當時也忙著討生活，爸爸過世的事實其實也讓我很難承受。」

「……」

「把妳自己留在那裡，我是感到抱歉的，我只是認為出去賺錢才是為家人好的事情，至少現在，我還能和妳一起工作。」

志勳哥第一次對我說了對不起，可是他的視線也只知道往糖醋肉迴避，連看我一眼都不敢，最後只是盯著糖醋肉看而已。雖然和我過去接觸的委託人相比，志勳哥的處境是可以被理解的，但是當我就是故事裡的主角時，反而很難輕易說出「沒關係」。我也因為一時想不到要說什麼，只好夾起一塊糖醋肉放進嘴裡，那瞬間讓我感受到，原來至少在咀嚼的過程中無法說話這件事，反而能讓人感到心裡舒服一些。

我細細咀嚼，直到口中的食物已經碎到再也沒辦法咀嚼時才吞下去。我感覺到被咬碎變成一坨的食物沿著食道緩緩而下，但是胸口卻像被一塊石頭堵住一樣，感到鬱悶難受。

「為什麼你認為她是個好媽媽？」

「妳可能不知道，但她離家的那天有抱著我親口說對不起，我只是記得那個瞬間，所以不覺得她是壞人，再加上後來也得知原來她一直有想要見我們。」

志勳哥又一臉泰然自若地把一塊醃蘿蔔放進了口中，但他向我做的道歉以及與我分享關於母親的那些事，聽起來都不帶一絲虛假，畢竟他如果真要捏造故事，對自己也沒有任何好處，他也不是那種為了擺平局面而故意說謊的人。

在這樣的哥哥面前，我不想再扯高嗓門和他吵架。因為我知道，像現在這樣子侃侃而談，已經是盡他所能地做到最好了。於是我默默地繼續把食物吃完，然後收拾乾淨，將吃完的碗盤簡單用水沖洗一下，然後放到心理中心的門口。我們幾乎沒有交談，只是像小時候一樣把各自吃完的東西清理乾淨，然後彷彿彼此達成協議似地，我負責將桌子擦乾淨，哥哥則是把垃圾拿出去丟，宛如一起住在同一個家裡。

「我先走嘍。」

哥哥看樣子還有得忙，他收拾完就又重新坐回到電腦螢幕前。我看著他那個模樣，想起了他十幾歲時，才剛吃完飯就又跑去打電動的畫面。我簡單和他道別，整理完我的東西就換鞋、拎起背包，準備轉身離開。這時，他像是自言自語似地輕輕說道：

「自從我開始加入這裡以後就有想過，妳為什麼會從事這份工作，甚至想過，妳對委託人說過的那些話，也許是妳自己最需要聽到的話，所以我希望妳可以重新思考看看，關於媽媽的事情。」

我將包包抱在懷中，注視著志勳哥一段時間。雖然他眼睛依舊停留在電腦螢幕上，眼神卻在微微顫抖。比起他的行為舉止，那股氛圍讓我感覺到，他的內心其實是內疚的，對他來說，這番話其實也是在向我表達「對不起」。

「知道了。」

伴隨著簡短的回答，我走出了心理中心。外面的天色早已暗了下來，因為白天越來越短。我深吸一口氣，用雙腿支撐著身體，一步一步向前行走。曾經，想要跌坐在地的日子多不勝數，但是那天的我，已經能自己撐下去。因為就像相佑說的，我早已不是當年的那個自己，改變很多，不再是十八歲，而是三十四歲的姜芝安。

三十四歲的我，明明是從出生就一起一路走過來的人，卻比其他陌生人還遙遠的感覺。隨著這樣的思緒不斷延伸堆疊，不禁覺得媽媽和志勳哥都像全然陌生的陌生人，不了解他們的真實心聲、就連一件小事都從未聊過、需要徹底重新認識彼此的那種陌生人。我們彼此之間，不得不談論更細微的事情。

*

我和貞善是同班同學，雖然不是走得非常近，但因為回家的路相同，所以經常會一起走同一條路。在學校裡，我們不會特地去找彼此聊天寒暄，大部分的對話，都只有在放學路上閒聊一些瑣碎小事。

當貞善特地來參加爸爸的告別式時，老實說我有點驚訝。雖然有幾個好朋友有來為爸爸上香，但我沒想到貞善也會來。另一件讓我感到吃驚的事情是，貞善彷彿已經經歷過這種事一樣，非常自然地前來弔唁。她在爸爸的遺照前行完兩次跪拜大禮默哀後，再向並排而站的我和哥哥鞠躬，連個手都沒有伸出來要牽我，只是安安靜靜地低頭行禮，表情也顯得冷靜平穩，不帶有一絲驚訝，後來還默默用完餐才離開。幾天後在學校裡遇見她，反而是我感到有些不自在。

爸爸的葬禮結束後，有一陣子，我刻意避開與貞善一起放學，而且不只對她，我對那天有來上香的同學們也感到有些尷尬。雖然還是繼續維持著學校生活，但面對貞善，我卻總是想盡辦法要避開她。我會故意晚一點才離開教室，或者自己先急匆匆地走掉。也許貞善也有察覺到，某天，她主動約我一起走回家，而我因為難以拒絕，只好點頭答應。她在教室裡安安靜靜地等待收拾東西慢吞吞的我。

我們再次走上了那條一起走過無數次的放學路，對於當時的我來說，該說什麼才好是最令我感到困擾的問題。該向她說謝謝嗎？說「謝謝妳來參加爸爸的告別式」，這樣子嗎？我不希望自己在態度成熟的貞善面前，顯得自己還很稚嫩，可是無論我怎麼想，都找不到合適的句子。

「我媽是去年離開的，她自殺死掉了。」

面對她開口對我說的第一句話，彷彿一記重錘敲在我頭上。我連爸爸過世的事實都還未真正接受，貞善卻已經可以若無其事地說自己的媽媽自殺離世。我不知道該說什麼，要安慰她？還是要對她說「節哀」？或者該和她聊聊關於葬禮的事情？但貞善似乎覺得無所謂，自顧自地講起了故事。

「我甚至不知道媽媽有憂鬱症，出事那天其實就和平時的氛圍差不多，她白天出門上班，晚上回到家，然後說她要自己出去一趟，結果一直到深夜都還沒回來。她是在外面結束生命的，也許是不想讓我看到吧。」

「……」

「我只是感到很奇怪，明明她每天早出晚歸，我卻這麼悲傷，可能是因為覺得從此以後她就再也不會回來的關係，其實和媽媽平時也沒有處得很好，卻讓我感覺世界彷彿就此結束。我當時不曉得自己要如何活下去，因為從來都沒有想過媽媽不在的人生。」

在她訴說著自己的內心感受時，我不知不覺聽得投入，因為那些我從未說出口的感受，竟被她一一精準地說了出來。儘管如此，我還是被自殺這個詞嚇到了，因為在我的認知裡，自殺是更悲慘且難以向人說出口的事情。

「妳的媽媽為什麼要……？」

「這種問題有點奇怪，就像妳也不曉得爸爸怎麼會那樣離開人世，我也一樣不知道。告別式上很多人問過我，媽媽為什麼要自殺，但無論她是自殺還是其他因素過世，總之就是死了，這點我知道，也知道她再也不會回來了。而且我難過的不是因為她自殺，而是因為她死了。妳應該也是吧……就只是純粹難過。」

十八歲，雖然年紀不大，但是貞善說的這番話，讓我意識到原來我的提問不正確。假如有人問我爸爸為什麼會死掉，我想，我也會和她一樣回答：「那並不重要。」那時，我才能真正明白貞善的悲傷，和我一樣的悲傷，就只是那樣的悲傷而已。

貞善的左眼泛著淚，儘管她踩著絕對不會被擊垮的堅強步伐，眼眶卻依然被淚水浸濕。貞善沒有流露出任何悲傷的表情，只是默默地擦去淚水，然後用堅定的聲音說：

「我到現在還是會難過，還是會想她，甚至想像過要是那天她說要出去一趟的時候，假如我有留住她，結局會不會就不一樣？但我覺得她應該還是會堅持出門，無論我怎麼阻止。所以當我這樣想的時候，心裡反而輕鬆一些，畢竟每個人總有一天都會死掉，這是不可避免的事情，總有一天都得面對這份悲傷，我只是比別人早一點面對這件事而已。」

「……」

「沒有哪一種死亡是不讓人悲傷的，也沒有人能免於死亡，我就當成是在代替媽媽難過，因為要是我先死掉，這份悲傷就換由她來承受了。」

如果是現在的我面對著當時的貞善，我應該會覺得她是個無比悲傷的人，展現著小小年紀為了理解母親的死與失去母親的痛而傾心盡力的模樣，還有為了在那些閒言閒語中保護自己而拚了命守住的那些心聲。然而，當時的我沒能完全體會貞善的心情，因為就連爸爸離世的事實都難以接受。

不管是不是自殺，我與貞善的心情是相似的。後來在我從事心理剖檢的工作時所接觸到的那些案例，也讓我明白失去珍貴親人的心情其實任誰都差不多，會感到悲傷、生氣、自責、想要逃避，而志勳哥一定也是如此，因為他和我一樣都是一名失去爸爸的孩子。

那時即使和貞善聊了不少，我們也沒有變得比較親近，頂多只是一起放學回家而已，高中畢業時，幫我和哥哥拍了合照而已。畢業後，貞善直接就業，而我則是繼續讀大學。偶爾互相問候的聯繫也隨著各自的人生道路不同而逐漸減少，超過三十歲的現在，我已經不曉得她過得如何，但至少可以理解她當時說的那些話了——死亡的悲傷是無從比較也不可避免的。

曾經和貞善分享過的那些話，我從未與志勳哥哥分享過。其實無論是哥哥，還是那個叫母親的女人，總有一天都會死亡，假如是貞善的話，她在我現在的情況下會選擇怎麼做呢？我猜，也許她會用她特有的殘忍口吻，說出和志勳哥類似意義的話語。

在所有人都會死掉的世界裡，沒有下次，因為誰都不曉得誰會在什麼時候離世。所以重新想想看吧，該在一起的時刻是此時此刻，現在。

＊

「所以最後是決定一起去嗎？」

我從相佑的聲音裡感受到開朗的氣息，可能是想要掩飾內心的擔憂，所以反而用更開朗的語調說話。我用平靜的聲音回答：

「嗯，等明天晚上下班後，我們會一起去靈骨塔看看爸爸。」

「我猜應該不是妳主動聯絡的……所以是透過大哥轉告的？」

「你也真是……」

觀察力敏銳的相佑似乎對於心理中心發生的事情瞭若指掌。我整理好思緒之後，就對來上班的志勳哥輕輕說了一句，願意和那個女人一起去探望爸爸。儘管我是以「假如媽媽還有想去的話……」語帶表保留地表達，志勳哥仍像是理所當然似地以「好啊」來回答。後來過沒多久，他告訴我母親也表示想和我們一起去，並且相約在爸爸的忌日那天於心理中心集合一起出發前往。

「妳打算和媽媽聊些什麼呢？」

「不知道……」

「那這樣如何？妳就像平時見遺屬時那樣，一點一點詢問她的心情，這可是妳最拿手的事情。」

「可是這不是工作啊。」

「拜託，妳至今為止做了多少努力啊！一定要試試看才知道，過去的努力說不定就是為了現在呢！」

「那我努力嘗試看看。」

相佑硬是從我這裡得到了承諾，說服我試著用了解委託人的心思一樣，嘗試了解那個女人的內心想法。他還說，聽完我的故事以後，也要我聽聽他的故事，以此作為諮商費，於是開始驕傲地述說著自己在旅遊期間發生的趣聞。他說出國旅遊遇到語言不通，不得不使用肢體語言表達，簡直就像是在和對方一起跳舞；還有拖著行李在機場等了十三個小時，最終抵達目的地時，為了尋找住宿而差點被小偷搶走行李物品。聽他說著這些故事，不禁會讓人感到這世界真是事件事故頻傳不斷。光是他一個人獨自旅行都能遇到那麼多事情了，我們的人生又會充滿多少事件事故呢？儘管如此，相佑似乎還是覺得有趣，繼續興致勃勃地與我分享：

「當我經歷完這麼多事情以後，我發現自己好像什麼事情都能辦到，無論被扔到哪個國家都能活下來。我想，所謂好好生活，應該就是這種心境吧？」

我聽聞他說的這番話，面帶微笑，反覆咀嚼，好好生活究竟是什麼？經歷過千辛萬苦之後，彷彿什麼事情都難不倒自己的那種感覺，我也想要像他們說的一樣，好好活下去。

*

汽車朝首爾近郊方向行駛，我身邊坐著哥哥，後方則坐著那個女人。也許是天氣轉涼，車窗外偶爾能看見染紅的楓葉。秋天將至，夏天也正在逝去。

車內收聽的廣播節目也是主持人在說話的聲音，所以多少有助於緩和氣氛。儘管我們沒有任何對話交流，但不斷有人聲傳來，至少還能裝作專心聆聽。她似乎也是，沒有特地轉頭看向窗外，只是靜靜地盯著前方看。她的身旁放著一束鮮花，代替了爸爸的位置。

通往首爾郊外的路上，隨著車流逐漸疏通，車子也變得暢行無阻。我其實並不熟悉這條真正通往爸爸靈骨塔的道路，因為對我來說，那座公共電話亭反而比較像爸爸的靈骨塔。自從約好這天要一起去探望爸爸之後，到今天為止我就再也沒有去過那座公共電話亭，那是為了活在「現在」而做的努力。儘管我對爸爸感到有些抱歉，但有暗自在心裡對他說我很快就會去探望他。

廣播裡傳來了聽眾朋友捎來的消息，有人說自己點某首歌曲是基於什麼理由，也有人表示孩子生病所以心情沉重，還有人說自己聽廣播可以重拾力量等……日常生活中發生的大小事情全部被收錄進廣播節目當中。我自己也開始想像，假如要投稿廣播節目的話，關於今天要寫哪些內容，要說是第一次和母親一起去爸爸的靈骨塔嗎？不對，還是應該說全家人一起？我始終無法決定該使用什麼單字，因為把她納入家人依舊是一件尷尬的事情。

經過一個半小時的車程，我們終於抵達爸爸的長眠地。那裡的停車場非常大，這可能意味著前來探望的人絡繹不絕，也可以意味著不斷有人離開人世。當我停好車、熄火，志勳哥率先打開了車門走下車，而她也緩緩推開車門，手扶膝蓋，用雙腿努力撐起身體，看起來似乎有些辛苦。

志勳哥走去攙扶她，她自言自語地說著自己的身體健康沒什麼問題，就只是膝蓋不太好。我沒有多做回應，站起身的她彎腰駝背，走起路來也顯得有些吃力，鞋後跟一直是拖在地上。與其說是奇怪，不如說更像是那個年紀的人都有的步伐。我放慢腳步，走在她前面，也不至於離她太遠。

「爸，我們來了。」

爸爸的塔位在需要稍微彎下身子才能看見的地方，骨灰罈前擺放著志勳哥的畢業典禮照片，也是我的手機桌布。志勳哥把手中的花束遞給了她，她接過那束花，在爸爸的塔位前默唸，然後把花束放於前方，說道：

「對不起……對不起。」

那句對不起，聽起來不像是為了爸爸而說，比較像是說給站於後方的我和志勳哥聽的。我對於這樣的畫面感到陌生，就連告別式都沒來參加的她，竟站在爸爸的塔位前，而且還為爸爸獻花，這都是我從未想像過的畫面。

她不知怎麼地潸然淚下。我和志勳哥都還沒哭，她卻在重複說了幾次對不起之後淚流滿面，聲淚俱下，彷彿要將未能在告別式上宣洩的悲傷全部傳遞出來似地，痛哭流涕。比起靈骨塔，那種哭泣更適合在告別式上出現，所以更顯淒涼。

放聲大哭完以後，她擦去了眼淚，乍看之下的表情看起來是真心難過，所以不禁讓人覺得她應該是真心在悲傷。志勳哥輕輕安慰她，無論是她還是志勳哥，似乎都很清楚自己要做哪些舉動。我則是不曉得自己究竟該和哥哥一起安慰她，還是要對哥哥說點什麼話，所以暗自在心中向爸爸搭話：

「爸，我來了……」

也許是三個人都在想著不同事情，維持了一段沉默時間。靈骨塔的各個角落都有隱約傳來悲傷的哭泣聲，看來不只是我們，其他人也在為某人的過世而難過。專為悲傷而建的空間。真正的哀悼。我拿過去經常對委託人說的話來問自己：

「所謂活下去，究竟是什麼……」

在經歷完巨大的失去以後，人生即是哀悼。時而悲傷，時而憤怒，又時而無力。這些情緒不會只朝一個方向流動，會相互交錯來回，最終才慢慢接受。不論時間長短，都得要接受才有辦法活下去。接受死者再也不會回來的事實，接受必須擁抱這份悲傷活下去的事實，這便是哀悼，也是留在這世上的人要承擔的結果。而且我也一樣，我也要透過這一連串的過程了解，爸爸再也不會回來的事實。

打電話給爸爸的每一天掠過我的腦海，我總是抱著他隨時都會回來的不切實際希望，心想著他從未離開過，試圖想要抓住一絲希望的稚嫩心理。我該身處的地方是現在這裡，為了活在當下，必須感到悲傷，就如同過去我見過的那些人一樣，要徹底痛哭一場才行。我的眼淚突然奪眶而出，那是內心的鬱結沸騰之後所融下的眼淚。

我淚流不止，就像爸爸離開人世的那天一樣，眼裡流下的淚在發燙，害得臉頰也跟著泛紅發熱。喉嚨裡也忍不住發出嗚咽聲，彷彿是從內在推出某個東西似地，不是眼淚，而是某種糾結成塊的東西。

「芝安啊……」

志勳哥微微顫抖的說話聲從我耳邊傳來。儘管過去曾和他一起來過爸爸的靈骨塔，卻從未像現在這樣哭泣過，因為當時是認為隨時都可以透過公共電話聽見爸爸的聲音。但是現在，我必須放下了，放下已經離世的父親，放下那些無法接受他已離世的事實的日子。往後我要聆聽的，不再是爸爸的聲音，而是與我同在、陪伴在側的人的聲音，這也是爸爸最後的遺願，因為只有這樣，我才能相信自己在好好地活著。儘管我再也聽不到爸爸的聲音，但我可以在這裡為爸爸悲傷，哭了又哭，直到能再次重拾活下去的力量。

「對不起，對不起……芝安啊，媽媽真的對不起，真的……」

她看我淚流不止，連忙抱住了我。抱著我的她，個子比我矮小，有著不算寬的肩膀，肌膚還有些粗糙，但是與我相貼的肌膚有著一股熟悉的氣味。我的手臂已經逐漸發麻，但還是使力提起，然後輕輕地抱住了她。我不想要鬆開手臂，原來在我的心底，對母親並非只有怨恨，而是參雜著思念的怨恨，直到嘗試擁抱才知道那份深藏在心底的感情真實模樣。

「妳知道我等妳等了多久嗎？知道我有多想妳嗎……？」

「媽也很想妳，一直都很想在妳身邊……」

「我那天也是一直在等爸爸，等他等了好久……」

「是媽媽對不起，我來晚了……」

她對於我所說的每一份悲傷都表示抱歉，儘管她在拋下孩子重新組成的家庭裡，從未真正自由地出門過；儘管那是一段身上到處留下傷口與瘀青的歲月；儘管她獨自一人苦撐到最後，那樣的丈夫也還是先過世；儘管好不容易找回的孩子滿腹怨恨，經歷過這些人生的她，能說的話也依舊只有對不起三個字。假如連母親都離開人世，我會對她說抱歉嗎？

此時此刻，我必須累積新的人生。

＊

心理中心沒有停止營運，同一時間亮燈，送別親人的人們進進出出，排解內心壓力。有時，整個世界彷彿陷入悲傷，有時，也會看到深淵的盡頭才跨步向前。我就像一根柱子，在來往的這些人之間守著自己的位子，與我過去一直在做的事情沒有什麼不同。

叮鈴鈴，叮鈴鈴。

平時設成靜音的手機突然響個不停，原本是因為在等待必須接起的電話而解除靜音模式的，但我忘了重新調回靜音，響亮的鈴聲就連志勳哥也轉頭看向了我這邊。是相佑打來的電話。

「喂？」

電話鈴聲一響起，我便立刻接起了電話。志勳哥用眼神示意問我是誰打來，我則是用嘴型不出聲地回答「相佑」，然後繼續講電話。

「相佑，最近過得好嗎？」

「哎呀，當然好啦。妳那邊現在幾點了？」

「你可真準時，剛好在午休時間打來。這次又跑去哪裡了？」

「我的旅行實在太克難，覺得有點累，所以來泰國休息一下。」

「你還真是……完全沒有任何旅行計畫。」

過完爸爸的忌日之後事隔三個月，季節也朝向一年的尾聲邁進。這段期間，相佑打了好多通電話給我，而我也把那天發生的事情以及我的真實心聲一五一十地全部向他傾訴，包括在爸爸的忌日那天，送完母親回家後，返家途中志勳哥問我的那句話。

他的提問很簡單，他問我記憶中的媽媽是怎樣的一個人，我說了一些小時候叫她「媽媽」的記憶，也就是我們全家人還有在一起的人生第一個回憶。全家人一起出門旅行時，媽媽被太陽曬得滿臉通紅，在為我和哥哥塗防曬乳的樣子，還有時不時露出燦爛笑容的樣子。

「我記得媽媽一直都沒有鬆開我的手，然後一直在笑。雖然在那之後的記憶就有點模糊了，但我一直心想，要是後來的每一天都能像那天一樣就好了……雖然那也是媽媽最後一次和我們在一起。」

我說完這番話以後，志勳哥露出了淺淺微笑，回答：

「是啊，原來我們有過這段。」

這句簡短的回應，讓我知道原來志勳哥記憶中的母親和我是一樣的。雖然抱著哥哥說對不起才離開的媽媽，在我記憶裡不存在，但假如是那個曾經與我們共享過幸福時光的人，最後帶著那樣的悲傷離開，那我還有辦法一味地去怨恨她嗎？就如同那些委託人努力去理解那些選擇自殺離世的家人一樣，我、哥哥、媽媽三人之間，也充滿著諸多需要互相理解的部分。唯一不同的只有，那些人面對的是死亡，我們面對的是活著。

如今，那天的記憶早已像遙遠的過往，相佑依舊用充滿活力的聲音問候我的近況。他說話的嗓門大到似乎就連志勳哥都能隔著聽筒聽見他的說話內容。相佑表示他遊走各地，四海為家，現在反而比較想要在一個地方待久一點，所以找了一間月租房，但其實也會因為簽證問題頂多只能待兩個月左右，因此，能停留在一個地方也別有一番浪漫，展現著滿心期待的樣子。

「那就趁這次機會全家來這裡旅遊，如何？我可以負責提供住宿。」

「突然叫我們去旅行？」

「妳就來好好放鬆休息三天，體驗看看，簡直就像人間天堂。」

「所以對你來說不就等於每天都在人間天堂？」

我調皮地問道。他笑開懷。正因為他的旅程更多時候聽起來比較像「艱苦天堂」，而不是「人間天堂」，所以才敢和他開這個玩笑。相佑一邊附和我，一邊強調他想說的話。

「我是說真的，和家人一起來玩吧，這次就當作真的是人間天堂。」

「我會考慮看看的。」

「一定要考慮喔，然後記得告訴我，我知道妳是個很會守承諾的人，我就當作妳這週內會給我答覆嘍！說好了喔！」

「知道了。」

電話掛斷後，我長嘆了一口氣。想到相佑那熱情誇張的樣子，嘴角就忍不住浮現一絲笑意。我總覺得有視線在朝向我，於是轉過頭去，正好和志勳哥四目相交。

他連忙轉移視線，假裝在忙工作。難道他真的聽見了我們的對話內容？我陷入沉思。時間即將來到歲末年終，安排一趟短暫的出國修習好像也不錯。

「相佑叫我們一起去旅行。」

我把相佑留給我的課題隨口說了出來。我按了一下已經自動關閉螢幕的手機，立刻出現了背景桌布。志勳哥和我，以及爸爸。我看著手機鎖定畫面，也不曉得志勳哥究竟有沒有聽見通話內容，他裝作不知道地回答我：

「也不錯啊。」

我看著那張一家三口的照片，對他說了一句「等一下」，便悄悄走出了心理中心。我的腳步很自然地繞過三岔路口旁的雜貨店，然後走到後巷。那裡有一片低矮的小山丘與一道灰褐色磚牆分隔出道路，在牆壁縫隙間長出的野草，在凜冽寒冬中頑強地生存著。寫著單行道、只能勉強通過一輛車的狹窄上坡路，人跡罕至的公共電話亭，我投了幾枚硬幣，按下簡訊裡的那組電話號碼。

「喂？」

「媽。」

我小聲輕喚著那個對我來說早已陌生的稱呼。

作者序

現在，長長的故事結束，我認為沒有非閱讀這篇「作者序」不可，只要書中有一句話能留在各位心中便足夠，但我還是繼續寫，因為可能會是另一個故事，也可能會是延續下去的故事。

其實早在很久以前就企劃了這本《遺憾電話亭》，在我待在精神病房時，我深陷在死亡的泥淖之中。精神上經歷了漫長奮鬥，早已處於身心俱疲的狀態，直到我接觸到愛德溫．史奈曼（Edwin S. Shneidman）所寫的《解剖自殺心靈》一書，才第一次了解心理剖檢，爾後，便開始蒐集與此相關的資料，而當時企劃的小說便是這本《遺憾電話亭》。

也許因為是第一本長篇小說，經歷了許多波折，不僅將短篇小說改寫成長篇小說，後來也改稿改了三次左右，有時需要徹底重寫，有時則需要把故事橋段刪除或增添。耗時兩年多的時間準備這份原稿時，我重新閱讀《解剖自殺心靈》，然後看著我當初在那本書的第一頁所寫下的遺書。

我發現自己早已徹底忘記有在那裡留下我的遺書，內容中我提到，假如有一天我離開了人世，希望可以留下一本著作，讓那些留下來的人可以作為安慰，好好活下去。看到那些話的瞬間，我才重新意識到自己為什麼在寫這本小說。我想要把總有一天會離開的某人，以及會留在這世上的某人，他們的心意全部收錄在這本書中，想要盡可能為他們分擔悲傷，這不僅是寫這本小說的理由，更是我提筆寫作的終極理由。

結束漫長執筆後，現在，我從離開者的心態轉變成遺留者的心態。我試圖猜想他們的悲傷，也努力壓抑內心的傷痛，將這些情感放入書中。儘管我還在努力接受治療，有時也想要放棄，但每當出現這樣的念頭時，都會走進作品當中，然後再次叩問，所謂活下去的勇氣究竟是什麼？

我想要向協助我多次撰寫原稿的權鄭恩PD，以及能夠出版本書的Clayhouse出版社，還有支撐我的無數位親朋好友表達感謝。

二〇二四年一月

巽秀演

韓流精選 7

遺憾電話亭

마지막 마음이 들리는 공중전화

遺憾電話亭/異秀演作 ; 尹嘉玄譯. -- 初版. -- 臺北市 : 春天出版國際文化股份有限公司, 2025.06
面 ; 公分. -- (韓流精選 ; 7)
譯自 : 마지막 마음이 들리는 공중전화
ISBN 978-626-7735-00-8(平裝)

862.57 114005871

ISBN 978-626-7735-00-8
Printed in Taiwan

作　　者　異秀演
譯　　者　尹嘉玄
總 編 輯　莊宜勳
主　　編　鍾靈

出 版 者　春天出版國際文化股份有限公司
地　　址　台北市大安區忠孝東路4段303號4樓之1
電　　話　02-7733-4070
傳　　真　02-7733-4069
E－mail　bookspring@bookspring.com.tw
網　　址　http://www.bookspring.com.tw
部 落 格　http://blog.pixnet.net/bookspring
郵政帳號　19705538
戶　　名　春天出版國際文化股份有限公司
出版日期　二〇二五年六月初版
　　　　　二〇二五年八月初版三刷

定　　價　520元

總 經 銷　楨德圖書事業有限公司
地　　址　新北市新店區中興路二段196號8樓
電　　話　02-8919-3186
傳　　真　02-8914-5524
香港總代理　一代匯集
地　　址　九龍旺角塘尾道64號 龍駒企業大廈10 B&D室
電　　話　852-2783-8102
傳　　真　852-2396-0050